HUMANIMAL

TOME I

LE MONDE CLOS

Mesure du temps à Welghilmoro

SOD : L'ÉQUIVALENT D'UN JOUR (32 HEURES).

POSSOD : L'ÉQUIVALENT D'UN MOIS (20 SODS).

MASSOP : L'ÉQUIVALENT D'UNE ANNÉE (14 POSSODS).

TRIBANON : L'ÉQUIVALENT D'UN SIÈCLE SUR TERRE (150 MASSOPS).

HUMANIMAL

PARTIE 1 : LE MONDE CLOS

PROLOGUE

LA THEORIE DE L'EVOLUTION

Tribanon 4, Massop 7, possod 12, Sod 18 :

En attendant l'arrivée de ses élèves, Draiwnius Lachelras s'amusait à regarder la peau de son avant-bras à l'aide d'une loupe. Même si cela ne se voyait pas à l'œil nu, la texture était bien constituée d'écailles, une particularité modocos, une hérésie pour un thesranes descendant d'un grand fauve. Il possédait pourtant toutes leurs singularités, deux oreilles en pointe de chaque côté de son crâne et un léger rictus permanent dessinait sa bouche.

La lumière extérieure parvenait par une grande baie vitrée. Elle était composée de multiples carreaux assemblés de traverses métalliques qui s'encastraient dans le mur derrière le tableau noir. Un seul pupitre, destiné à accueillir l'ensemble des élèves, formait un arc de cercle qui se refermait autour de Draiwnius.

Les jeunes thesranes entrèrent dans la pièce et attendirent l'ordre de s'asseoir.

« - Asseyez-vous ! leur demanda le professeur sans qu'il eut besoin d'affermir davantage son autorité.

Dès que les élèves furent installés, Draiwnius s'attela à la leçon.

- Mes chers élèves, commença-t-il théâtralement, je vous propose de consacrer ce cours à la théorie de l'évolution. Commençons d'abord par étudier les races de Welghilmoro. Eh bien, sachez qu'elles descendent toutes d'animaux sauvages et qu'elles en ont gardé la plupart des caractéristiques. Leur intelligence se développa au cours des tribanons jusqu'à ce qu'elles deviennent des « humanimaux ». Toutefois, certaines différences philosophiques et intellectuelles les distinguent. Il est étonnant que chacune ne possède qu'un seul sexe, contrairement à leurs ancêtres animaux. Nous pouvons toutefois constater que certaines races sont particulièrement compatibles avec d'autres, car elles sont issues d'animaux appartenant à la même famille. Vous devez néanmoins savoir, en ce qui concerne notre reproduction que des races différentes peuvent se reproduire. Quand un représentant d'une race masculine s'accouple avec une représentante d'une race féminine quelle qu'elle soit, un enfant peut être conçu et naître à l'issue d'une période de gestation plus au moins longue selon les spécificités de la race féminine. Si l'enfant est de sexe masculin, il sera de la même race que son père et vice versa. Alors, maintenant, regardons de plus près les races et leurs origines. Tout d'abord, vous, les thesranes, votre ancêtre est le sponx, un redoutable fauve, un félin autrement dit. Les vagauges sont issus du gauge, un autre félin plus petit. C'est pour cette raison que vous êtes considéré comme un thesranes « pur », lorsque votre géniteur est un thesranes et votre génitrice une vagauges. Au contraire si votre mère est, par exemple, une trahms, vous serez considéré comme « impur » car ces femelles descendent d'un rongeur de la famille des muridés. Maintenant, d'un point de vue plus philosophique, je vous demanderai de réfléchir à ce qui en découle, car si votre camarade est impur, il va de soi que vous l'ignorerez tant que vous n'aurez pas vu sa fiche de naissance… ».

Les élèves rirent spontanément à la réflexion de leur éducateur. Draiwnius conclut son cours au bout d'une heure où, comme à son habitude, il était parvenu à captiver sans discontinuer leur attention.

« -…C'est tout pour ce sod. Le prochain cours portera sur la race des modocos, race masculine issu d'un lézard et de la race femelle compatible, aujourd'hui disparue ou en tout état de cause considérée comme telle : les samalandres. »

Après le départ de ses élèves, Draiwnius continua à travailler tard à l'école d'administration, jusqu'à ce que la lumière du dehors s'épuise. Avant de rentrer chez lui, il s'équipa d'une boîte de cigare vide. Il y plaça son petit serpent noir qui dormait dans le tiroir de son bureau.

« - Tu peux encore dormir un peu, Glimonduk, nous rentrons à la maison. » l'invita-t-il affectueusement avant de refermer le couvercle et d'enfoncer le tout dans sa poche.

Il emprunta des petites rues sombres de Komatanès. La récente apparition des lampes à fusion avait transformé les lumières blanchâtres des chandelles d'autrefois par une luminosité qui s'échappait des fenêtres des appartements, peignant d'un reflet verdâtre les murs des immeubles et les pavés des rues.

Au détour d'une ruelle, Draiwnius sentit une main lui toucher l'épaule. Il se retourna, un thesranes lui souriait.

« - Monsieur Ordarus Ygérius ?

- Oui ? Que voulez-vous ? »

Le thesranes accentua son sourire.

« - Ou Monsieur Draiwnius Lachelras, devrais-je dire ?

Draiwnius se sentit alors bousculé violemment, un voile noir lui masqua la vue juste avant qu'un choc violent sur la tête ne lui fasse perdre connaissance.

CHAPITRE 1

LE SCELLEMENT DE L'AMITIE

111 Massops plus tard

L'astre rouge était à son paroxysme, aucun nuage ne gâchait l'orange éclatant du ciel.

Les sentinelles postées sur le flanc de la montagne de Fusili guettaient au plus loin qu'elles pouvaient. Même si elles ne réussissaient à rien percevoir, elles ressentaient l'arrivée imminente de leur ennemi.

Ceux qui écoutaient la terre prévinrent Solorus. En collant leur tempe sur le sol, ils entendirent un grondement qui résonna dans tout leur corps. Ils n'eurent dès lors plus de doute. Une armée d'au moins un millier de modocos approchait.

Solorus rassembla tous les canufos dans la grande plaine qui s'étalait devant l'entrée de la cité. Depuis sept massops, ils avaient réussi à repousser les envahisseurs. La forêt vierge qui cerclait leur montagne les y aida pour beaucoup, car aucune des escouades n'avait atteint son objectif. Les insectes carnivores et les animaux sauvages, suceurs de sang, les avaient grignotés perturbant leur progression. Solorus et les siens s'étaient occupés d'exterminer les derniers survivants. Cette fois, la fin proche était certaine, les modocos atteignaient en nombre les portes de la cité troglodyte.

Tous les guerriers canufos étaient prêts à se battre jusqu'à la mort qui leur semblait inéluctable. Certains étaient armés d'arc, d'autres de lances, tandis que leur chef était muni de son seul bracelet en cuir couvrant tout son long bras droit. Un membre si long que déplié, il atteignait le dessous de son genou. Tous les combattants avaient revêtus leur combinaison de chasseur en cuir sans manche, laissant deviner leur fine musculature à peine cachée sous leur duvet de plumes courtes.

Le grondement des montures au galop se fit plus intense. Solorus scruta l'horizon. Il plongea son regard jusqu'à la lisière du bois, rétrécissant ainsi les quelques kilomètres qui l'en séparaient. Sa vue perçante qu'il détenait de son ancêtre rapace, lui permettait d'observer d'aussi loin sans avoir recours aux lunettes de longue portée. Il aperçut l'ombre géante de plus d'un millier de silhouettes qui sortirent de la pénombre des arbres. La horde s'arrêta à l'orée de la plaine.

Les modocos juchés sur leurs reptiles brandissaient leur fusil à fusion à la main et attendaient visiblement le signal de leur chef pour attaquer. Solorus se doutait de l'issue du combat, la fin de son peuple semblait imminente, mais il préférait périr au combat plutôt qu'une vie entière à subir l'omnipotence de l'Empire.

La présence inattendue d'un thesranes parmi eux l'intrigua. Cette race, bien qu'en paix avec les modocos, n'avait jamais pris part au conflit. Au contraire, ils avaient mené plusieurs fois des tentatives de conciliation. En tout cas, ils n'avaient jamais montré aucune forme d'hostilité à l'égard des canufos.

Celui qui semblait commander l'armée se positionna devant ses troupes. Il restait droit sur sa monture qu'il déplaçait continuellement de droite à gauche devant ses soldats. Il fit un geste du bras qui ressemblait à un ordre. Tous les modocos jetèrent leurs armes à leurs pieds.

Le thesranes dirigea son sponx vers Solorus, franchissant rapidement la distance qui les séparait. Son uniforme noir signifiait son appartenance à l'armée de son peuple. Il descendit de sa monture pour se présenter.

« - Capitaine Decopus. Êtes-vous Solorus ?

- Je suis le chef des canufos, répondit Solorus.

- Je suis chargé de vous faire part de la proposition du général Candas Yoltop. Il attend votre réponse, expliqua le capitaine.

- Quelle est-elle ? demanda le canufos.

- Signer ce traité de paix, lui répondit Decopus en lui tendant un document.

- Qu'est-ce-que cela cache ? L'empereur veut nous déposséder de tout, se méfia Solorus.

- Certes ! Mais pas le général. Il prend un grand risque en signant ceci avec vous. Nous l'avons rédigé ensemble cette nuit.

Je peux vous assurer que vous ne perdrez rien. C'est un acte de paix ni plus ni moins. Savez-vous lire l'Arcunt ? »

Solorus ne répondit rien et se contenta d'examiner le document. Puis il enroula son bras dans le vent pour l'inviter à le suivre.

« - Dîtes au Général de nous rejoindre, nous allons chez moi pour sceller l'acte. » dit-il.

CHAPITRE 2

LE « GRAND VOYAGEUR »

10 massops plus tard.

Komatanès, capitale de la thesranie, fut construite dans le désert le plus aride et le plus chaud de Welghilmoro, au Nord/Ouest, tout proche de la « Faille ». Les premiers habitants avaient choisi cet endroit à cause de la particularité de son relief. Quatre plateaux, hauts chacun de cent mètres environ, posés les uns sur les autres, du plus grand au plus petit et reliés par une petite route en pavés, formaient une petite montagne plate.

Chaque étage de la cité abritait une population différente. Les bidonvilles d'autrefois qui accueillaient la population la plus démunie étaient installés aux alentours et aussi sur le premier palier. Ils étaient récemment devenus plus autonomes et plus populaires. Le deuxième entresol abritait des travailleurs et des familles modestes, le troisième beaucoup de commerces et des habitations relativement confortables. Enfin le quatrième et le plus haut, dit le « haut centre », abritait la haute bourgeoisie, les nantis et les commerces de luxe. Six « transvilles » les parcouraient en longeant la chaussée à intervalles réguliers. La gare centrale se trouvait dans le district bourgeois où le véhicule commençait son trajet, s'arrêtant à des stations précises avant de revenir à son point de départ. Il fonctionnait comme tous les véhicules grâce à la fusion du xilphan.

Les anciens quartiers pauvres avaient gagné leur indépendance lors de la construction de la gare des «Transporteurs interterritoires» dont l'implantation dut se faire aux abords. A l'époque, Emyttup Fiduqyt, un thesranes charismatique, était l'un des dirigeants les plus influents des différentes bandes de hors-la-loi. Il négocia avec le Conseil Supérieur la sécurité des riches citoyens lors de leur passage dans les bas-fonds, par l'échange de taxes. Il mit ainsi en place une milice, qui devint une police dédiée à la sûreté des faubourgs. Il en devint le chef et s'autoproclama maire.

Presque tous les bâtiments étaient construits avec des pierres rectangulaires fabriquées avec la roche provenant de la falaise, en conséquence, la ville étalait principalement une teinte rouge orangée. Des constructions consolidées par les armatures métalliques disposées sur les arrêtes, transpirait l'obsession des thesranes pour l'industrie. Les toits en tuiles écrasées témoignaient de la rareté des pluies.

Le bureau du Grand Conseiller Supérieur respirait autant la poussière des livres que la cire reluisante tartinée sur le bois des meubles. Les vieilles mains flétries de Devaliud Pnagnasus refermèrent le dossier. Les nouvelles étaient bonnes, le projet qui lui tenait tant à cœur depuis plusieurs massops prenait enfin une tournure appréciable. Il s'était longuement battu pour le faire aboutir. Il réalisa le parcours accompli.

Il était né, il y a fort longtemps, d'une trahms qui l'éleva seule. Il ne connut jamais son père et n'en entendit jamais parler, sa mère déplaçait toujours la conversation dès que Devaliud abordait le sujet de son géniteur.

D'une intelligence rare, il étudia seul dès qu'il sut lire, nourri par l'ambition d'être admis à l'examen d'entrée à l'école d'administration où seuls les thesranes « purs » accédaient automatiquement.

Il y parvint et fut scolarisé à l'âge de dix massops. A vingt neuf, il obtint un diplôme de stratégie politique. D'autres domaines, notamment les sciences l'intéressaient également. Il en garda d'étroites relations avec Copallud Mistranus, un camarade de classe devenu plus tard un illustre scientifique.

A l'époque, son seul objectif était de devenir le membre le plus influent du Conseil Supérieur. Avec une dizaine d'amis, il fonda le mouvement « AVENIR THESRANES ». Une auberge où ils se réunissaient le soir devint leur endroit de prédilection pour refaire le monde. Il naquit alors en lui des idées novatrices qui consistaient principalement à élever la technologie à son zénith. Il ressentit dès lors le besoin irrépressible d'en faire profiter à ses congénères.

Le mouvement « AVENIR THESRANES » ne tarda pas à trouver de plus en plus d'adeptes lors de réunions publiques. Beaucoup venaient des divers quartiers de la ville écouter ses discours. Un massop de représentations plus tard, son mouvement comptait assez d'adhérents pour assurer sa crédibilité.

A chaque élection le Conseil Supérieur se trouvait constamment renouvelé par de nouveaux mouvements émergents. Devaliud pouvait dès lors, présenter une liste de dix huit candidats au prochain scrutin.

Les thesranes élisaient le renouvellement d'un tiers des membres du Conseil Supérieur tous les quinze massops. Les conseillers sortants pouvaient être candidats à leur propre succession. Mais au cours de l'histoire, il fut rare que les sortants soient réélus.

Une idée particulièrement novatrice permit à Devaliud de l'emporter. A cette époque les véhicules à fusion servaient uniquement de prototype destinés à être exposés. Ils vantaient ainsi l' excellence de la technologie thesranes. Dévaliud fut l'initiateur du transport en commun permettant à des voyageurs de rallier les grandes villes grâce à ces véhicules à fusion. Cela nécessita des transactions commerciales avec les modocos. Welghilmoro vit alors naître la première ligne de transport entre Komatanès, la capitale thesranes, et celle de la Modocosie, Codos. Ce progrès dont le mérite fut attribué à Devaliud, lui permit d'être élu avec les membres de son parti.

En massop 125 à la fin du mandat, il se représenta à sa propre succession. Le succès n'était alors pas garanti, mais Devaliud possédait un atout considérable, qui se dessina quinze massops plut tôt.

A l'époque, un mouvement passéiste avait été élu. L'évolution des transports avait considérablement facilité l'arrivée, pas toujours bien perçue, d'autres races à Komatanès. Ainsi, l'évolution de la technologie s'en trouva vigoureusement remise en cause.

Un événement, qui survint à cette période, permit à Devalliud de disposer d'une stratégie, consistant à rendre à nouveau plus attractif les nouvelles avancées technologiques et scientifiques.

Un matin où Devaliud reçut un télégramme de son ami, Copallud Mistranus, il comprit que sa présence requise devait revêtir un caractère de la plus haute importance.

Le lendemain, Devaliud quitta son appartement du centre-ville et s'embarqua dans le « Transville ». Ce véhicule de transport uniquement destiné aux déplacements inter-urbains, dont Devaliud fut le précurseur, permettait aux habitants de Komatanès de traverser la grande cité en moins de deux heures suspendus à un rail.

Le laboratoire de Copallud était situé dans le quartier populaire et Devaliud put s'y rendre en peu de temps. Comme à chaque fois qu'ils se retrouvaient, les deux amis s'étreignirent ardemment.

« - Suis-moi, dans mon labo, Devaliud, j'ai à te parler. » Introduit Copallud.

Devaliud suivit le dos courbé de son néanmoins énergique ami jusqu'au laboratoire. Puis, selon son habitude d'humanimal pressé, le Grand Conseiller tenta d'aller droit au but.

« - Très bien ! Acquiesça Devaliud en souriant. De quoi s'agit-il ?

- J'ai besoin d'Irilles. finit par répondre Copallud en se grattant la tête.

- Combien ?

- A vu de nez, je dirais, cinq cent millions de kilos environ.

- Tu sais, je dispose d'une très bonne solde, mais pas à ce point. Je serai mal avisé de te signer un acte d'une telle somme sans que mon compte en soit approvisionné. A te voir, tu ne me sembles pas spécialement rongé par les soucis, pécuniaires ou autres, je me trompe ?

- Non tout va bien, mais ce sont des deniers du Conseil Supérieur dont j'ai besoin pour financer mon projet.

- Doucement, tu dois savoir que je ne peux pas disposer des crédits du Conseil Supérieur comme je l'entends.

- Non bien sûr, mais peut être peux-tu défendre mon projet, grâce tes talents d'orateur légendaire, tu devrais y arriver sans problème. En plus, je pense que cela pourrait même servir tes propres desseins.

- Je crois surtout que tout cela mérite une explication détaillée !

- Oui, c'est certain, alors dresse bien tes oreilles en pointe, car cela mérite également un cours d'histoire scientifique.

- Je suis tout ouïe ! »

Copallud marcha de long en large, son menton soutenu dans la paume de sa main, réfléchissant comment raconter son histoire. Il s'arrêta quand il fut certain d'avoir trouvé.

« - Très bien. Commençons par le début. Il y a de cela environ 106 massops, les thesranes ont découvert le Xilphan, un joli minerai vert. Rapidement, en le faisant chauffer à 1253 degrés exactement, ils ont découvert qu'il se mettait en fusion et qu'il dégageait une énergie extraordinaire. Ensuite en l'enfermant dans de l'Orix également chauffé, ils réussirent à canaliser cette énergie. Cette technique a permis de mettre au point des piles d'énergie. Elles furent ensuite destinées à plusieurs usages. En les combinant à certains mécanismes, nous avons par exemple inventé des véhicules qui nous permettent maintenant de voyager rapidement et de façon plutôt agréable.

- Oui, mais tout cela ne fait que me rappeler mes années d'études, s'emporta Devaliud.

« - Ne sois pas si impatient, j'y viens. Cela a également permis la fabrication d'armes à fusion très efficaces, quoique la technique soit un peu différente. Sais-tu exactement comment fonctionne une arme à fusion ?

- A peu près, mais tu vas me rappeler tout cela. » soupira le politicien.

Copallud ne semblait aucunement perturbé par l'impatience à peine voilée de son ami, il continua son récit.

« - Exactement. Ces fameuses piles à fusion sont intégrées à l'arme. Que ce soit un pistolet, un fusil ou un canon, le principe est le même. Mais pour que s'opère une explosion dirigée, il faut un troisième élément, le minurt, un gaz très léger. Lorsqu'un individu appuie sur la détente, l'énergie fabriquée par la pile à fusion est envoyée vers une bulle de minurt logée à l'intérieur, le gaz enferme alors l'énergie pour en différer les effets, cette énergie est ensuite acheminée par le canon de l'arme. C'est ainsi que lorsque l'on tire sur un individu, un rayon vert se dirige vers lui avant d'exploser à son contact.

- Je t'en prie, directement au fait, s'il te plaît ! explosa Devaliud.

- Eh bien, ces dix derniers massops, j'ai travaillé sur ces trois matières, le xilphan, l'orix et le minurt, sans savoir vraiment quoi chercher, mais avec la conviction d'aboutir sur quelque chose.

- Là tu commences à m'intéresser !

- Oui pas plus tard qu'il y a de cela deux possods. Je ne t'ai pas averti de suite car, comme scientifique, il fallait que je vérifie et revérifie ma découverte. J'ai observé ces trois éléments sous toutes les coutures, à la loupe et à la microlunette. Et puis…

- Oui ???

- Regarde, derrière toi, Devaliud !

Coppalud indiqua une vieille planche métallique posée sur quatre pieds derrière lui.

« - Tu vois cet établi avec la grosse lampe à fusion dessus ? Eh bien, j'y ai disposé un gramme de xilphan, deux grammes de minurt, et dix grammes d'orix. Cette lampe au-dessus est vraiment très spéciale, car elle permet de chauffer à plus de quatre mille degrés. Il ne faut pas y laisser ses doigts, s'amusa-t-il avant de continuer. J'ai chauffé ces trois éléments ensemble à trois mille cent vingt huit degrés exactement.

- Et ???

- Et j'ai eu un petit creux à l'estomac. Alors, je suis sorti, pour aller manger un plat de crevettes des sables grillées, excellentes d'ailleurs.

- Tu me rends fou, Copallud ! » lâcha Devaliud.

- Oui, je le crains, car quand tu vas savoir la suite...J'avais éteint la lampe avant de sortir, et comme je suis distrait et que j'étais affamé, je n'ai pas tout de suite observé le résultat de mon expérience. Mais une fois rassasié, je me suis mis à presser le pas. Et à ma grande surprise, sais-tu ce que j'ai vu sur mon établi en rentrant ?

- Non bien sûr, comment veux-tu que je le sache. »

La patience de Devaliud commençait sérieusement à s'égrainer.

« Alors ! Qu'as-tu observé ?

- Et bien, rien, rien du tout en fait.

- Tu te moques de moi ? Ce n'est pas la fête du « sponx étourdi » pourtant ?

- Patience ! Je n'ai rien vu de suite, jusqu'à ce je lève la tête au plafond. Une boule noire au reflet vert flottait dans les airs. En fait, pour résumer le tout, cette expérience m'a permis de constater que ces trois éléments, si l'on respecte bien sûr, des proportions précises, une fois chauffés à cette température, se transforment en une matière dont la densité est plus légère que l'air.

- Alors là, j'avoue que je ne sais plus quoi dire. Excepté que cela valait la peine que je t'écoute. Je crois que tu as fais la plus grande découverte de ce tribanon, qui n'en n'était pourtant pas dépourvu. Et cette trouvaille à ton avis sur quoi pourrait-elle déboucher ? Interrogea Devaliud qui ne pouvait cacher son intérêt croissant.

- Et bien, des véhicules volants par exemple, qui pourraient grandement intéresser l'armée. »

Devaliud réfléchit. Il resta silencieux pendant un long moment. Copallud ne le dérangea pas. Il savait que son ami saurait exploiter au mieux ses travaux. Devaliud reprit la parole.

« - Je suis un pacifique, je pense qu'il y a mieux à faire.

- Oui, quoi donc ?

- La « Faille » !

- La « Faille » ???

- Oui, la « Faille ». Tu dois connaître les recherches qui ont été entreprises sur la « Faille » par tes éminents confrères non ?

- Je sais qu'il y a de cela vingt massops, un certain Attapuld Fadigius y a lancé une mini-fusée à l'aide d'un canon à fusion, mais elle a explosé au bout d'une heure de vol. Il en a conclu que la « Faille » était un cul de sac. Puis il a réfléchi. Il s'est dit que peut être, le chemin n'était pas droit, et qu'elle avait dû toucher le bord de la falaise. Il en a donc mis au point une seconde, munie de capteurs l'empêchant de s'écraser contre les murs. Mais je crois que l'expérience n'a rien donné. Il l'avait également muni d'un récepteur lui permettant de la tracer, mais au bout de trois sods, il perdit le contact.

- Oui. Et puis il y a ce fou de Xatanius Korpud, qui travaillait sur les cellules des thesranes. Il pensait qu'en les modifiant, il pouvait les rendre plus légères que l'air et ainsi nous faire voler. Je me suis battu pour le bannir de la thesranie lorsqu'on a découvert qu'il utilisait des prisonniers comme cobayes. Je me demande d'ailleurs si j'ai eu raison, car maintenant il paraît qu'il est au service de MOO V qui est assurément moins regardant sur l'éthique que nous.

- Il aurait dû finir en prison.

- Certainement ! En conclusion, nous savons que notre civilisation est d'une certaine manière prisonnière d'un cratère haut de dix mille mètres. Nous savons également qu'à cette altitude aucune des civilisations ne peut survivre. A quelle hauteur penses-tu que ton engin pourrait voler ?

- Selon mes calculs, un gros appareil pourrait aller jusqu'à quatre mille mètres, voire plus, cela dépend de la masse du gaz par rapport à son poids. Et là-haut, il doit y faire très froid mais c'est viable. Plus haut, la nouvelle matière risquerait de refroidir trop vite, et l'appareil tomberait au sol comme une grosse pierre.

- Très bien, bien plus haut que l'arrête de la « Faille » donc ! s'exclama Devalliud. Je vais te présenter, des industriels, des ingénieurs et des architectes. Ensemble, vous allez construire un énorme engin volant qui pourra transporter une délégation de notre civilisation, disons une cinquantaine d'individus. Cela va coûter très cher, si seulement j'arrive à convaincre le Conseil Supérieur... Mais, de toute façon, il ne pourra pas financer l'ensemble du projet, il faudra donc mettre les modocos sur le coup, sans toutefois leur dévoiler les secrets de ton gaz, bien sûr. Cela ne sera pas facile mais nous y arriverons. »

Devaliud mit toute l'énergie nécessaire pour faire aboutir ce projet ambitieux et novateur. La publicité qu'il en fit auprès de ses compatriotes lors de sa campagne électorale lui permit d'être réélu en massop 125.

En massop 128, le vaisseau était pratiquement terminé. Le Conseil Supérieur le baptisa le « GRAND VOYAGEUR ».

CHAPITRE 3

LE GENERAL DECHU

Tribanon 4, Massop 128, possod 4, SOD 8.

Sous la ville de Codos s'étendait profondément la « cité sombre », dont on comprend le surnom à cause de la pénombre qui y régnait continuellement. Personne n'avait jamais réussi à s'en évader. Trois mille prisonniers pouvaient circuler comme bon leur semblait à l'intérieur de ce chiourme où seule la loi du plus fort subsistait.

La seule entrée était un sas fermé par deux énormes grilles empêchant quiconque de sortir sans autorisation. Les gardes postés de l'autre côté ne le franchissaient jamais. Quand un prisonnier émettait une requête, il se présentait, puis demandait l'autorisation d'y pénétrer. Alors la première grille s'ouvrait. Une fois à l'intérieur, le détenu faisait part de ses instances au chef de la garde. Il devait ensuite attendre qu'un autre prisonnier, un messager, lui fasse parvenir la réponse, en échange d'un peu de nourriture ou d'accessoires nécessaires à sa survie.

Du fond de sa cellule, le général Candas Yoltop écrivait ses dernières volontés, ses doigts de titan agrippaient péniblement sa plume. La sobriété de l'alcôve reflétait le juste besoin du nécessaire. Elle s'harmonisait tel un vieux couple exténué avec l'obscurité à peine dérangée par les petites lampes à fusion. Leur luminosité verdâtre qui coupait l'ombre par endroit, plongeait la moitié de la silhouette du général dans l'ombre. Juste un lit et un bureau brisaient l'ambiance minimaliste du lieu. L'antre humide n'en était pas moins spacieuse.

La garde du général se constituait d'une vingtaine d'anciens soldats, dont les diverses fortunes les avaient inévitablement amenés dans cette impasse. Ses fidèles serviteurs mais aussi ses faits de guerre héroïques rendaient Candas le prisonnier le plus respecté et le plus craint des lieux. Ses serviteurs occupaient la cellule voisine, deux d'entre eux, gardaient constamment l'entrée de la sienne.

Comme tous les modocos, passés les quatre vingt dix massops, la marque des écailles de plus en plus prononcée trahissait son âge. Son corps massif, même assis, accentuait sa stature de colosse. Son visage à la mâchoire prédominante soulignait sa bouche sans lèvre, et ses yeux jaunes étaient traversés par une fente verticale. Ses oreilles invisibles se résumaient à deux trous de chaque côté de son crâne. Tout cela était des caractéristiques empruntées à son ancêtre, celui de tous les modocos, le godaran, un réptile géant. Comme lui et comme tous ses semblables, son sang était aussi froid que la lame d'une épée.

Il n'en était pas moins hanté par son amour inégalable pour sa fille Miltoya, une vagauges. Il venait de lui léguer tout ce qui lui restait. Il devait encore écrire une dernière requête, quand des vagues d'anciens souvenirs l'emmenèrent au plus profond de sa mémoire, l'obligeant à se remémorer comment son effroyable destin le conduisit jusqu'au cœur moisi de la cité sombre.

Candas Yoltop naquit en massop 28 à Ancas, d'une famille modeste qu'il perdit alors qu'il n'était encore qu'un enfant. Très jeune, il dut apprendre à survivre dans les rues de la cité. Son intelligence et son exceptionnel don pour le combat l'aidèrent à y parvenir. Tant et si bien qu'à l'âge de trente deux massops, il acquit une auberge à l'irille gagnée en louant ses services de protecteur. Il épousa Trint, une trahms. Un fils naquit.

A cette époque-là, Candas s'échappait souvent du nid, aspiré par certaines affaires auxquelles il se livrait avec certains brigands des environs. Lors d'une de ces activités modérément tolérées à Ancas, Candas tua maladroitement l'un de ses congénères. Il s'avéra que ce dernier était un proche de l'Empereur. Il dût s'enfuir précipitamment pour échapper aux forces de répression d'Ancas.

Il rejoignit Codos où les criminels d'Ancas n'étaient pas recherchés. Un peu plus tard, lassé de vivoter, il s'engagea dans l'armée de Codos où il apprit toutes les techniques de combat des modocos. Il devint rapidement un officier aguerri.

A l'âge de soixante quatre massops, il s'unit avec une Vagauges et Miltoya naquit.

Il était colonel quand la guerre éclata entre les modocos d'Ancas et ceux de Codos. La ville d'Irillion, située à mi-chemin entre les deux capitales, incarnait un enjeu capital lors de ce conflit à cause de ses mines d'irilles. Elle redevint une cité modocos de Codos quand en massop 95, Candas, avec deux compagnies, en chassa les bataillons de l'Empereur ALTA XII.

Ils continuèrent jusqu'à Ancas qu'ils assiégèrent. L'immense cité, au Sud/Est de Welghilmoro, était construite à flanc de la falaise qui délimitait le cratère géant. Elle était également entourée d'une haute muraille et encerclée par le grand fleuve de Canidolas. Pour accéder à l'entrée il fallait franchir plusieurs ponts levis tous fermés depuis l'installation du siège. Les habitants de la cité produisaient leur propre agriculture. Par conséquent, il semblait impossible de les affamer.

Alors qu'il observait la ville avec sa lunette de longue portée, Candas s'aperçut que l'eau du fleuve était pompée par de grosses machines disposées à plusieurs endroits au pied de sa muraille. Elle était ensuite rejetée par de grosses bouches situées à quelques mètres des pompes. Il en conclut que les habitants se servaient de l'eau, la nettoyaient pour ensuite la consommer. La ville s'était bien modernisée depuis son départ. L'ébauche d'un plan se dessina, mais il lui fallait d'abord savoir à quel moment l'eau était filtrée et nettoyée. Il souhaitait également vérifier autre chose avant d'exécuter cette manoeuvre.

Il envoya alors une commande à l'empereur MOO V, dix mille litres de sève de Casus. Il lui faudrait attendre environ un possod pour obtenir sa livraison, ce qui laissait le temps d'esquisser son projet.

Une nuit, Candas et deux de ses meilleurs soldats, arborèrent des guenilles afin de ressembler aux plus modestes habitants de la cité. La nuit venue, ils plongèrent dans le lac et atteignirent la grande muraille en nageant sous l'eau. Aidés de leurs grappins, ils escaladèrent les murs sous les remparts, puis empruntèrent les grosses bouches servant à vidanger l'eau. Ils émergèrent contre les marées d'eau sales rejetées, mais parvinrent néanmoins à atteindre le cœur de la ville. Candas observa les pompes et comprit facilement leur fonctionnement et la façon de les saboter.

Il demanda à ses deux complices de l'attendre, tapis dans l'ombre, sans leur en expliquer la raison. Dans les rues sombres, il se faufila jusqu'à son ancienne auberge, habité par l'espoir de retrouver sa première femelle et son fils, pour les aider. Mais son ancienne demeure abritait d'autres occupants. Mille regrets et mille tourments l'étourdirent. Quel honneur pourrait-il tirer de sa victoire si celle-ci devait anéantir sa propre famille ? Il décida dans une peine incommensurable de les abandonner à leur propre destin.

Le colonel Mados Cosom livra la sève de Casus, un possod plus tard, accompagné d'une compagnie armée. Et puis vint le temps d'agir. Une nuit, dix modocos pénétrèrent dans la ville, par l'évacuation des vieilles eaux. Ils sabotèrent les dix pompes de filtrage. Ils se cachèrent après en avoir informé Candas grâce au code envoyé avec des lampes à fusion. Candas, déchiré par les remords, donna l'ordre de déverser la sève empoisonnée du puissant poison dans le fleuve. Ils attendirent deux sods entiers, jusqu'à ce que les infiltrés les informent que la population avait presque entièrement succombé. Ils procédèrent alors à l'ouverture de tous les ponts levis qui permit à leur armée d'entrer. L'idée de Candas était d'affaiblir l'armée d'Ancas, espérant ainsi sauver le plus gros de la population civile, mais le poison était trop puissant. Il ne restait plus que quelques soldats ennemis qui furent très vite massacrés. Pendant que Candas se chargeait de tuer ALTA XII conformément aux ordres de MOO V, le colonel Cosom ordonna de brûler la ville.

Cette initiative révolta Candas. Quand ils retournèrent au campement, une rixe éclata entre eux. Cosom fut humilié, car pour un modocos rien n'était plus dégradant que de perdre un combat sans mourir.

A son retour à Codos, Candas fut accueilli en héros, alors qu'il n'éprouvait pour lui-même qu'un profond dégoût. Quelque temps plus tard il fût nommé général.

Douze massops s'écoulèrent sans guerre. Mais quand MOO V apprit que les canufos avaient découvert des mines de xilphan et d'irilles dans leurs montagnes, il décida d'envoyer cinq compagnies à Fusili, espérant ainsi anéantir les canufos pour qui il n'avait aucun égard.

MOO V demanda l'aide des thesranes, mais ceux-ci ne souhaitaient manifestement pas entrer en conflit avec les canufos. Ils acceptèrent néanmoins de jouer un rôle de médiateur, bien inutile aux yeux de l'Empereur. Il se trouva obligé d'accepter ces conditions à cause des enjeux commerciaux, qui à l'époque, maintenaient l'entente cordiale entre ces deux peuples. Candas resta auprès de l'Empereur en tant que conseiller stratège.

Après sept massops d'une guerre acharnée, MOO V n'avait pas obtenu les résultats escomptés. Il décida alors, d'envoyer trois compagnies supplémentaires à Fusili. Cette fois Candas Yoltop menait les troupes. L'ordre était clair, oubliant les conseils diplomatiques des thesranes, ils massacreraient pratiquement tous les canufos et leurs femelles, les rupotèqes. Il espérait ainsi faire signer un traité de paix à Solorus, leur chef. Ce document signé par MOO V lui-même, restait vierge. Il le confia au général en qui il faisait toute confiance pour en rédiger les termes. Les choses ne se passèrent pas vraiment comme il l'avait espéré.

Quelques sods avant le départ, une délégation de thesranes, dépêchés par le Conseil Supérieur et composées de deux officiers, arrivèrent à Codos. Parmi eux, un jeune capitaine, Alussond Decopus. Leur mission officielle consistait à convaincre les canufos de signer le traité de paix. En réalité les thesranes souhaitaient seulement empêcher un massacre, ils y voyaient peut-être un autre intérêt.

Le trajet était long jusqu'à Fusili. Le Général et son armée partirent en campagne, montés sur leurs godarans. Quant aux deux thesranes, ils les accompagnèrent juchés sur leurs sponx. Le trajet devait durer environ deux à trois possods à travers le désert.

Le soir, le général et ses troupes établissaient un campement. Autour du feu de camp, les cinq officiers modocos se détendaient souvent en jouant au bassimo avec Candas. Les officiers thesranes restaient toujours à l'écart. Après sept sods de voyage, Alussond Decopus s'approcha silencieusement et les observa. Le bassimo était un jeu exclusivement modocos, dont l'issue se terminait parfois violemment lorsqu'un joueur estimait qu'un autre avait triché.

Au bout de quelques heures, le colonel Dassos, un soldat particulièrement irascible, s'agaça de sa présence.

« Tu veux peut être te joindre à nous. »...adressa-t-il ironiquement au jeune officier en arborant un large sourire sadique. La réponse d'Alussond surprit l'assemblée.

« Très bien ! »

Candas à la fois étonné et séduit par l'ardeur du thesranes, lui permit de s'asseoir parmi eux pour prendre part au jeu. Il apparut qu'il le maîtrisait à la perfection, gagnant ainsi toutes les manches. Ce qui stupéfia ses adversaires, sauf Dassos qui finit par être exaspéré.

« - Tu sais, thesranes...après avoir étripé un tricheur, j'aime bien lui bouffer les boyaux ». Il ajouta après quelques secondes ; « Quand ils sont encore chauds. »

Alussond soutint son regard sans sourciller, et lui répondit d'une voix calme et nonchalante :

« - Sois bien sûr de toi alors ! »

Dassos se leva d'un bond manifestement prêt à en découdre pendant qu'Allusond restait impassible.

« Suffit Dassos ! » aboya Candas. « Va vérifier la garde et va te coucher, assez joué maintenant. »

Celui-ci s'exécuta sans lâcher Allusond du regard. Une fois Dassos partit, Allusond s'excusa.

« - Désolé, général je ne souhaitais pas provoquer cette querelle. Je vais voir le colonel afin d'arranger nos relations.

- Ça ira ! Apaisa le général.

Le lendemain soir, les officiers entreprirent une nouvelle partie de bassimo. Comme la veille, Allusond s'approcha près d'eux. Dassos le regarda fixement pendant plusieurs secondes et s'adressa à lui jovialement.

« - Viens t'asseoir avec nous mon ami. » Il s'interrompit et le prit par les épaules. « - Allusond, le meilleur thesranes joueur de bassimo...de tout les temps ! » Puis il explosa d'un rire sincère.

Lors de cet épisode Alussond impressionna considérablement Candas. Le fait qu'il réussisse à séduire un modocos aussi teigneux et aussi rancunier que le Colonel Dassos, était sans nul doute la preuve d'un talent hors du commun.

Les soirs suivants, Allusond prit l'habitude de se joindre à eux. Il lui arriva de perdre assez souvent, sans doute volontairement afin de ne plus échauffer les esprits.

Les troupes approchèrent enfin Fusili, et établirent leur campement à la lisière de la forêt vierge qui encerclait la montagne. C'est alors qu'un autre événement se produisit dès la tombée de l'astre rouge, alors que les cinq officiers entreprenaient leur partie de cartes habituelle. Cette fois Alussond n'apparut que beaucoup plus tard. L'air grave qu'il affichait et l'inquiétude qui transpirait de sa personne intriguèrent le général.

« - Général Yoltop, j'ai une requête, sollicita Alussond.

- Je vous écoute.

- Mon collègue le Capitaine Turnockt est parti chasser dans la forêt en fin d'après-midi, il devait rentrer avant la nuit. Je suis inquiet. »

Il attendit quelques secondes avant de reprendre.

« - Je pense partir à sa recherche.

- Je t'accompagne ! S'empressa Dassos, en cherchant le regard approbateur du général.

- D'accord, Tu peux l'accompagner, accorda Candas. »

Les deux sauveteurs enfourchèrent leur monture respective et se dirigèrent vers la forêt. Quand ils arrivèrent aux premiers arbres, Dassos crut bon d'avertir Alussond.

« - Je connais bien cette forêt. Le plus à craindre la nuit, ce sont les vancroches. Ils ne sortent qu'à ce moment là, leur taille est double de la tienne, ils te bondissent dessus, t'arrachent la tête et te sucent le sang. Après il ne reste de toi que des lambeaux. Reste dix pas derrière moi et garde ton arme à la main. »

Ils s'enfoncèrent dans la forêt dont la densité s'étoffait au fur et à mesure de leur progression. Ils pensèrent être sur la trace du Capitaine Turnockt quand ils aperçurent les branches cassées des arbres par endroits, présageant que quelqu'un venait de passer récemment. Leurs soupçons ne tardèrent pas à se confirmer. Ils continuèrent d'avancer arme à la main, tout en s'éclairant de l'autre avec une lampe portative quand Dassos s'arrêta. Dans la lumière de l'éclaireur, Allusond aperçut le corps démembré de Turnockt qui pendait à un arbre.

Après un long silence, une ombre se détacha de la masse des arbres et bondit sur Dassos. Alusond appuya sur la détente de son arme instinctivement, le rayon vert jaillit en direction de l'animal sauvage et explosa à son contact. Sa tête s'atomisa dans les branchages. Mais Dassos fût désarçonné et se retrouva à terre, lorsqu'un deuxième vancroche jaillit de nulle part. Cette fois, Alussond n'eut pas le temps de tirer à cause de son sponx, qui le projeta à terre en voulant charger l'immonde « bestiole ». Alussond en lâcha son arme. Il reprit ses esprits après quelques secondes. Il tâtonna le sol espérant retrouver son pistolet, mais il ne put que constater, impuissant, le massacre de Dassos.

Ni le sponx ni le Godoran du colonel n'avaient mieux résisté aux lacérations de l'animal. Soudain, un troisième se jeta sur Alussond. Deux détonations déchirèrent la nuit et le monstre s'écroula juste avant de l'atteindre. Quand il se retourna, il reconnut Candas, sur sa monture, le fusil à la main. Il venait de lui sauver la vie, mais son intervention fut trop tardive pour Dassos. Son corps gisait écartelé sur le sol poreux qui buvait la marre de son sang.

Plus tard, au campement, le général rendit visite à Alussond qui se remettait dans sa tente.

« - Comment allez-vous Alussond ? Lui demanda-t-il.

- Légèrement commotionné, mais je suis surtout triste pour Dassos. Tout ça à cause de l'imprudence de l'un des miens.

- Dassos a atteint le néant infini en combattant comme l'espèrent le rejoindre tous les modocos. N'y pensez plus.

- Merci, général.

- De rien reposez-vous. »

Candas s'apprêta à sortir quand Alussond l'interpella.

« - Général ?

- Oui.

- Puis-je vous entretenir un moment de ce qui nous attend à Fusili ? »

Candas savait que cette conversation aurait lieu à un moment du voyage. Les thesranes devaient forcément dévoiler les raisons de leur présence.
« - Je vous écoute, Capitaine. »

Alussond qui avait pris toute la mesure de son interlocuteur souhaita parler sans détour.

« - Quel est le plan ? Dîtes-moi franchement Candas.

- Savez-vous pourquoi cette guerre s'enlise depuis près de 8 massops ? lui jeta-t-il pour toute réponse.

- J'ai une petite idée, c'est une simple question de tactique, et jusqu'à présent les canufos ont été plus malin que vous, pas vrai ?

- Exactement ! Mais le terrain est en leur faveur n'est ce pas ?

- Absolument !

- C'est cette forêt vierge qui nous freine depuis le début du conflit. Elle entoure complètement la montagne de Fusili. Pour parvenir jusqu'aux canufos, il faut franchir cinquante

kilomètres de branches à couper au fur et à mesure que l'on avance ; nous sommes assaillis par les insectes, sans parler des bêtes sauvages tels que les vancroches qui se délectent de notre sang. Tant et si bien que lorsqu'une compagnie arrive au pied de la montagne, elle très affaiblie. Solorus n'a plus qu'à envoyer quelques canufos pour les achever. A ce rythme là, toute notre armée risque d'y passer et tout çà pour quelques mines de xilfan et d'irilles que MOO V veut s'approprier. Il est vrai que ce territoire est riche. Que veulent les thesranes exactement ?

- Rien, nous sommes vos alliés mais nous avons toujours entretenu de bons rapports avec les canufos. Il faut dire que leur territoire si difficilement accessible contribue aussi au fait que nous les connaissons peu. Les thresranes veulent juste la paix, je vous l'assure !

- Et aussi développer un peu le commerce non ?

- Certes !

Le général se tut un moment, il jaugea Alussond. Il en conclut qu'il devait être sincère.

Alussond s'impatienta.

« - Et alors ? Le plan ?

- Très simple comme tous les plans géniaux. Il y a de cela un massop, alors que j'étais son conseiller stratégique, j'ai eu une idée que j'ai soumise à MOO V. Les foreuses à fusion que les

thesranes nous avaient vendues pour creuser nos mines d'irilles. J'en ai fait acheminer une pour nos troupes au front, cela fait maintenant six possods qu'ils creusent en direction de la montagne. Selon nos informations, le tunnel est quasiment terminé. Et les canufos ne se doutent de rien. Alors le plan est simple, il reste une compagnie sur le front certes quelques peu décimée, plus les trois qui arrivent cela fait quatre. En plus nous amenons des armes. Nous n'en ferons qu'une bouchée. Et les ordres de MOO V sont de tous les massacrer, canufos, rupoteqes et même les enfants. Ensuite faire signer le traité de paix à Solorus, le ramener à Codos pour qu'il soit jugé comme criminel, condamné et exécuté en public, afin de célébrer la toute puissance de MOO V.

- Pourquoi leur faire signé un traité si c'est pour tous les massacrer ?

- MOO V espère certainement garder le massacre secret, d'une part, pour ne pas s'attirer d'ennuis avec les thesranes. C'est pourquoi, j'ai ordre de vous garder éloigné de la bataille.

- Et d'autre part pour s'approprier les mines. » Compléta Alussond. « Mais maintenant que vous m'avez tout dit ! Qu'allez-vous faire ? »

- Ce sont les ordres de mon Empereur non ?

- Certes !

- MOO V m'a confié un traité en blanc. Autrement dit, aucune clause n'y est inscrite, il me fait entièrement confiance et pourtant je sais qu'il ne m'aime guère.

- Ah bon ! Pourquoi ? S'étonna Alussond.

- Certainement à cause du courage dont j'ai pu faire preuve. Alors que lui est parfaitement lucide et il sait qu'il n'est qu'un lâche. Aussi à cause de l'amour que me porte le peuple. Il me jalouse, je le sais, je le sens.

- Je ne comprends pas comment il peut vous faire confiance tout en vous détestant.

- Il a confiance en mon intégrité, c'est tout !

- Mais ce qui m'intéresse pour le moment, c'est ce que, vous avez l'intention de faire.

- Je vais amener mes troupes au pied de la montagne.

- Et ?

- Massacrer tout un peuple me répugne. Je ferai savoir que je n'ai aucune intention belliqueuse et je demanderai à voir Solorus. Ensuite, avec votre aide, nous élaborerons le traité de paix avec lui. Et la guerre sera terminée. Les modocos n'auront rien gagné mais la guerre sera terminée. N'est-ce pas le principal ?

- Certes, mais que risquez-vous ?

- Rien. »

Le général se tut un instant et reprit.

«- Je suis un héros de guerre, adoré et même idolâtré en modocosie, MOO V n'osera rien tenter contre moi sous peine de voir tout le peuple se retourner contre lui.

- Je suis heureux de la tournure que prennent les événements, conclut Alussond. »

Quelques sods plus tard, le général et ses troupes arrivèrent au pied du rocher. Alussond et Candas firent comme prévu, la guerre se termina sans qu'une goutte de sang ne soit versée. Ils regagnèrent Codos où le général salua chaleureusement son nouvel ami. Comme il l'avait prévu il fut accueilli en héros. MOO V le convoqua un peu plus tard. Il le menaça d'être jugé avant d'être jeté en prison, mais aucune de ses intimidations ne fut mise à exécution.

Deux possods plus tard, Candas eut une visite inattendue alors qu'il savourait quelques moments de paix et de bonheur, chez lui en compagnie de Maltana sa femelle, et de sa fille Miltoya. La maison de Candas s'élevait dans le quartier du palais, auquel on n'accédait qu'après avoir présenté un laissez-passer aux soldats qui en gardaient l'entrée. Les riverains étaient tous des nantis proches du pouvoir.

Sans être la plus belle, la maison de Candas n'était pas dépourvue de charme. Construite en pierres grises comme toutes les habitations de la ville, elle disposait d'un petit jardin fleuri par Maltana, l'intérieur était décoré avec goût et beaucoup de plantes sur les cloisons l'égaillaient. Olicaount, la trahms qui était à son service depuis plus de vingt massops, et qui lui servait également de cuisinière et de femelle de chambre, s'invita dans le salon.

« - Le général Cosom souhaite vous entretenir, annonça- t-elle avec dévouement.

- Faîtes-le patienter dans mon bureau, j'arrive. » Il s'approcha doucement de Maltana et glissa à son oreille. « Je m'en débarrasse au plus vite et je suis à nouveau à vous deux mes amours.

- J'espère que ce ne sont pas des ennuis ou encore une mission qui va t'éloigner de nous pendant de longs possods, se chagrina Maltana.

- Oui, père dépêche toi de nous rejoindre, car je compte bientôt sortir ! implora Miltoya sans se départir du sourire radieux qui dessinaient joliment ses lèvres.

Elle était maintenant une jeune adulte et de l'avis de Candas, encore plus belle que sa mère. Elle avait toutes les particularités des vagauges, un teint gris aux reflets bleus, et un corps voluptueux porté par de longues jambes fines et musclées.

« Je reviens, les rassura-t-il. »

Le général Cosom avait pris place au Conseil des Sages, cinq massops auparavant, profitant de ses appuis politiques et de la mort de l'un de ses membres. Il était assis dans le fauteuil de Candas, sans doute dans l'espoir de le déstabiliser. Candas balaya cette provocation en s'avançant le plus près possible et en restant debout devant lui. Cosom s'en trouva obligé de lever la tête forçant sur ses cervicales pour pouvoir parler, ce qui le mit dans une position inconfortable qu'il dut subir pendant que Candas le regardait de toute sa hauteur.

« - Qu'est-ce que tu me veux Cosom ? Demanda-t-il sèchement, laissant sous entendre qu'il souhaitait que l'entretien soit bref.

- Il faut que l'on enterre la lamecoupe, ne crois-tu pas, depuis le temps ? En plus, j'ai une proposition à te faire, expliqua l'invité.

- Je t'écoute !

- Le deuxième mandat de MOO V se termine à la fin de ce massop. C'est l'année du « grand choix ». Le Conseil des Sages est chargé de lui trouver un concurrent digne de lui succéder.

- J'espère que vous n'avez pas pensé à moi, l'interrompit Candas.

- Bien sûr que si ! Tu es le modocos le plus populaire de toute la modocosie. Tout le monde te vénère. Qui d'autre ? Je te demande d'y réfléchir. Rends-moi ta réponse d'ici dix sods. Si tu refuses, je chercherai un autre candidat. »

Sur ce il se leva, heureux de quitter sa place inconfortable. Il sortit de la pièce sans oublier les formules de politesse considérées de bon aloi.

MOO V représentait tout ce que détestait Candas. Il était arrogant, avide de pouvoir. C'était un enfant capricieux dénué de toute sagesse, pourtant âgé d'environ quatre vingt dix massops, tout comme lui. Il décida donc de réfléchir sérieusement à cette proposition. Maltana saurait le conseiller, elle l'avait toujours fait auparavant, dans les périodes les plus ardues. Dès que Cosom quitta la maison, Candas retourna au salon.

Myltoya était déjà sortie en ville, certainement dans ce quartier où elle avait pris l'habitude d'aller, situé aux abords. Un endroit populaire dénommé le quartier « corrompu » à cause de l'occupation que les thesranes y avaient exercée lors d'une guerre lointaine, relatée dans les livres d'histoire.

Maltana était seule dans le salon, elle s'occupait avec un jeu de milne où il fallait constituer des mots avec des signes de l'alphabet Arcunt. Candas s'assit auprès d'elle et resta silencieux. Il la regarda jouer pendant un long moment. Maltana commença.

« - Cosom et toi, n'êtes pas les plus grands amis, n'est ce pas ?

- Exact !

- Tu as l'air contrarié depuis que tu es revenu de cet entretien.

- Exact !

- Et tu as envie de me parler ?

- Il m'a proposé de succéder à MOO V lors du prochain « grand lavage ».

- Tu ne sais pas quoi faire et mon opinion t'intéresse. Mais je ne peux rien faire ni rien te dire. Tu dois faire ton choix seul. Je vais me reposer dans la chambre. Tu peux venir me faire l'amour, et réfléchir après, où attendre, ici dans le salon à cogiter seul dès maintenant.

- Va te reposer mon amour, je vais rester seul. »

Candas resta des heures assis prostré dans son fauteuil. Il pensa que le peuple devait croire en lui. Les modocos avait besoin d'un vrai chef, différent de MOO V qui les dirigeait de façon égoïste.

Au levé du sod, Candas décida de défier MOO V lors du « grand lavage » et il envoyait ce message à Cosom : **« Général Cosom, ce sod en tribanon 4 MASSOP 115 possod 8 SOD 6, j'ai décidé d'accepter la proposition que vous m'avez faîte hier après-midi. Je me déclare donc candidat au « grand lavage » qui décidera soit de la succession soit à nouveau du couronnement de l'empereur MOO V. Signé : le général Candas Yoltop ».**

Cette missive que Cosom leur présenta aussitôt était officiellement recevable auprès du Conseil des Sages. Il l'étudia et l'accepta. Rapidement l'épreuve du « GRAND LAVAGE » fût officiellement annoncée.

Dans cette épreuve, les deux candidats devaient s'affronter à mains nues et ils n'étaient autorisés à porter qu'un pantalon et des bottes en cuir d'écailles grises de godaran. Le combat pouvait se terminer lorsqu'un des deux adversaires rejoignait les entrailles du néant infini. Ce qui arrivait la plupart du temps. Par contre aucune tricherie n'était tolérée. Ce duel se déroula dans l'arène de Codos, tout le peuple y assista. D'autres habitants représentant d'autres races vinrent aussi les admirer.

Candas avait pris sa décision seul, et quand il entra sur la piste sableuse, il savait que ni Maltana ni Myltoya ne seraient là pour le regarder combattre. Il n'eut guère le temps d'y penser davantage, car les événements s'enchaînèrent très vite. Lorsqu'il vit MOO V torse nu, il s'étonna de sa musculature imposante. Mais il s'aperçut vite qu'elle était artificiellement sculptée contrairement à la sienne, plus aguerrie.

Le Conseil des Sages, placé au centre de l'arène et qui arbitrait l'affrontement, ordonna qu'il commence. MOO V s'avança vers Candas en rugissant. Soudain, il se mit à suffoquer puis à vomir. Il tomba et s'écroula à genoux, presque s'évanouit, alors que Candas ne l'avait même pas touché. Les membres du Conseil des Sages interrompirent les hostilités et firent venir le médecin officiel de MOO V. Puis l'un d'eux se dirigea vers Candas.

« Il y a un sérieux doute sur la régularité du combat, vous êtes suspecté de tricherie. Gardes interpellez le général Yoltop et emmenez-le en cellule ! ordonna-t-il. »

L'arène n'était pas un lieu uniquement destiné au Grand Lavage, d'autres compétitions s'y déroulaient, notamment des boucheries infâmes où des prisonniers condamnés à vie combattaient, tels des gladiateurs, contre des bêtes sauvages. Ils espéraient ainsi gagner leur liberté, lors d'un événement spectacle appelé « L'espoir ». Les cellules de l'arène se trouvaient aux abords de la piste, Candas y fut amené. Il attendit quelques minutes quand le général Cosom lui rendit visite. Il pénétra impassible les mains derrière le dos. Entre ses jambes, Candas aperçut du sang bleu qui coulait sur le sol. Seules les Vagauges possédaient un sang de cette couleur.

« - Bonnes nouvelles Candas ! MOO V va s'en sortir, son médecin lui a administré l'antidote juste à temps.

- J'en suis heureux.

- Ah bon ! Pourtant n'as-tu pas essayé de l'assassiner pour t'octroyer le pouvoir ?

- Tu sais très bien que c'est faux, se défendit Candas.

- En attendant, la loi prévoit que celui qui triche lors de l'épreuve soit condamné à la prison à vie sans jugement. Tu vas prendre tes quartiers dans la cité sombre mon ami. Lève-toi, je dois maintenant te dégrader, jubila Cosom.

Candas s'exécuta pendant que Cosom officiait, citant textuellement l'article de loi sur la dégradation.

« - Candas, pour te consoler...Elle n'aura pas à subir ton déshonneur. »

Cossom dévoila ses mains et lui tendit la tête de Maltana, arrachée à son corps. Candas sentit ses jambes se dérober sous lui. Cosom exaltait.

« - Maintenant entre dans l'arène et avoue au peuple que tu as triché, sinon Myltoya subira le même sort. »

Candas anéanti obéit, avant d'être jeté en prison.

Cela faisait maintenant dix massops qu'il croupissait dans la «cité sombre». Il se maintenait en vie grâce à la seule idée de savoir que Myltoya allait bien et qu'elle pouvait toujours jouir de leur maison dans le quartier du palais. En la lui laissant, MOO V voulait obtenir l'adhésion des derniers fidèles du général. Mais maintenant Candas était vieux, pourrissant au fond d'une impasse, il voulait en finir. Après son testament, il entreprit la rédaction d'une requête adressée à l'Empereur, dans laquelle il faisait part de son souhait. Retourner dans l'arène pour participer à l'épreuve de « l'espoir ».

CHAPITRE 4

UN GRAND CHEF

Un gluide survolait la montagne de Fusili, plongée dans la tiédeur de l'aube. Il tournait autour du sommet depuis plusieurs heures, parfois il piquait au sol pour attraper un petit animal qu'il rapportait au nid.

Solorus, niché sur un rocher, l'observait en dominant la plaine. Il se demandait pourquoi les canufos ne pouvaient pas monter leur ancêtre comme les thesranes et les modocos. Il en rêvait, mais un gluide ne se laissait jamais approcher. Pour cela, il aurait fallu le transpercer d'une flèche, mais les canufos respectaient trop le rapace pour le chasser. Solorus aurait pourtant voulu en capturer un, et agripper son dos pour s'envoler.

Il éleva son grand corps en même temps que l'astre flamboyant attrapait la lumière. Ses épaules paraissaient aussi larges que des ailes sur le point de se déployer. De la tête aux pieds, il était recouvert d'un duvet de plumes, si courtes, qu'à l'œil nu, elles paraissaient n'être qu'une fine couche de fourrure noire avec des reflets roux. Seuls ses yeux ronds et perçants émergeaient. Sa combinaison en peau de thars lui moulait le corps. Il lui avait arraché les manches jusqu'à la naissance des épaules. Ses bottes à semelles molles lui montaient au-dessus des genoux. A l'autre extrémité, elles étaient percées pour laisser dépasser ses serres.

Il s'était isolé depuis un long moment. Il lui arrivait souvent de quitter la cité pour marcher à des heures de là dans la montagne. Il aimait être seul, il n'en était pas moins le chef des canufos.

Le chef des canufos ne le devenait pas en sortant vainqueur d'un combat contre un concurrent comme les modocos, ni lors d'une joute électorale comme les thesranes. Il devenait leur chef quand c'était une évidence pour les autres canufos. Son statut était incontestable aux yeux de tous. Il était une légende vivante, forgée par l'accomplissement de nombreux actes héroïques.

Il accomplit son premier exploit très jeune, à l'occasion d'une chasse aux thars, un rongeur assez gros pour nourrir au moins vingt canufos. Sa proie lui échappait, d'une détermination inébranlable, il continua à la pourchasser dans la forêt, jusqu'à ce qu'il se retrouve isolé dans le crépuscule qui transforma la forêt en un labyrinthe sombre et humide. Solorus savait que les vancroches sortaient dès le coucher de l'astre lumineux.

Il décida alors de passer la nuit, caché en haut d'un arbre, espérant que l'un de ces animaux ne vienne pas l'en déloger violemment. Après plusieurs heures, il finit par s'endormir. Un silence inquiétant le réveilla, le bruit qui suivit le ramena sèchement à la réalité. Un vancroche se trouvait au pied de son refuge et s'apprêtait à grimper. Très rapide, Il se retrouva à moins d'un mètre de lui, en à peine quelques secondes.

Solorus réussit de justesse à lui planter sa lance en pleine tête, entraînant la chute de l'animal. Lors de l'impact au sol, l'arme se brisa. Solorus ne put rien faire d'autre que d'attendre que l'astre scintillant se lève à nouveau, s'il ne voulait pas éveiller l'attention d'autres monstres suceurs de sang.

Au matin, il était toujours en vie, il descendit de l'arbre affamé. Il dépeça l'animal, mangea quelques morceaux de viande crue au goût infâme qui lui arracha quelques grimaces. Puis par curiosité, il continua à fouiller ses entrailles. Il détecta un long nerf dans le prolongement de la queue qui s'étendait jusqu'au cou. Sa solidité et son élasticité l'intriguèrent. Il le découpa pour le sortir de l'épigastre. Il récupéra la pointe de sa lance et retourna à Fusili.

Une fois chez lui, il fabriqua un gantelet juste un peu trop large pour lui permettre de ranger le nerf auquel il avait fixé la pointe de sa lance. Ainsi, l'objet pouvait se détendre grâce à une simple pression des doigts. Le bracelet lui recouvrait tout l'avant-bras droit. Pendant les sods qui suivirent, contre un morceau de bois, il s'entraîna à lancer l'ardillon de son arme qui lui revenait automatiquement dans la main après une autre pression des doigts. Lui seul était assez adroit pour utiliser cet instrument unique. Les autres canufos le baptisèrent la « lance invisible ».

Deux massops plus tard, il accomplit un deuxième exploit légendaire alors qu'une jeune rupoteqe avait disparu. Tawok, à l'époque chef des canufos, le désigna lui et cinq autres pour participer aux expéditions de recherche. Ils suivirent les traces de l'enfant jusque dans la forêt. Bien que connaissant les risques d'une telle expédition la nuit, Tawok ne voulut pas abandonner la petite. Après plusieurs heures vaines, il décida néanmoins de s'arrêter un moment dans une clairière. Quand la nuit les enveloppa, deux vancroches surgirent des bois. L'un se jeta sur Kotaow, l'un des membres de l'expédition, le second sur Tawok. Solorus exerça quatre pressions successives sur son gantelet. Il fit mouche et en l'espace de quelques secondes l'extrémité de l'arme transperça le premier vancroche au cou, se rétracta et s'étendit une seconde fois pour traverser la tête du second. Grâce à son intervention Kotaow fût sauvé. Quant à Tawok, il fût grièvement blessé. Le lendemain, ils retrouvèrent la disparue miraculeusement vivante. Ils la ramenèrent ainsi que leur chef à Fusili. Ce dernier s'éteignit la nuit d'après. Au lendemain de la mort de Tawok, Solorus devint le nouveau chef des canufos.

Durant les huit massops de guerre contre les modocos, Solorus réitéra plusieurs prouesses. Un sod, il tua successivement cinq modocos armés de fusils à fusion.

Mais aux yeux de tous ses congénères, l'acte héroïque le plus important se symbolisait par le traité de paix qu'il signa avec les modocos, sans que cela ne desserve son peuple.

Sur le trajet qui l'amenait à la cité, Solorus se souvint du sod où il rencontra Candas Yoltop et Alussond Decopus au pied de la montagne. Il avait cru voir la fin de son peuple quand l'armée de modocos jaillit au bout de la plaine. Il se rappela d'abord Candas ordonner à ses soldats de jeter leurs armes, puis Alussond venant à sa rencontre. Ensuite, il se souvint Candas et Alussond qui le suivirent jusqu'à la cité nichée dans la montagne creuse.

Il les avait invités dans la plus grande crypte de sa grotte. Ils s'étaient assis tous les trois sur une couverture autour d'un feu. Il se souvint que les flammes orange dansaient. Ils signèrent le traité et discutèrent une nuit entière et tout le sod suivant. Qui dit qu'une vie est nécessaire pour bâtir une amitié ? Quelques heures suffirent à lier ces trois là ! Il se souvint aussi qu'il fut étonné de voir ces deux êtres d'une race différente le comprendre mieux que son propre peuple, même lorsqu'il s'exprimait de façon énigmatique comme souvent, par des métaphores. Il se remémora que lorsque les adieux s'imposèrent, Candas et Alussond l'étreignirent chacun leur tour. Il se souvint aussi leur avoir prédit sans savoir pourquoi, ce qui était une évidence pour lui :

« - Des plantes enfantées par le sang de guerriers morts cracheront des bulles infectes qui souilleront nos races. »

Cette phrase, Allusond et Candas ne la comprirent que bien plus tard.

CHAPITRE 5

LE DIPLOMATE

Alussond Decopus logeait dans un petit appartement confortable, sobre et rangé méthodiquement du centre-ville de Komatanès. L'entrée amenait directement sur la salle principale, à peine éclairée par deux petites fenêtres. La cuisine ouverte s'ouvrait sur le salon où un bureau dominait un canapé. Au fond de la grande pièce se nichait sa chambre surélevée d'un niveau.

Alussond avait été récemment nommé commandant grâce à ses nombreux succès obtenus lors de missions, relevant toutes de l'ordre de l'espionnage diplomatique, son domaine de prédilection. Lorsqu'on lui en confiait une, son seul objectif était de la réussir quel qu'en soit le prix.

Il possédait énormément d'atouts, une beauté remarquable, un visage gracieux à la teinte gris ardoise, qui témoignait de sa bonne santé. Il portait la tête droite et haut sur son corps athlétique. Il était également doté d'une intelligence extraordinaire. Il était perfectionniste, tout ce qu'il avait appris depuis son enfance, il l'avait d'abord assimilé pour le maîtriser parfaitement. Pour ceux qui le connaissaient peu, il pouvait paraître froid et distant, mais ses amis apprirent à discerner la chaleur qu'il enfouissait sous sa carapace. Il semblait néanmoins cacher un mystère, plus profondément, qui parfois intriguait même ses plus intimes.

Alussond était un thesranes « pur ». Ses parents, conformément à la loi, le confièrent dès ses cinq massops à l'école d'administration, lui laissant seule le soin de l'éduquer. C'était la voie obligatoire que devaient emprunter tous les thesranes de race séraphique. Leurs parents devaient, dès lors, les oublier.

A vingt-cinq massops, il obtint un diplôme général. A cet âge, il eut le droit de quitter son école et intégra celle des officiers de l'armée. Lors de cette scolarité, sa matière préférée était la psychologie diplomatique, ce qui ne l'empêcha pas d'exceller dans les disciplines sportives et de combat.

Il atteignit un degré de perfection tel que ces techniques n'avaient plus aucun secret pour lui. Pour se sortir de certaines situations délicates, il préférait toutefois utiliser la persuasion tant elle était idéale. En jaugeant un adversaire, il réussissait presque toujours à le convaincre que le combat était inutile. La plupart du temps, l'antagoniste venait à douter de ses propres compétences ou s'apercevait subitement que la violence était superflue.

Il maîtrisait parfaitement l'art de la psychologie diplomatique en analysant les situations en fonction du profil de ses adversaires, anticipant leurs choix, ainsi que les effets provoqués sur les événements à venir ou les comportements d'autres acteurs déterminants. En quelques secondes, Il en tirait les conclusions et agissait en conséquence.

Alussond préparait son uniforme avec un soin particulier pour se rendre dans l'hémicycle du Conseil Supérieur où il était attendu. Son pantalon et sa longue veste avaient été façonnés dans un mélange de cuir de sponx, et de synthétique, ce qui leur donnait un aspect lisse et mat. Ce tissu permettait également à son habit de rester souple tout en le protégeant partiellement d'éventuels coups de lame. Le manteau lui arrivait juste en dessous des genoux. L'ensemble noir se portait près du corps. Un étui intégré au niveau de l'omoplate gauche servait à ranger son pistolet à fusion. Les bottes, en cuir noir rigide, lui arrivaient à mi-mollet. Sous ses vêtements, il arborait une chemise en tissu noir sans col. Au niveau du cœur, un insigne blanc qui lui conférait le grade de commandant, représentait la partie haute de la tête d'un sponx, sans la mâchoire.

Il ne lui fallut pas plus de dix minutes à pied pour se rendre au Conseil Supérieur. Il y était convoqué pour la seconde fois.

La première fois, sept possods plus tôt, son supérieur, le général Massistul Evoganus, l'avait invité dans son bureau. Il lui annonça qu'il devait se rendre au Conseil Supérieur dès le lendemain avant de lui remettre la convocation officielle en main propre tout en lui précisant qu'il ignorait lui-même la raison de cet ordre.

Lors de ce premier entretien avec le Conseil Supérieur, Alussond attendit un long moment dans un petit salon, où il put examiner les portraits des anciens membres. Les plus séculaires étaient des peintures, les plus récents, des photographies voilées par un film rendu verdâtre par le produit servant à fixer l'image.

Un garde l'introduit dans l'hémicycle où tous les conseillers l'attendaient. Les plus anciens portaient un costume rouge bordeaux, ceux élus trente massops plus tôt un costume rouge foncé, les derniers élus revêtaient un costume rouge clair. La législation thesranes prévoyait que le plus ancien conseiller, autrement dit le Grand Conseiller Supérieur, devait prendre la parole en premier. Ensuite chacun pouvait solliciter la permission de s'exprimer en appuyant sur le bouton de son pupitre, actionnant ainsi une petite lumière verte. Le juge qui officiait désignait celui qui souhaitait parler à son tour.

Devaliud Pnagnasus accueillit Alussond.

« - Bon sod, Commandant Alussond Decopus. »

Alussond lui rendit la politesse en effectuant le salut militaire thesranes qui consistait à présenter son poing fermé sur son front tout en gardant bien le coude en avant. Alussond exprima la phrase protocolaire d'usage :

« - Commandant Alussond Decopus, aux ordres du Conseil Supérieur, Conseillers ! »

Pendant toute l'audience Alussond devait rester debout au milieu du cirque pendant que les conseillers restaient assis derrière leur pupitre. Devaliud Pnagnasus reprit la parole, cette fois plus solennellement.

« - Commandant Decopus, le Conseil Supérieur vous a convoqué afin de vous informer de son vote intervenu en tribanon 4, Massop 128, possod 2, Sod 8. Ce vote consistait à désigner un officier pour assurer une mission de la plus haute importance. Le résultat nous a conduit à vous, pour cette mission désignée d'importance capitale de niveau 1, après l'étude des dossiers de douze autres officiers de l'armée thesranes. La dîte mission sera de prendre le commandement du « GRAND VOYAGEUR », dont le départ pour l'exploration de la « Faille », d'une durée indéterminée, est prévue d'ici trois massops à compter de ce sod. Avant de continuer plus avant cette réunion Commandant, je dois vous demander si vous acceptez l'honneur d'accomplir cette mission. »

Alussond répondit sans réfléchir, sa décision fut instantanée.

« C'est avec un grand honneur que j'accepte la mission qui m'est confiée par le Conseil Supérieur. » déclara-t-il.

C'était également une phrase protocolaire qu'un officier thesranes se devait de prononcer lorsqu'il acceptait une mission directement ordonnée par le Conseil Supérieur. Peu d'officiers thesranes eurent l'occasion de prononcer cette phrase, rares étant celles considérées de la plus haute importance.

« -Très bien! » S'empressa Devalliud. « Passons donc à la suite. A l'issue de cette réunion, le juge Veriliud Pedatrius vous

confiera le cahier des charges où tous les détails y sont assignés. Par ailleurs, vous disposez d'un délai de sept possods pour en présenter le plan au Conseil Supérieur. En examinant ce document, vous remarquerez qu'il devra comporter entre autres : le nombre des officiers qui vous accompagneront, certains aménagements que vous jugerez utiles itinérents à la conception du vaisseau, la quantité de nourriture que vous envisagez d'emporter. Vous devrez nous envoyer votre dossier complet sept sods avant l'audience afin que nous ayons le temps de l'étudier. Vous remarquerez que le Conseil Supérieur place en vous une grande confiance et que vous avez pratiquement carte blanche pour vous organiser. Néanmoins, après avoir étudié votre dossier, le Conseil Supérieur procédera à un vote qui décidera de sa validation ou non, faute de quoi vous disposerez d'un délai supplémentaire de trois possods pour effectuer les ajustements nécessaires. Commandant Decopus, avez-vous des questions ?

- Je n'ai aucune question, abrégea Alussond, dont la hâte primordiale était d'étudier tranquillement son dossier.

- Parfait ! Je déclare donc la réunion du Conseil Supérieur close, conclut Devalliud. »

Alussond ressentit une grande fierté, mais il espérait avant tout qu'on lui laisserait accomplir cet apostolat comme il le souhaitait. Il retourna à la caserne et se précipita à son bureau pour étudier le contenu du document.

Celui-ci cadrait les grandes lignes du projet. Le premier alinéa concernait les obligations d'Alussond. Il devait pendant les sept prochain possods, en plus de constituer son projet, se présenter aux ateliers où le « GRAND VOYAGEUR » était en construction. Il y assisterait à des cours de navigation, de mécanique, de pilotage et d'autres sur la connaissance de l'appareil, tout cela dès le lendemain. Le deuxième alinéa relatait le cadre de l'organisation, le nombre d'individus à embarquer, leur rôle, l'encadrement des sections, l'armement, la nourriture. Il devait y avoir une section combattante en cas de rencontres hostiles, une autre chargée du pilotage, une pour la maintenance et l'entretien, et une dernière devrait s'occupait des vivres et des cuisines. Une clause indiquait que les modocos devaient être intégrés au projet et qu'une délégation de cette race devait avoir une affectation précise lors de ce voyage.

Le lendemain Alussond se présenta au chantier, situé à quelques kilomètres de Komatanès, où il découvrit les remisés et les bureaux bâtis sous la « Faille », là même où la roche avait été extraite pour construire la plupart des bâtiments de Komatanès.

Alussond devait y rencontrer le professeur Copallud Mistranus qui l'accueillit jovialement.

« - Bonjour commandant, je vous attendais. Je me présente, professeur Copallud Mistranus. Enchanté !

- Enchanté également, répondit Alussond.

- Suivez-moi, je vais tout d'abord vous montrer l'appareil, il faut que vous fassiez connaissance, » s'amusa le vieux scientifique.

Sans un mot, Alussond emboîta le pas de Copallud.

Comme à son habitude, certainement par déformation professionnelle, Alussond ne put s'empêcher de jauger son interlocuteur. Il en conclut que Copallud était un passionné, sans aucun ressentiment envers qui que ce soit, mais qui n'accordait qu'une importance relative aux humanimaux, comparé à la science.

Ils traversèrent des ateliers où s'affairaient plusieurs thesranes, pour s'introduire dans un immense hangar.

Le « GRAND VOYAGEUR » régnait dans le hall majestueusement. Il était immense, sa coque en métal noir scintillait comme celle d'un bijou précieux.

Il se constituait de deux parties distinctes. La partie basse, quatre fois plus grande que la plus haute, reposait sur quatre énormes pieds dont le mécanisme hydraulique servait d'amortisseurs. Elle ressemblait à un gros obus, noir métallisé. Presque tout l'avant était transparent sur une dizaine de mètres, et laissait entrevoir l'intérieur. On y distinguait divers appareils assignés au pilotage et à la navigation. Le dessus était plat, cerclé d'un garde corps. La partie haute, de forme ovale, plus petite, était reliée au bas grâce à quatre bras en métal d'orix transparent. A l'intérieur, dansait un nuage vert, opaque et globuleux.

Copallud entreprit sa description.

« - Voilà « LE GRAND VOYAGEUR » ! Cet appareil est un dirigeable volant à fusion. La partie basse, que vous voyez, la plus imposante, c'est la coque. Elle contient le poste de navigation à l'avant, les dortoirs, les cuisines, les salles de stockage, le moteur au centre. Il y a également un niveau inférieur que nous visiterons plus tard. Sur le dessus vous trouverez le pont. La partie haute, c'est la partie reliée au moteur. Elle permet de rendre la masse de l'appareil plus légère que l'air afin qu'il s'élève, dès que la fusion s'effectue. Venez, venez ! Nous allons maintenant visiter l'intérieur, » proposa Copallud avec une ardeur contagieuse.

L'accession au « GRAND VOYAGEUR » se faisait par le pont et il leur fallut emprunter un ascenseur pour parvenir au quai d'accostage. Quand ils l'atteignirent, Coppalud commença la visite.

« - Nous voilà sur le pont, Commandant. C'est un endroit réservé principalement à l'observation de l'environnent, ou bien pour goûter aux joies du climat. Mais je ne pense pas que vous aurez souvent le loisir de fréquenter ce lieu, car la cabine de navigation à l'avant est bien plus confortable et permet également une vue sur les deux côtés. De plus, vous voyagerez à plus de quatre mille mètres d'altitude en moyenne et il fera très froid. Couvrez-vous bien ! »

Le vieux thesranes lui fit admirer le sol. « Néanmoins tout le pont est recouvert d'une fine couche de zinc d'orix antidérapant.

- Me permettez-vous quelques questions professeur ? Interrompit Alussond.

- Bien sûr Commandant !

- Nous accédons à l'appareil par le pont. C'est bien ! Mais j'imagine que le terrain ne nous proposera pas forcément, un quai naturel haut de vingt mètres. J'aimerais donc savoir si une entrée est prévue à la base. D'autre part pouvez-vous me dire si cet engin peut se poser n'importe où, sur terre comme sur l'eau ?

- Vos questions sont judicieuses, je ne m'étonne pas que Devaliud... Enfin, que le Conseil vous ait confié cette mission. En effet, pour atterrir, il faut trouver une surface plate d'un minimum trente mètres de long et dix de large, juste un peu plus grande que l'appareil. Eh oui ! Il est amphibie. En ce qui concerne la seconde entrée à la base, l'architecte et l'ingénieur en chef ont réfléchi à la question. Ils ont prévu une porte étanche qui permettra d'acheminer, les stocks de nourriture et tout le matériel nécessaire au voyage. S'enthousiasma le professeur. Venez ! Venez ! Nous allons descendre un petit escalier qui mène directement à la salle de pilotage, dès que j'aurai ouvert cette maudite trappe. »

Après être sorti vainqueur de son combat contre l'écoutille, le professeur proposa à Alussond de le suivre.

Ils empruntèrent une échelle qui accédait à un petit palier, puis un petit escalier encadré par deux portes plantées de chaque côté. Ils empruntèrent celle de droite. Elle était étanche et s'ouvrait grâce un gros levier métallique.

Derrière, sur un flamboyant parquet vernis, s'étendait l'immense salle de navigation. A l'avant, devant la grande vitre transparente, le poste d'observation était accessible après avoir gravi trois marches. Plus bas, sur les côtés, plusieurs pupitres munis de boutons, de leviers et de voyants, attendaient d'être activés pour le grand voyage. Alussond s'arrêta sur un plus petit clavier dans un coin à droite, intrigué par l'absence de toute sorte de commande.

« - Qu'est-ce-qu'il y aura ici ? interrogea-t-il.

- Ah ah ! Votre curiosité m'enflamme. Eh bien, nous avons une équipe d'ingénieurs qui travaillent à la mise au point d'un appareil permettant de communiquer même à des kilomètres avec Komatanès. On n'arrête pas le progrès, surtout ici, nos chercheurs sont tellement motivés par leur travail que leur imagination en est décuplée. Venez, vous n'avez encore rien vu ! s'exclama le vieux thesranes en les enjoignant de le suivre vers la sortie.

La seconde porte à gauche s'ouvrit sur des ouvriers thesranes qui s'empressaient de cloisonner des salles qui se succédaient de chaque côté d'un long couloir.

- Ici ! continua le professeur. « *La salle de réunion réservée aux points de situation. Ensuite les dortoirs, les différentes sections y logeront. Admirez aussi le moteur au centre à droite !*

Au bout, un petit palier amenait jusqu'à un escalier accédant à la partie inférieure de l'appareil. Puis à une seconde entrée, qui s'ouvrait sur un grand hangar. Au bout, la baie transparente prolongeait celle du poste de navigation jusqu'à un mètre du sol.

Le professeur continuait à décrire le vaisseau, glorifiant ses louanges dans un plaidoyer extravagant.

- Tout au bout, ce seront vos quartiers dès que les cloisons seront installées. Vous aurez une vue magnifique ! Quinze mètres carré pour vous tout seul, à côté les quartiers des autres officiers ou des collaborateurs importants. Il y aura exactement dix cellules ! A l'arrière, l'armurerie, les stocks de provisions et autres matériels qui vous seront fortement utiles durant votre périple. »

Le soir chez lui, assis dans son canapé, Alussond repensait à tout ça. Tout ce sod lui apparut exaltant ! Un mot, cependant, surgit du fond de son esprit. C'était le mot « *voyage* »*. Il avait été prononcé de nombreuses fois au cours de la visite. D'autres mots également, mais celui-ci lui faisait, l'effet d'une étincelle chaque fois ! Il trouva cela intriguant.*

Il décida de ne plus y penser et entreprit de se changer les idées. Il s'empara de « *l'Administrateur* » *acheté en revenant des ateliers.*

C'était le seul journal de tout Welghilmoro, distribué partout, même en modosie. L'Empereur percevait d'un mauvais œil qu'il soit lu par une grande partie de son peuple. Le fait, qu'il appartenait à l'administration thesranes contribuait grandement à son désarroi. Les journalistes étaient clairsemés partout sur le territoire, et appartenaient à presque toutes les races civilisées de Welghilmoro. Ils travaillaient en toute indépendance, et relataient souvent avec sincérité des événements qui se produisaient dans leur région. Ensuite, ils envoyaient leur prose à l'administration thesranes, moyennant quelques grammes d'irilles. Leurs articles paraissaient ensuite, après avoir subi, quelques amputations ou modifications. Il arrivait même parfois qu'ils en perdent tout leur sens initial.

Deux éditoriaux attirèrent plus particulièrement l'attention d'Alussond, le premier à cause de son goût prononcé pour les intrigues policières. Ce passage révélait le meurtre d'une prostituée trahms à Codos retrouvée dans une chambre d'hôtel, le cœur arraché. Le second l'interpella encore plus particulièrement, car il annonçait le prochain combat spectacle de « L'Espoir », où l'ancien général Candas Yoltop se battrait pour sa liberté. Il était indiqué que ce rituel se déroulerait dans huit possods. Sinon, le journal ne révélait rien de très intéressant, seulement l'incendie d'un entrepôt appartenant à un entrepreneur minier à Codos. En dernière page, il indiquait les résultats des épreuves sportives de Komatanès, notamment des matches de sponxball.

Durant les sept possods suivant, Alussond se rendit quotidiennement aux ateliers pour suivre ses cours. Le soir, chez lui, il travaillait sur le projet.

Dans l'euphorie du travail, le moment de le présenter arriva rapidement. Alussond avait pris la peine de l'envoyer préalablement au Conseil Supérieur. Il ne doutait aucunement de ses compétences, mais une légère appréhension le taraudait, car il savait que certaines de ses propositions pourraient paraître surprenantes. En tout cas, cela méritait qu'il s'en explique. Il lui faudrait certainement mettre en œuvre tous ses talents de persuasion pour convaincre au moins plus d'un tiers des membres du Conseil.

Cette fois, il n'attendit pas longtemps dans l'antichambre de l'hémicycle. Comme l'exigeait la règle, Devaliud Pnagnasus s'exprima le premier.

« - Commandant, nous avons étudié votre rapport. Aucune question ne vous sera posée avant la fin votre exposé. Ensuite chaque membre du Conseil, s'il le souhaite, pourra vous poser les questions qui lui semblent pertinentes conformément à la procédure réglementaire en vigueur. Tout d'abord, je dois vous dire que nous avons également étudié vos notes de formation, vous avez la note maximum dans toutes les matières. Donnez-nous vos impressions Commandant.

- J'ai tout assimilé sans aucune difficulté, assura Alussond.

- Très bien. Nous vous écoutons. »

Alussond entreprit son exposé.

« - Messieurs les membres du Conseil Supérieur. Comme vient de le souligner le Grand Conseiller Supérieur, vous avez pu étudier en détail mon rapport. Par conséquent, je ne vous en exposerai que les points qui méritent une explication plus précise et certaines modifications que j'ai souhaité apporter au cahier des charges. Tout d'abord, celui-ci prévoyait que l'expédition emmène cinquante voyageurs. C'est beaucoup trop, le voyage est prévu pour une durée indéterminée. Mais de ce fait, il peut donc notamment être très long. De plus, nous ne sommes pas sûrs de rencontrer du gibier en chemin. Pour ces raisons, il faut s'alléger au maximum afin de nous permettre d'emporter le plus de victuailles possible. Un peu plus de la moitié suffira, trente voyageurs répartis comme suit : un commandant de bord, moi-même, un second, un chef pour la section de combat qui ne comprendra pas plus de dix très bons guerriers, un chef de la sécurité et cinq gardes, un chef de chasse plus deux chasseurs, un navigateur, un technicien chargé des communications, un médecin, deux mécaniciens, un cuisinier, un journaliste, un cartographe. Comme vous l'avez remarqué, la section de combat a été considérablement réduite, car la mission qui m'est confiée n'a aucun but belliqueux mais diplomatique. Si nous rencontrons une civilisation inconnue, nous espérons le faire d'une manière pacifique. Néanmoins, si cela s'avère délicat, la section de combat, même réduite, devra comprendre des guerriers de haute volée, commandés par un chef incontestable. Les modocos sont des combattants de grande valeur. Je souhaite qu'elle soit commandée par le général Candas Yoltop. Quant à la section de chasse, les canufos sont les meilleurs, et le plus respecté de tous est Solorus. Voilà, je pense que vous avez pu prendre connaissance des autres conclusions. J'attends maintenant vos questions. »

Devaliud s'empressa d'interroger Alussond.

« Mon plus grand étonnement, c'est le choix du chef de la section de combat. Non pas que je mette en doute ses qualités car elles ne sont plus à prouver, mais savez-vous que le général est emprisonné depuis dix massops dans la cité sombre, et qu'il va combattre dans l'arène lors de « L'Espoir » ? Jusqu'à maintenant, aucun prisonnier n'est sorti vivant de cette épreuve.

- Je sais, mais j'aimerais tout de même essayer de convaincre MOO V. Au cours de précédentes missions, j'ai eu l'occasion de le rencontrer et je pense obtenir qu'il accorde sa grâce. Si vous me donnez un ordre de mission auprès de l'Empereur Suprême, je m'occuperai de faire sortir Candas Yoltop. »

Devaliud s'adressa aux autres conseillers.

« - D'autres questions ? »

L'un des pupitres s'alluma. C'était Arisont Varildus, le leader du mouvement « Pureté Thesranes ». D'un signe, le juge l'autorisa à prendre la parole.

« Je suis désolé, Commandant, mais je m'interroge surtout sur vos compétences quant à mener à bien cette mission, commença-t-il avant de reprendre : « Votre santé mentale m'inquiète davantage. Une unité de combat modocos commandée par un modocos dont l'avenir se rapproche inéluctablement du néant infini ! Un diplomate de chaque race est suffisant pour cette expédition, l'armée thesranes a prouvé sa valeur par le passé et comment être sûr de la loyauté des modocos ? N'oublions pas que les modocos se perpétuent depuis des tribanons avec des femelles de races différentes. Quant aux canufos...Nous ne les connaissons que très peu. Pour moi ce peuple est un ennemi potentiel.

- Commandant ? questionna Devaliud.

- Si la section est commandée par le général Yoltop que je connais très bien, vous pouvez être sûr de la loyauté des modocos qui seront sous ses ordres. Et je souhaite ajouter une précision importante, Candas Yoltop n'a pas encore rejoint le néant infini. Concernant les canufos, je pense que votre réflexion ne mérite aucun commentaire.

- D'autres questions ?demanda Devaliud à l'assemblée.

Aucune lampe ne s'alluma. Après quelques secondes Devaliud conclut la réunion du Conseil.

« Merci, Commandant. Le Conseil Supérieur va maintenant procéder au vote. Commandant Decopus, je vous pris d'attendre dans l'antichambre pendant ce temps. Il ne sera pas nécessaire de réunir à nouveau le Conseil après le vote. Je vous accueillerai dans mon bureau pour vous en donner le résultat. »

Alussond attendit dans le salon, jusqu'à ce qu'un garde l'amène dans le bureau de Devaliud.

« - Asseyez-vous Commandant. Le Conseil Supérieur a décidé d'accepter votre dossier tel qu'il est, mais il faudra encore le compléter et choisir d'autres collaborateurs. Le départ est prévu dans trois massops. Il vous reste encore du temps pour constituer votre équipe. »

Alussond perçut immédiatement l'abord plus chaleureux de Devaliud, dès qu'il sortait de son rôle solennel du Conseil.

« Ce n'était pas gagné pour autant, ajouta Alussond.

- Ah pourquoi ? « Pureté Thesranes » ? J'en ai fait mon affaire de ces imbéciles. Comme je vous le disais vous pouvez maintenant procéder à la formation de votre équipe. Vous allez donc beaucoup voyager d'après ce que j'ai compris. Je vous prépare une missive pour MOO V. Où irez-vous en premier lieu ?

- A Codos, d'ici quelques sods, je crois que c'est urgent, ensuite à Fusili. Mais dès ce soir à Komatanès, je vais proposer la section sécurité à un ami policier, Silandius Cavaldiut.

- Je le connais, c'est un fin limier. Je vous demande seulement de me tenir toujours informé de l'endroit où vous êtes, vous m'enverrai un rapport sur l'état d'avancement de votre mission, tous les possods. Voilà, il ne me reste plus qu'à vous souhaiter bonne chance, et si vous arrivez à sortir le général Yoltop de cette situation, vous m'impressionnerez vraiment. Au revoir Alussond. »

Devaliud lui tendit une main sincère qu'Alussond s'empressa de serrer. Ils se quittèrent heureux de cette collaboration prometteuse.

Le club privé des « thesranes de l'Ordre des sponxiat», situé dans le haut-centre de Komatanès, accueillait tous les soirs des membres de la société mondaine. Alussond payait mille kilo d'irilles par possod pour le fréquenter. Les adhérents pouvaient y rencontrer certains de leurs amis du même rang et se détendre devant un bon verre de Tachinack. Certains allant même jusqu'à s'enivrer de cette sublime boisson, à base d'alcool de lianes « à l'amertume subtile ».

Ce soir là, Alussond espérait y rencontrer son ami Silandius, avec qui il avait effectué toute sa scolarité.

Le club ne comportait qu'une seule grande pièce, divisée par des gros pots de plantes multicolores qui formaient plusieurs petites alcôves, privilégiant ainsi l'intimité de ceux qui le souhaitaient. Quelques petites lampes à fusion diffusaient une lumière bleutée grâce à des filtres colorés, apportant aux salons une ambiance feutrée. Une musique douce agrémentait le tout d'une chaleur réconfortante.

Au fond de la pièce principale, un bar trônait. Alussond s'y dirigea directement. Il y remarqua Silandius accoudé comme à son habitude. Il se plaça juste derrière lui et commanda un verre de tachinack. Lorsqu'il entendit la voix de son ami, Silandius se retourna naturellement vers lui.

« - Alussond, tu es resplendissant, plus qu'à ton habitude. Je ne sais pas, c'est sans doute cette béatitude que je lis sur ton visage, lui lança-t-il jovialement.

- J'ai quelque chose à te proposer, répondit Alussond sans détour. »

Il lui expliqua tout sur la mission que l'on venait de lui confier et lui proposa de l'accompagner comme chef de la sécurité à bord du « Grand Voyageur ».

« - Le départ est prévu dans trois massops, dis-tu ? » Réfléchit Silandius. « J'espère que j'aurai résolu l'enquête sur laquelle je travaille en ce moment. Si c'est le cas, j'en serai, mais je ne peux actuellement rien te promettre. Cela fait maintenant cinq possods que mes supérieurs m'ont assigné cette mission qui apparaît bien plus difficile que je ne l'aurai cru. J'aide actuellement la police de Codos à mettre la main sur un tueur de prostituées. Je suis seulement de passage à Komatanès, pour faire mon rapport. Je repars à Codos dans neuf sods.

- L'enquête sur les meurtres des prostituées à Codos dis-tu ? J'ai lu cela dans le journal. Un fin limier comme toi, tu auras attrapé le meurtrier d'ici là. Je n'ai aucun doute la-dessus. Je dois également partir à Codos dans quelques sods. Dis-moi quel transporteur tu prends et nous voyagerons ensemble, qu'en dis tu ? Tu pourras me raconter tous les détails pendant le voyage.

Tu sais bien que les enquêtes policières me passionnent, proposa Alussond.

- Très bonne idée ! Admit Silandius. »

*

Les quais de la gare du transporteur inter-territoire étaient recouverts par une verrière soutenue par d'énormes pylônes métalliques sertis de boulons. A travers la rosace, l'astre étincelant déclinait lentement derrière la falaise du cratère.

Alussond aperçu, dans l'ombre d'un pilier, l'élégante silhouette de Silandius qui se précipitait vers lui.

CHAPITRE 6 :

LE POLICIER CONTRARIE

Dans son déclin, la lumière de l'astre flamboyant transperçait le carreau de la petite fenêtre, teintant l'aspect reluisant du bois de lit qui jaillissait sournoisement de l'ombre. La chambre de l'auberge affichait une simplicité qui aurait pu sembler réconfortante sans l'atmosphère pesante qui y régnait. Sans doute à cause de son locataire.

Vellime Tengmate, un modocos d'âge mûr, était de retour à Codos, sa ville d'origine, après avoir vécu longtemps à Irillion. Il attendait sur son lit que la nuit tombe complètement. Il fixait les draps parfaitement pliés dans l'obscurité naissante, et ses souvenirs surgirent des limbes.

De son propre souhait, il serait resté à Codos. Il aurait pu ainsi embrasser une carrière de chef de la police, grâce au concours d'officier qu'il réussit très jeune. Mais sous l'influence intraitable de son père, il dû se résigner à se soumettre à la volonté de son géniteur.

Vellime ne connut jamais sa mère, il ignorait même sa race. Son premier souvenir d'enfance était le visage de son père. Elle imprégna fortement son esprit. L'encre indélébile qui s'y propagea lui fit connaître la peur pour la première fois, car cette image correspondait à celle d'un monstre. Son intuition immature lui permit d'entrevoir les véritables traits de son créateur, Madimir Tengmate, un riche entrepreneur, propriétaire de mines à Irillion. Alors qu'ils habitaient encore à Codos, il interdit à Vellime d'entreprendre la profession de policier et l'obligea à partir dans la ville minière.

Durant toute son enfance son père ne cessa de l'humilier et cela ne fit qu'empirer à l'âge adulte. A vingt massops, quand Vellime lui annonça fièrement sa réussite à l'examen d'officier de police, son père insinua une forfaiture. Vellime dû se résoudre à le suivre pour l'aider à gérer ses mines d'irilles. Craignant sa colère et ses coups, il ne contesta pas sa décision.

Le diplôme qu'il avait en poche, valable à vie, lui permettait d'accéder à la fonction d'adjoint au chef de la police. Il se consola avec l'idée qu'il pourrait présenter plus tard sa candidature au chef de la police de Codos, à charge pour lui de l'étudier.

Le déplorable jugement de Madimir envers Véllime l'incita à ne pas lui confier immédiatement les tâches de gestionnaire. Il l'affecta aux mines avec les autres ouvriers, des esclaves ou des prisonniers de l'Empire. Il lui infligea une surveillance en la personne d'Altavar, un modocos, dont la cruauté démesurée l'avait séduit. Son rôle se résumait à surveiller Vellime sans répit. Pour être certain qu'il ne s'échappe pas, il ordonna à Altavar de lui entraver les pieds.

Altavar passait le temps à l'insulter et à le brimer devant les autres. Certains, d'entre eux, spécialement les prisonniers modocos amusés par l'infortune du fils du patron, s'amusaient à l'abaisser d'avantage. Les autres, en majorité des Canufos, préféraient l'ignorer car ils se méfiaient de lui. Vellime avait la particularité d'être frêle et poltron, une stature et un trait de caractère inhabituels chez un modocos, et il dû endurer brimades et vexations.

Le soir, il rentrait chez son père où il affrontait au mieux son indifférence, au pire d'autres insultes. Il ne mangeait pas à table avec lui, mais dans une gamelle à même le sol avec les Godarans dans l'étable où il dormait également. Ce calvaire dura dix massops.

Madimir permit enfin à Véllime d'apprendre les bases du commerce. Il lui fit aménager une chambre de fortune dans le grenier au dessus des remises. Il engagea Soruis, une trahms, pour lui donner des cours de gestion auxquels Altavar assistait.

Un événement marqua son esprit au fer rouge. Pendant un cours de Soruis, Altavar lui proposa de la rémunérer en échange de rapports sexuels. La trahms accepta. Ils ne prirent aucune précaution pour se cacher, exhibant leurs ébats devant les yeux de Vellime. Celui-ci regarda le spectacle qui s'offrait à lui, dans une grande frustration. Altavar, bien qu'amusé par la situation, y trouva néanmoins un prétexte pour le rouer de coups. La correction infligée arracha un éclat de rire à Soruis qu'elle conclut par un crachat au milieu de son visage. Le couple exécutait souvent les termes de leur contrat devant Vellime, l'obligeant à fermer les yeux.

Puis vint le moment où Madimir convoqua son fils dans son bureau pour l'informer qu'il l'emmenait en voyage à Fusili. Il souhaitait prospecter dans la montagne, certain qu'elle cachait des mines insoupçonnées .

Vellime découvrit cette cité qui resta éternellement magnifique à ses yeux. De l'extérieur, il était impossible d'imaginer la vie qui s'y déroulait, car seule une montagne plantée au milieu d'une plaine verdoyante crevait la plaine. L'entrée d'une grotte se nichait à l'intérieur. Dès qu'il y pénétra il fut surpris du contraste, la crypte était immense et bizarrement très bien éclairée. Les canufos avaient creusé des cavités dans la roche permettant à l'astre lumineux de percer en de multiples endroits. A l'entrée, trônait un immense marché où les commerçants vendaient des étoffes, des bougies, de la nourriture ou des objets décoratifs sculptés. Une multitude de chemins montaient et descendaient dans tous les sens en passant devant les entrées des nombreuses petites excavations, décorées de tiges de bois peintes de plusieurs couleurs. Également beaucoup d'étoffes colorées égayaient les lieux. Sur les petits chemins tortueux la vie fourmillait.

Vellime trouva les rupoteqes majestueuses. Elles ressemblaient beaucoup aux canufos, à la différence de leurs visages plus fins, de leur duvet multicolore qui cachait à peine leurs petits seins, de leurs épaules plus petites et de leurs hanches plus larges.

Altavar n'était pas du voyage, Madimir, très occupé à traiter ses affaires, présenta Vellime à un jeune canufos, Gléiaro, qu'il paya pour s'occuper de lui pendant le séjour. Le premier jour, Gléiaro et quatre autres canufos emmenèrent Vellime pour chasser le thars. Les canufos adoraient la chasse. Ils restaient planqués des heures dans les endroits propices de la montagne, leur long couteau à la main. Quand leur proie paraissait assez proche, l'un d'eux rabattait l'animal vers les autres puis ils l'attrapaient. Ensuite le rabatteur poignardait la bête afin qu'il eût une mort rapide, puis il ouvrait son abdomen, lui arrachait le cœur et entonnait un chant de victoire comme le voulait une coutume canufos.

Lors de leur première chasse, Gléiaro fit une proposition à Vellime.

« - Tu veux essayer ? lança-t-il à celui qui n'avait jamais rien vu d'aussi fascinant.

- Oui je veux bien. »

Les premières battues de Vellime furent laborieuses, mais à la fin de son séjour, il était devenu un véritable expert.

Quand ils rentrèrent à Irillion, Altavar avait disparu. Madimir mourut en massop 127. Il avait pris le soin de revendre presque tous ses biens. Il avait également pris le temps de rédiger son testament qui désignait comme légataire principal MOO V et le

Conseil des Sages. Un pécule revint néanmoins à Vellime ainsi qu'une petite maison où il avait passé une partie de son enfance.

Vellime ne souhaitait pas y loger, car elle était chargée de souvenirs douloureux. Il n'y passait que rarement, seulement pour récupérer son courrier.

Pour l'instant, il se morfondait sur un lit, car il venait d'essuyer un nouveau refus du chef de la police de Codos. Il s'empara du journal sur la table de chevet, on y parlait enfin des meurtres de plusieurs prostituées. Celui que l'on recherchait, était surnommé « l'ombre ».

CHAPITRE 7

UNE ENQUETE DIFFICILE

Silandius, impeccablement mis comme à son habitude, arriva juste à temps pour embarquer dans le transporteur interterritoire. L'immense véhicule qui pouvait emmener une cinquantaine de voyageurs ressemblait à un gros cigare allongé gris, tout en métal d'orix.

Il fonctionnait grâce à un moteur à fusion placé dessous, propulsant avec puissance l'air qui le soulevait à environ cinquante centimètres du sol. Ce mode de locomotion en évitant tous les obstacles justifiait l'absence de routes à Welghilmoro. La rapidité du véhicule offrait la possibilité de rallier Codos en trente deux heures, au lieu de dix sods à dos de sponx.

A l'avant, un cockpit transparent dévoilait la cabine du conducteur qui tractait un long tube compartimenté en cinq parties toutes trouées par de grands hublots qui permettaient aux voyageurs d'admirer le paysage.

L'engin démarra lentement et franchit les portes de la citée en prenant progressivement de la vitesse.

Alussond et Silandius placèrent leurs bagages sous leur siège respectif, dans le rangement prévu à cet effet. Ils s'installèrent à l'écart des autres voyageurs afin de pouvoir discuter tranquillement.

« - Juste à temps ! Je n'ai même pas eu le temps d'acheter le journal pour m'occuper, engagea naturellement Silandius, en ajustant élégamment les manches de sa céleste veste.

- Ce n'est pas grave. Tu as des choses intéressantes à me raconter, ce qui t'occupera et moi par la même occasion, lui répondit Alussond tout en s'installant confortablement dans le siège en cuir.

- Oui, bien sûr. Comme je t'en ai parlé lors de notre dernière entrevue, j'essaie de résoudre une enquête sur des meurtres qui se sont déroulés à Codos. Tu sais, le chef de la police est sur la sellette. Cette affaire fait les choux gras de la presse qui s'acharne sur lui. Certains habitants ont peur, pas trop les modocos qui ne sont pas facilement effrayés, mais les autres races.

- Surtout les trahms, non ?

- Oui ! Particulièrement les prostituées. Il est vrai que la plupart sont des trahms mais pas seulement. Ces meurtres sont d'une rare violence. Le tueur dégage un tel mystère que la presse l'a surnommé «l'Ombre».

- Un nom qui enrichit le gras du choux de la presse je présume ! Ce que je ne comprends pas, c'est l'acharnement des modocos pour retrouver le meurtrier. Le meurtre n'est pourtant pas considéré comme un crime en modocosie, s'étonna Alussond.

- Sauf lorsque cela nuit à l'économie du pays ou lorsque la victime est un représentant de l'ordre. Les prostituées attirent beaucoup de monde et elles reversent une grande partie de leurs revenus à l'Empire, expliqua Silandius en s'asseyant en face de son interlocuteur.

- Je comprends mieux en effet.

- En tout cas, c'est pour l'instant l'enquête la plus difficile de ma carrière. Il n'y a pratiquement pas de témoin. La plupart des meurtres ont lieu dans des chambres d'hôtel sordides là où les prostituées emmènent leurs clients. Tout a commencé, il y a de cela cinq possods, quand je fus convoqué par mes supérieurs. La police de Codos avait besoin d'un expert pour résoudre une série de crimes. A cette époque, ils avaient déjà deux horribles meurtres sur les bras et le chef de la police était déjà sous le feu des critiques. La presse s'emparait de cette affaire avec passion. Les modocos ont donc sollicité l'aide des thesranes auprès du Conseil Supérieur, en espérant que nos techniques scientifiques les y aideraient. C'est donc moi qui a été choisi. Je dois dire que pour le moment, je n'ai que très peu avancé dans mes investigations. »

Silandius continua son monologue, accompagnant son discours de mimiques explicites.

« - Le tueur opère apparemment seul et comme je te le disais, la plupart du temps sans témoins. Je suis donc arrivé à Codos, et je me suis présenté au centre de police, au chef, Jaluk Masifok, un officier teigneux. Il m'a expliqué que deux prostituées trahms avaient été assassinées à un possod d'intervalle, dans les chambres des hôtels où elles officiaient. Ils n'avaient aucune piste. Selon les éléments que j'ai pu recueillir, le tueur se présente aux victimes comme un client ordinaire. Une fois seul avec la prostituée, il la poignarde, lui arrache le cœur et repart en disparaissant dans le décor. »

Silandius s'interrompit quelques minutes pour sortir une gourde de son sac et en avaler quelques gorgées. Il la tendit ensuite à Alussond qui, d'un geste lui fit comprendre qu'il se désaltérait suffisamment en buvant ses paroles. L'enquêteur reprit ses explications.

« - J'ai interrogé les gérants des hôtels concernés, mais ils n'ont jamais pu me donner une description du suspect car il est toujours encapuchonné. Tout ce que je sais, c'est que ce n'est certainement pas un modocos, car sa corpulence est plutôt frêle. Ce n'est donc pas non plus un canufos dont la stature particulière est facilement reconnaissable. Il pourrait donc s'agir d'une tueuse, mais je ne le pense pas, car le suspect possède une force supérieure à celle des races femelles. J'ai donc pensé à un thesranes. De plus, le tueur éventre ses victimes avec un couteau à rayon fusion. Ensuite il leur enlève le cœur, avec une précision chirurgicale étonnante. Mais les thesranes ne sont plus les seuls à utiliser des armes sophistiquées. Je suis resté à Codos cinq possods et d'autres crimes ont été perpétrés pendant cette période, avec toujours le même mode opératoire. Pour l'instant nous en sommes à sept crimes. Tout ce que j'ai, c'est leur fréquence régulière. J'ai donc demandé une surveillance discrète de tous les bas quartiers par des policiers en civil. En principe, un nouveau crime ne devrait pas tarder dans les prochains sods. Les policiers en place ont mis en garde la plupart des prostituées pour qu'elles soient plus attentives à tout comportement suspect. Espérons que l'assassin ne se méfie pas. Voilà, toute l'histoire, comme tu le vois je suis dans une impasse, mais tu me connais, je le trouverai, conclut Silandius.

« - J'en suis certain, le rassura Alussond. »

Pendant le reste du voyage, les amis relatèrent de vieux souvenirs. En arrivant à Codos, ils décidèrent de loger au même hôtel, dans un quartier bourgeois de la ville. Ils pourraient ainsi, profiter de leur temps libre ensemble.

*

Codos s'étendait entre les arbres, sur une butte boisée, dans une région tempérée et humide, près du fleuve Dassocos. Pour la construire, les modocos avaient déboisé avec parcimonie, ainsi beaucoup de ces végétaux se dressaient un peu partout entre les rues et les maisons, démontrant l'attachement que les modocos éprouvaient envers les plantes plutôt qu'envers les humanimaux.

La ville était entourée de remparts gris de la couleur des roches régionales. Le port fluvial permettait l'arrivage de marchandises contribuant ainsi au commerce prospère de la cité. Derrière les remparts, s'érigeaient les quartiers pauvres et malfamés. Plus l'on s'approchait du centre, plus la cité était riche. Tout au cœur, trônait le district du Palais.

Silandius se présenta au centre de police de Codos où il avait rendez-vous avec Jaluk Massifok. Celui-ci, déjà en entretien, le fit attendre dans le couloir près de son bureau. Pendant qu'il patientait, Silandius entendait des bribes de la conversation que Jaluk entretenait avec une autre personne et qui semblait l'exaspérer.

« - Je vous ai déjà dit que votre candidature ne m'intéresse pas. Comment faut-il vous le dire ! Votre profil ne correspond pas à ce que je recherche. De plus, j'ai déjà un adjoint très compétent. Vous me dites pouvoir résoudre ces crimes, très bien, alors résolvez les et venez me voir après. Pour l'instant j'ai assez à faire, croyez-moi ! Au revoir Monsieur Tengmate. »

En attendant, Silandius refaisait sa fine moustache à travers la vitre du carreau de la porte comme dans un miroir. La porte s'ouvrit sur le visage du visiteur, dérobant ainsi le sien. Il sortit, passant devant lui sans lui prêter aucune attention.

Silandius le suivit du regard jusqu'à ce qu'il disparaisse. Il remarqua sa silhouette qui lui parut bien svelte, pour un modocos. Jaluk l'invita dans son bureau, il était d'une humeur exécrable, plus qu'à son habitude. Il s'adressa à lui, sans même lui laisser le temps de s'asseoir.

« - Nous avons un nouveau crime sur les bras. Un corps découvert ce matin, très tôt. Toujours dans un hôtel, cette fois dans le quartier « corrompu ». L'hôtel « Komatanès Enfumé ».

Allez-y au plus vite, je suis sûr que des journalistes sont déjà sur place. Et cette fois, trouvez-moi quelque chose de concret, vous êtes censé nous aider avec toute votre technicité thesranes ? Non ? »

Silandius ne releva pas. Il se dirigea vers le quartier corrompu, empruntant une carriole tractée par un godaran conduite par un modocos.

Il se présenta d'abord au gérant de l'hôtel qui l'amena sur les lieux du crime. Sur le lit le cadavre d'une trahms gisait. Son ventre, ouvert à partir du nombril jusqu'au cou, avait laissé s'échapper du sang noir qui séchait sur les draps. Des entrailles, le cœur s'était volatilisé.

En expert qu'il était, Silandius examina l'endroit, le corps, le lit, toute la chambre, mais aucun indice ne vint le titiller. Il se résolu à figer le lieu à l'aide de son appareil de capture d'images à fusion.

Il se prépara à sortir pour interroger d'éventuels témoins, quand survint un événement pour le moins étrange. Dans l'embrasure de la porte, il heurta un obstacle. Avant de lever les yeux, il eut le sentiment que l'aléa se constituait de chair et de sang. Il fit deux pas en arrière, pour mieux le discerner. Trois êtres singuliers étaient figés devant lui, trois individus d'une race inconnue. Il lui fut difficile de déterminer s'il s'agissait d'humanimaux ou d'animaux, à cause de leur allure qui lui faisait penser à celle de trois grands singes sans poils symboliquement habillés d'un pagne. Toutefois, leur description lui avait déjà été faîtes au cours de conversations auxquelles il avait autrefois participé, relatant leurs apparitions. Cela lui permit d'en conclure rapidement qu'il s'agissait de Far, For et Fir, trois Brirolliants légendaires.

Il n'en avait jamais vu de sa vie, mais les narrations de ceux qui prétendaient en avoir aperçu correspondaient. A ce qui se disait, ceux-ci n'apparaissaient que très rarement. Certains pensaient qu'ils existaient mais peu y croyaient réellement. Leur rareté et leur façon de se manifester aussi singulièrement faisait d'eux des êtres mythologiques.

Silandius en remarqua un, affligé d'une tête plus ovale que les deux autres. Il en conclut qu'il s'agissait d'une femelle car ses traits paraissaient plus fins. L'un des deux autres, supposé être un mâle, tenait un journal, il s'adressa à Silandius d'une voix grave et forte mais qui semblait pourtant lointaine.

« - Toi policier, faire enquête meurtres ? Lui demanda-il dans un langage dénué de toute sophistication.

- Euh, oui ! Pourquoi ? Répondit benoîtement Silandius.

Le Brirolliant lui tendit le journal.

« - Toi, bien lire journal, lui suggéra énigmatiquement l'être étrange. »

Puis ils se retournèrent comme ils étaient venus, se volatilisant au bout du couloir.

Silandius resta abasourdi quelques minutes, regardant le journal planté dans sa main. Dès qu'il fut remis de ses émotions, il l'examina plus attentivement. Il remarqua qu'il s'agissait en fait d'un vieux bulletin paru sept possods plus tôt, le lendemain du premier crime. Un article, entouré, relatait un incendie qui avait ravagé des entrepôts près du port de Codos.

De retour au centre de police, Silandius, bredouille de toute piste, décida de s'intéresser à l'événement mis en exergue par les créatures rencontrées à l'auberge. Il enquêta sur les incendies. Quelques sods plus tard, il apprit que le propriétaire des entrepôts était un modocos dénommé Zalif Alurt.

CHAPITRE 8

L'EXPERT ET LE SAUVAGE

Le jeune Goliodud Efratanus suivait dans les sentiers humides qui menaient à la montagne de Fusili, la stature imposante de son ami surnommé le « Sauvage », un modocos à peine plus âgé que lui. Il admirait ce compagnon même s'il désapprouvait la nature violente qui le caractérisait. Il se demandait s'il pourrait encore éprouver cette dévotion envers un autre humanimal d'une race différente. En s'enfonçant de plus en plus dans la terre boueuse, ses godillots formaient des bulles. Il imagina qu'elles doraient en transportant devant ses yeux les réminiscences de son passé.

Goliodud a grandi à Komatanès. Thesranes pur, il fût placé très jeune à l'école d'administration. Doté d'une grande intelligence, et étonnamment adroit, il s'avéra vite être un génie de la technologie. Son avenir semblait inéluctablement s'acheminer vers une carrière de grand ingénieur. C'était sans compter avec ses travers qui l'éloignèrent de cette destinée, de façon encore plus radicale. Sa malice et son goût immodéré pour l'irille l'incita à outrepasser les strictes règles de l'établissement. Il dû alors se résoudre à fréquenter les quartiers crapuleux de Komatanès au lieu des salles de classes briquées de l'école d'administration d'où il fut renvoyé.

Il continua, néanmoins, d'enrichir ses connaissances d'une manière autodidacte. Pour survivre, il dut mettre en œuvre ses talents d'escroc pour son propre compte. Il fut vite reconnu dans les quartiers impécunieux, car il était capable de construire à peu-près tout et d'inventer des machines sophistiquées permettant d'ouvrir les portes sécurisées des banques, ainsi que leurs coffres-forts. Ses fréquentations et ses méfaits eurent encore une fois raison de lui, et le conduisirent hors des murs de la cité, quand il se trouva obligé de fuir les forces de loi.

Il se rendit à Irillion, cité réputée pour sa capacité à remplir rapidement les poches d'Irilles de ses habitants les plus malicieux.

Il faisait généralement chaud à Irillion et il y pleuvait assidûment, une pluie épaisse et sale qui ne s'arrêtait que pour reprendre plus abondamment. La nature marquait toujours un temps d'avance sur la civilisation, ainsi les pierres de la cité s'en retrouvaient recouvertes d'une végétation très dense.

Goliodud y rencontra le « Sauvage » connu de tous mais dont la véritable identité restait secrète. Sa réputation dépassait de loin les limites de la modocosie, faisant de lui l'un des modocos les plus dangereux. Quand il arriva finalement dans la région d'Irillion, il entendit rapidement parler d'un petit génie, expert en technologie et tout aussi vicieux que lui.

Goliodud se mit alors au service du « Sauvage », conscient que leur association serait fructueuse. Les deux humanimaux apprirent très vite à s'apprécier.

Pourtant les actes de barbarie extrêmes auxquelles pouvaient s'adonner le Sauvage, lorsqu'il subissait les effets de boissons alcoolisées, dérangeaient au plus haut point le jeune thesranes. Quand il buvait plus que de raison, le « Sauvage » pouvait entrer dans des colères d'une violence extrême. Il pouvait alors tuer ou torturer sans qu'aucune once de remords ne transpire. Goliodud s'en accommoda finalement au fur et à mesure que ses poches s'emplissaient d'irilles.

Le repaire du Sauvage était situé dans une grotte cachée dans la forêt luxuriante à quelques kilomètres d'Irillion. Sa bande de fidèles modocos et lui avaient l'habitude de se déplacer dans le désert jusqu'à Codos. La bas, ils interceptaient les transporteurs Interterritoire qui reliaient les deux villes. Les bandits attaquaient leurs occupants, allant parfois jusqu'à les assassiner. Goliodud ne prenait jamais part à ces expéditions. Il restait au refuge pour améliorer les armes.

Un sod le Sauvage emmena Goliodud dans une clairière entourée de remparts en bois. A l'intérieur plusieurs hectares de hautes plantes semblables à des cactus sans épine poussaient abondamment. Goliodud, connaissait cette variété de chardons.

« - Un champ de Chinvalsse ! C'est à toi ? lui demanda-t-il.

- Oui, il appartenait à un modocos que j'ai occis, il y a quelques sods. Répondit fièrement le « sauvage ».

- Nous allons nous lancer dans le commerce d'alcool de Chinvalsse. Qu'en penses-tu ? ajouta-t-il.

Ce breuvage, généralement conditionné en bouteille, était un alcool très apprécié des modocos. A la différence de la plupart des autres spiritueux, il se humait. Il dégageait une odeur très forte et agréable dont l'effet procurait un apaisement extrême. Lorsqu'ils l'aspiraient, les modocos devenaient aussi inoffensifs que des enfants tout juste sortis des couches de leur mère.

Le « Sauvage » envisageait d'accumuler un pécule lui permettant d'acheter, une ou deux mines d'irilles, et ainsi s'enrichir notablement. Mais la fortune qu'il gagna fondit rapidement dans les tavernes pour finir dans les poches des prostituées et des taverniers.

Se sachant recherché par l'Empire, il s'interdit d'acheter des mines sur le territoire modocos. Il entendit que d'autres sources d'irilles existaient dans la montagne de Fusili, dont le prix semblait très abordable, à condition de savoir parlementer avec les canufos. Il décida de s'y rendre sans délai. Il emmena avec lui Goliodud, cinq autres modocos et une cargaison d'alcool de Chinvalsse.

La montagne se profilait à l'horizon. Ils pourraient bientôt pénétrer dans la cité des canufos. Le « Sauvage » marchait d'un pas décidé, impatient de négocier avec leur chef énigmatique

Solorus, pendant que Goliodud rêvait toujours d'une fortune incommensurable.

CHAPITRE 9

VISITE DIPLOMATIQUE

Après une nuit riche en songes qui l'emmenèrent au-delà de la grande falaise de Welghilmoro, Alussond se réveilla en pleine forme dans la chambre du luxueux hôtel « MOO II ». Il se hâta de se préparer, car il était attendu au Palais par MOO V et le Conseil des Sages.

Avant de partir, il vérifia soigneusement que tout était prêt, ses papiers d'identité, son laissez-passer permettant l'accès au quartier des nantis et l'ordre de mission du Conseil Supérieur. Il aligna les documents sur une petite table, enfila sa veste puis les rangea dans trois poches intérieures différentes en notant où il les plaçait. Cette précaution lui permettait de les présenter au moment adéquat sans perdre de temps.

Il s'assit ensuite dans l'unique fauteuil de la pièce afin de se concentrer. Il savait que sa tâche serait ardue. Il était même persuadé que MOO V ne se laisserait pas convaincre de libérer Candas, mais il pourrait au moins obtenir plus amples renseignements sur l'épreuve de « l'Espoir », et s'il manœuvrait suffisamment bien, il obtiendrait l'autorisation de rendre visite au général.

Il descendit au petit salon afin d'y déjeuner copieusement. Toutes forces rassemblées et l'esprit clair, il se mit en route vers son rendez-vous.

Le palais de l'Empire, bâti à la demande de MOO II, un illustre Empereur, surplombait la ville. Contrairement aux autres bâtiments de Codos, il était construit avec de grandes pierres blanches importées des régions du Sud.

L'intérieur était d'un luxe flamboyant. Pour arriver à la salle du trône, Alussond dut traverser plusieurs longs couloirs où des portraits représentant MOO V étaient omniprésents. Ce qui lui donna le sentiment d'être constamment épié par l'Empereur.

Deux gardes l'escortèrent jusqu'à l'immense salle du Conseil des Sages où les sept membres l'attendaient. Le mur du fond était recouvert d'une grande fresque représentant l'Empereur qui arrachait la tête de son adversaire lors du premier « grand lavage ». Ceux qui avaient assisté à cet événement savaient qu'il ne reflétait pas la réalité mais personne ne s'était jamais risqué à le faire remarquer. Sur la cloison qui s'élevait en face, un miroir renvoyait la peinture et l'image du tyran entouré de ses conseillers.

MOO V fit mine de ne pas remarquer Alussond en se réfugiant derrière un manuscrit. Il ne l'appréciait guère, car il le jugeait, à raison, responsable du calamiteux traité de paix signé dix massops plus tôt avec les canufos. Il restait assis au fond de la salle sur son trône, entouré des autres membres.

Alussond attendit debout au milieu de la pièce, sans sourciller, aucunement dérangé par le dédain de l'Empereur. Quand il estima que le moment était opportun, MOO V ouvrit la séance.

« - Commandant Decopus, auriez-vous l'extrême obligeance d'énoncer les motifs de votre visite à l'Empereur Suprême ? Lui demanda-t-il, comme s'il parlait d'une personne autre que lui-même.

- C'est au sujet du général Candas Yoltop, Empereur, introduisit Alussond sans détour.

- Je vous écoute ! alloua MOO V en déployant un geste qui traduisait son indifférence.

- Vous n'êtes pas sans connaître le projet du « Grand Voyageur » auquel les modocos vont également participer, commença le Thesranes. J'ai été désigné par le Conseil Supérieur pour commander le dirigeable volant et je souhaite que le général Yoltop commande l'unité de combat, continua-t-il tout aussi directement.

Le rire éclatant de MOO V suivit un long silence. Il reprit en faisant mine de s'étouffer.

- Très drôle, commandant. Savez-vous que le général a essayé de m'assassiner et qu'il est emprisonné à vie ? Il a d'ailleurs émis le souhait de participer à « l'Espoir ». Peut-être pense-t-il survivre, car sa prétention n'a d'égale que sa traîtrise. Et quand bien même en réchapperait-il, il ne pourrait jamais réintégrer l'armée modocos et encore moins recouvrer son grade de général. Je ne comprends pas Commandant, seriez-vous un rêveur patenté ? ironisa-t-il.

- Les apparences sont parfois trompeuses Empereur, renchérit Alussond, avant de reprendre : pardonnez mon ignorance mais pouvez-vous m'en dire plus sur l'épreuve de « l'Espoir » ?

- Le nom de cette épreuve provient du fait que le prisonnier qui sollicite l'autorisation d'y participer est, à partir du moment où j'ai accepté qu'il y concoure, envahi d'un sentiment qui n'est autre que l'espoir. L'espoir de recouvrer la liberté, expliqua l'Empereur.

- Un espoir vain, si je comprends bien, s'inquiéta Alussond.

- Non pas du tout, au contraire. Tous les participants ont retrouvé leur liberté après l'épreuve…Vers le néant infini. Le visage de MOO V se durcit sur un léger rictus sadique.

- Concrètement, pourriez-vous me dire plus précisément ce qui l'attend dans l'arène ? Interrogea Alussond, toujours stoïque.

- Général Cosom, avez-vous le déroulé de l'épreuve ? Demanda MOO V se désintéressant en apparence complètement du sort de Yoltop, mais en réalité jubilant de l'impatience d'assister à la fin de Candas.

Le général Cosom sortit un document de la poche intérieure de son uniforme, le lut, le rangea avant de prendre la parole.

- Comme l'exige la loi, trois épreuves se dérouleront dans l'arène. Lors de la première épreuve, Yoltop devra affronter trois ratguards. S'il en réchappe, la deuxième épreuve consistera à vaincre un godaran sauvage. Enfin s'il n'a toujours pas rejoint le néant…

Cosom s'interrompit un moment pour reprendre, s'adressant cette fois à l'Empereur.

- Empereur suprême, vous ai-je dit ce qu'ont récemment capturé des chasseurs modocos aux alentours de Fusili ? Un magnifique vancroche en pleine force de l'âge. Ils l'ont vendu au Conseil des Sages. Puis il se tourna vers Alussond, dans une grimace joyeuse. Eh bien commandant, ce sera l'ultime épreuve de Yoltop. Ah, j'oubliais, ces combats se font à mains nues, bien sûr.

Alussond ne sourcilla pas. Puis, il se tourna vers MOO V.

- Empereur Suprême, m'accorderez-vous l'autorisation de le voir une dernière fois ? Sollicita-t-il avec dignité.

- Comment vous le refuser Commandant ? Je vous prépare une autorisation de visite pour la cité sombre. Présentez-vous au bureau de réception à l'extérieur du Palais, la cité sombre se trouve dessous. Mais je vous préviens, les gardes restent à l'extérieur et vous ne serez pas escorté, il vous faudra y trouver Yoltop vous même. Vous signerez une décharge avant que l'on vous remette l'autorisation. Je ne veux pas que le Conseil Supérieur me tienne pour responsable s'il vous arrivait quelque chose. »

Alussond tourna les talons après avoir salué l'Empereur et ses conseillers, son rictus s'accentua. Son plan se déroulait à merveille.

CHAPITRE 10

LES PLANTES DU MAL

Solorus, assis en tailleur au fond de sa crypte, recevait les doléances d'un commerçant de la place du marché.

« - Tolaraos, je t'écoute ! Lui dit-il.

- Solorus ! J'ai quelques problèmes avec un nouveau marchand, un thesranes, mon voisin d'échoppe. Au début, tout se passait très bien, mais chaque sod il grignote un peu plus d'espace sur mon étal. Je n'ai maintenant presque plus de place pour exposer mes marchandises. J'ai bien essayé de lui parler mais il ne veut rien entendre et il devient même agressif, développa le négociant.

- Ne t'inquiète pas Tolaraos, j'irai lui parler, et s'il ne veut rien entendre, je le chasserai du marché, rassura Solorus. »

Le chef des canufos s'apprêta à recevoir un autre concitoyen quand Riloaros, un garde de la cité, s'interposa.

« - Solorus ! Six modocos et un thesranes viennent d'arriver et demandent à s'entretenir avec toi. Leur chef se nomme le « Sauvage » et il dit que c'est urgent, exposa le garde.

- Fais-les attendre ! Je termine avec mes canufos. Ensuite je les recevrai, répondit Solorus.

Le « Sauvage » avait donné l'ordre aux autres modocos de l'attendre à l'entrée de la cité pour établir un campement et garder leur cargaison. Il patienta à l'entrée de la grotte en compagnie de Goliodud. Quand ce fut le moment, le garde leur fit signe d'entrer.

Les arrivants furent surpris par la simplicité de l'antre de Solorus. Le grand chef et sa compagne Altamara les accueillirent autour du feu allumé au centre de la pièce principale. Solorus se rassit, Altamara invita les visiteurs à faire de même, elle resta debout au milieu.

Altamara connaissait Solorus depuis l'enfance et l'admirait depuis toujours. Le comportement atypique de Solorus l'avait toujours intriguée, sa façon de s'isoler des groupes, sa manière de méditer seul. Elle l'avait certainement toujours aimé. Elle imaginait de lui un être intimement relié aux éléments et à la nature. Elle avait appris très tôt à décoder son langage si particulier, tant et si bien qu'elle servait de traducteur auprès de ses interlocuteurs quand celui-ci s'exprimait par métaphore. Ce qui lui arrivait souvent.

Solorus commença par une phrase imagée. Altamara la traduisit :

« - Vous êtes les bienvenus.

Puis il prononça une seconde phrase toute aussi énigmatique.

- Qu'est ce qui vous amène ? décoda la compagne du chef.

- Le commerce, répondit le « Sauvage ».

Solorus posa une question incompréhensible pour des êtres trop rationnels.

- Il demande si vous pouvez préciser, interpréta Altamara.

Le Sauvage entreprit son exposé.

- Connaissez-vous l'alcool de Chinvalsse ? Je ne pense pas ! Les modocos en sont friands. Cet alcool s'inhale et provoque un plaisir intense accompagné d'une sensation d'apaisement. Mon équipier va vous expliquer plus en détail.

Goliodud sortit une bouteille de sa sacoche.

- J'ai ajouté ce tuyau avec cet embout qui s'adapte au visage. Vous le fixez derrière la tête, ainsi vous pouvez inhaler le produit plus facilement, exposa-t-il en dévisageant Solorus, essayant de le captiver tout autant qu'il l'était lui-même.

Le « Sauvage » reprit.

- Nous souhaiterions vous échanger notre cargaison, quatre cents bouteilles, contre une mine d'irille.

- Un roi, tout aussi puissant qu'il soit, doit savoir se sacrifier pour son peuple s'il le juge nécessaire ! répondit Solorus.

- Il veut dire qu'avant de donner son autorisation à la vente, il devra le tester lui-même. Traduisit Altamara.

- Très bien ! J'avais compris cette fois ! Rétorqua le « Sauvage ». Je vous laisse une bouteille et je reviens dans un sod.

Les visiteurs offrirent une bouteille d'alcool à Solorus avant de quitter les lieux.

Solorus s'empara aussitôt de la bouteille de Chinvalsse, l'inhala à l'aide du masque. Les effets furent immédiats. Des picotements agréables le chatouillèrent sous la peau, puis il eut l'impression de tomber dans le vide, avant qu' une sensation de bien être l'envahisse. Il regarda Altamara vaquer à ses occupations, ses gestes lui parurent plus lents qu'à l'accoutumée, sa silhouette s'allongeait, se confondant parfois avec le décor.

Dès que l'effet s'estompa Solorus respira à nouveau de l'alcool. Il en inspira encore et encore jusqu'à ce que l'astre flamboyant se cache derrière la montagne. Il finit par s'endormir avec la sensation de flotter dans les airs.

En se réveillant au petit matin, une affreuse douleur lui cognait à l'intérieur du crâne. Il voulut se préparer une infusion avec des plantes cueillies dans la montagne. Quand il porta le bol à sa bouche, il s'aperçut que ses mains tremblaient, comme si un démon l'habitait. Il reprit la bouteille de Chinvalsse encore à moitié pleine, et recommença à la humer. Cette fois la sensation fut moins forte mais les tremblements cessèrent. Il continua de s'en imbiber jusqu'au nouveau coucher de l'astre étincelant.

Auparavant, le « Sauvage » lui avait rendu visite. Il comprit vite que Solorus était sous l'emprise du produit.

« - Alors Solorus, qu'est ce que tu en dis ? Pas mal non ? L'apostropha-t-il.

- Je ne donnerai pas mon accord sans en tester davantage, offrez-moi, une caisse. Après, je me déciderai. Répliqua Solorus à demi comateux.

- Très bien! répondit le « Sauvage ». Mais je veux une réponse sous huit sods. Accorda-t-il.

Les sods suivants, Solorus augmenta les doses, car les tremblements s'accentuaient dès que l'empreinte de la drogue s'estompait. Il espérait que son corps s'y habituerait et que les effets secondaires disparaîtraient, mais ses idées devenaient de plus en plus confuses.

Il déambula longtemps dans la cité, son attitude parut encore plus étrange aux autres qu'habituellement. Son peuple ne le jugea pas pour autant, car il était leur chef respecté et incontesté, quoiqu'il fasse. Tous pensaient qu'il avait forcément de bonnes raisons d'adopter cet étrange comportement. Seule Altamara s'inquiétait, car elle sentait que Solorus perdait le contrôle de son être.

Après huit sods, Solorus avait épuisé toute la caisse et se rendit à l'entrée de la citée où le « Sauvage » campait en compagnie de Goliodud et des six autres modocos. Le canufos employa un ton direct et agressif pour s'adresser au « Sauvage ».

« - Donne encore une caisse !

- Ce n'est plus gratuit désormais, il me faut une mine d'irille maintenant, et une autorisation de vente dans la cité. Adjura le « Sauvage ».

Solorus se mit face à lui, les jambes écartées et le corps penché en avant pour s'empêcher de tituber. Ses grands yeux ronds étaient exorbités. Il invectiva le « Sauvage » en le désignant du doigt.

« - Pour que ton poison fasse crever les canufos, jamais ! l'asséna-t-il. »

Il se précipita vers la sortie de Fusili pour emprunter le sentier qui conduisait vers le plus haut sommet surplombant la cité. L'endroit où il avait l'habitude de s'isoler et d'observer le gluide. Il décida d'attendre jusqu'à ce que les effets du Chinvalsse s'estompent, le temps qu'il jugerait nécessaire pour que l'addiction cesse à jamais.

Le gluide fit son apparition, un peu plus haut, il tourbillonna dans les airs puis il plongea. Mais contrairement à son habitude, il ne piqua pas vers la plaine pour capturer une proie. Il se dirigea vers Solorus pour se poser à quelques mètres de lui. Solorus ne l'avait jamais vu d'aussi près, il était encore plus grand qu'il le pensait, deux fois sa taille au moins, en tout cas assez grand et fort pour le porter sur son dos.

Il n'essaya même pas de l'approcher, le spectacle qui s'offrait à lui le satisfaisait pleinement. Ils se regardèrent durant plusieurs minutes sans bouger. Aucun des deux ne pouvait savoir ce que l'autre pensait, Solorus ne savait même pas si le gluide en était capable mais en le fixant dans les yeux il eut l'impression que l'animal devenait son propre reflet.

Les serres de l'oiseau accrochaient la roche sur laquelle il s'était posé. Le rapace était magnifique, recouvert de longues plumes rousses. Sa tête majestueuse et immobile laissait découvrir ses yeux dont le regard hypnotisant envahissaient l'esprit de Solorus. Après ce moment intense et merveilleux, il retrouva un peu de lucidité.

L'extase fût vite interrompue. A peine le temps d'entendre un bruit de branches qui craquaient derrière lui. Le gluide s'envola en un éclair claquant ses ailes contre ses flans.

Quand il se retourna, Solorus aperçut le « Sauvage », Goliodud et les cinq autres modocos qui les accompagnaient. Il leur tourna le dos en continuant d'observer le magnifique panorama.

Une fois de plus, il prononça une phrase imagée.

« - Qu'est ce qu'il raconte encore celui la ? Demanda le « Sauvage » sans s'adresser à quelqu'un en particulier.

- Je crois que j'ai compris. Il ne veut plus de chinvalsse, se risqua Goliodud, lui même surpris par sa capacité à le comprendre.

- Ah bon ! Très bien, dit calmement le « Sauvage », je n'aime pas beaucoup me faire enfler comme ça. Tu risques de le payer cher Solorus, menaça-t-il ensuite.

Solorus répondit dans son propre dialecte.

- Goliodud, si tu comprends quelque chose, dis le, j'attends ! s'impatienta le « Sauvage ».

- Euh ! Je pense qu'il veut dire que tout n'a pas forcément de prix et en résumé qu'il en à rien à foutre de tes menaces.

- Ah bon ! Allez-y guerriers, emparez-vous de lui ! ordonna le « Sauvage » aux autres modocos.

Solorus se leva d'un bond et dirigea sa main droite vers le « Sauvage ». Il s'aperçut subitement qu'il n'avait pas sa « lance invisible » avec lui. Tous ces sods à divaguer l'avaient rendu distrait et même imprudent. Le « Sauvage » sourit pendant que les autres saisissaient violemment Solorus, qui se retrouva ligoté en quelques secondes.

« - Mais qu'est ce que l'on va faire de lui ? Interrogea Goliodud, soudain épris d'empathie pour le chef canufos.

- J'ai ma p'tite idée. Cet abruti m'a fait perdre mon temps et de l'irille. Il y a une petite ville pas très loin en plein désert,

Cirodancas. Un de mes amis fait du commerce d'esclave, presque exclusivement de canufos. Jolorand me le rachètera un bon prix. »

Bien que n'approuvant pas cette idée, Goliodud décida de continuer à suivre les modocos. Ils quittèrent discrètement la montagne et empruntèrent le tunnel creusé pendant la dernière guerre pour rejoindre le désert. Solorus, attaché au bout d'une corde serrée autour de son cou, et les mains liées, entraîné par un godaran. Le « Sauvage » s'amusait à avancer parfois un peu plus vite l'obligeant à trébucher.

Dix sods de marche vers l'Ouest étaient nécessaire pour rejoindre Cirodancas. Tous les soirs, les six modocos dressaient un campement et se détendaient en buvant du Tachinak frelaté. Ils se saoûlaient jusque tard dans la nuit.

Goliodud ne participait pas aux beuveries, il préférait s'occuper de Solorus. Il lui apportait un peu d'eau et de nourriture, impuissant face à ses tremblement incessants.

Un soir, alors qu'ils n'étaient plus qu'à quelques lieux de la cité, Goliodud vit une ombre cachée derrière un rocher qui les observait, pendant que ses complices dormaient profondément. L'ombre était petite, moins de la moitié de sa taille. Elle s'avança. Le thesranes pu alors la distinguer suffisamment pour reconnaître un Slamis. Ces bipèdes, reconnus pour leurs intentions pacifiques, n'étaient pas considérés comme des humanimaux en tant que tels, par les autres races, mais comme des animaux un peu plus développés, sans doute à cause de la cohérence de leur langage qui leur permettait d'être compris bien que ce n'étaient en fait que de simples cris. Ils ressemblaient à des lézards équipés de deux mains habiles. Le petit être apporta un peu d'eau à Solorus et l'aida à boire. Goliodud, observa, s'étonnant de l'empathie que la créature témoignait envers le canufos.

Ils arrivèrent le lendemain à Cirodancas où la plupart des bâtiments rectangulaires étaient délabrés. Certains, en cours de rénovation, étaient arrangés par des canufos qui plaçaient des briques de sable gris, les unes sur les autres, sous l'œil attentif de modocos armés. De grandes artères de sables entrecoupaient la petite ville.

Le « Sauvage » et ses acolytes s'installèrent dans l'une des ruines à l'entrée de la cité. Après s'être rassasié, le « Sauvage » tira très fort sur la corde de Solorus pour l'obliger à se lever rapidement et il ordonna aux autres de l'attendre. Ils se dirigèrent tous les deux vers le centre de la ville pour arriver devant une grande maison. Solorus enchaîné traînait derrière, tremblotant et transpirant, l'addiction qui l'accaparait était toujours aussi intense.

Deux modocos gardaient l'entrée de la grande bâtisse mais le « Sauvage » n'eut aucun mal à les convaincre de le laisser entrer. Dans la première pièce, trois modocos qui discutaient s'interrompirent en les regardant.

« - Qu'est ce que tu veux ? demanda l'un d'eux.

- Parler à Jolorand, aligna le « Sauvage ».

- Ah oui ! Et tu crois que l'on peut s'adresser au chef de la ville comme ça ? provoqua l'autre.

Une bave épaisse commença à suinter au bord des fines lèvres du « Sauvage », et un grognement sortit du fond de sa gorge traduisant sa colère naissante.

- Exactement ! Riposta-t-il fermement.

Une voix se fit entendre de la pièce voisine.

- Laisse, Mandoc, je connais ce phénomène. Comment vas-tu vieille crapule ? lança Jolorand, un modocos très imposant, tout autant que l'était le « Sauvage », et dont l'aura transpirait le charisme d'un dominateur.

- Salut à toi vieux frère, répondit le vieil ami.

- Qu'est ce que tu m'amènes ? interrogea Jolorand emprunt de curiosité.

- Une sacrée surprise, Solorus en personne. Combien tu me donnes pour lui ? Hein ? !

- Solorus, t'es sûr ? Il a l'air malade.

- Les effets secondaires du Chinvalsse sur les canufos. Pouvais pas prévoir mais ça passera ! Dans quelques sods il sera sur pied et tu pourras le revendre un bon prix à qui tu veux !

- Non, non. Non impossible mon vieux. C'est le chef des canufos. Je ne tiens pas à les avoir tous sur le dos. Ceux que l'on attrape, ce sont des paumés qui n'ont pas su s'adapter aux villes. Alors là, oui, ils deviennent des proies faciles. Mais de là à les braquer, ce ne serait pas très productif pour mon commerce. Tu me comprends j'espère ?

- Je crains que oui. Avoua le « Sauvage » manifestement très déçu.

- Que cela ne nous empêche pas de fêter nos retrouvailles. J'ai quelques caisses de vrai tachinak. Tu m'en diras des nouvelles. Ah ! Ah ! Les thesranes ont quand même inventé quelque chose d'utile ! »

Les gorgées d'alcool se succédèrent, Jolorand plaisantait beaucoup en même temps qu'il racontait comment il avait pris possession de la cité, à l'époque où elle était encore complètement désertée. Pendant qu'il faisait mine de l'écouter, le visage du « Sauvage » se durcissait et ses yeux se noircissaient. Il regardait Solorus qu'il avait jeté dans un coin de la pièce. Plus il buvait, plus il haïssait le canufos qui avait anéantit ses rêves de fortune. Après plusieurs heures d'ingurgitation, il se leva sans rien dire et tira Solorus vers lui avec la chaîne qui l'égorgeait.

En sortant, il remarqua que l'astre lumineux disparaissait derrière l'horizon. Le gris des maisons semblait luire dans la nuit naissante, à cause des agglomérés en mélange de sable et de colle. Quand il rejoint les autres dans la demeure délabrée, il était complètement ivre. Il tenait la laisse de Solorus dans une main et une bouteille de tachinak dans l'autre. Il insulta Solorus qui paraissait absent, et hermétique aux algarades. La pièce aux quatre vents baignait dans une lumière rouge excitant davantage le « Sauvage » qui sombra dans une colère incontrôlable.

Il attacha la corde de Solorus à une poutre, maintenue par l'arrête de deux murs encore debout, puis il le frappa avec ses poings et ses pieds, de plus en plus fort. Pendant que mille jurons plus horribles les uns que les autres s'échappaient de sa gorge. Le sang de Solorus dégoulinait, souillant le duvet de son visage, quand il ne giclait pas sur le sol. Le canufos ne grimaçait pas comme s'il restait insensible à la douleur. Le « Sauvage » exacerbé redoubla ses coups.

« - Qu'est ce que je vais faire de toi maintenant hein ? Tu n'es qu'une merde, tu ne vaux pas mieux qu'un thesranes prétentieux, vociféra le « Sauvage » dont la brutalité se décuplait.

Goliodud observait la scène horrifié. Il aurait voulu intervenir, mais il se sentait trop lâche. Solorus encaissait toujours sans broncher, plus préoccupé par le manque de Chinvalsse qui le rongeait.

Le « Sauvage » s'aperçut subitement que ses coups n'atteignaient pas Solorus. Il le détacha et le laissa s'écrouler au sol. Il sortit son pistolet à fusion puis il tira plusieurs fois en direction de sa victime.

Un premier éclair vert atteignit le genou droit de Solorus le faisant voler en éclat. La partie inférieure de sa jambe se décrocha et s'éclata contre l'un des murs. Le sang jaillit, aspergeant les pierres. Solorus laissa échapper un cri silencieux comme si il n'avait plus assez de force pour hurler.

Le « Sauvage » se mit à rire comme un aliéné, puis il tira à nouveau, cette fois dans le genou gauche. Une bonne partie de la jambe de Solorus vola en éclats. Le « Sauvage » ne s'arrêta pas là, il le cogna encore avec ses pieds directement au visage, les os craquèrent sous la pression des coups tandis que des flaques de sang se déversaient sur le plancher. D'abord la mâchoire puis le visage entier de Solorus cédèrent sous les semelles du modocos pour se transformer en une bouillie d'os. Les autres modocos exaltaient.

C'en était trop pour Goliodud, il ne put s'empêcher de crier.

- Ça suffit, ARRETE !

- Très bien, débarrasse-moi de cette merde, finit par ordonner le « Sauvage » enfin repu, emmène le loin d'ici, je ne veux plus le voir. Emmène le dans le désert, qu'il y crève ! »

Goliodud n'attendit pas une seconde de plus. Il réussit tant bien que mal à le hisser sur le dos d'un Godaran. Il en monta un autre et se dirigea vers le désert. Solorus perdait beaucoup de sang. Goliodud se sentit soudain pris de panique. Il se demanda ce qu'il allait faire de lui, le regarder mourir ou abréger ses souffrances.

Quand il se fut suffisamment enfoncé dans le désert, il s'arrêta. Une dizaine de paires de yeux scintillaient dans la nuit aride, juste devant lui. Ils s'avançaient doucement. Lorsqu'ils furent assez proches, le thesranes réussit à distinguer des petites silhouettes qu'il finit par reconnaître, des Slamis. Les petits lézards étaient seulement vêtus d'une petite aube à capuche. Trois d'entre eux se dirigèrent vers la monture de Solorus et l'empoignèrent délicatement, le posèrent sur une civière que quatre autres créatures portaient. Ils se dirigèrent ensuite vers l'opacité du désert endormi. Goliodud les observa avant de les interpeller.

« - Attendez ! S'écria-t-il.

Il sortit une bouteille de Chinvalsse d'une sacoche, et la tendit à l'un des sauveteurs.

- Vous lui en donnerez un peu. Ce n'est pas très bon pour lui, mais peut être cela le soulagera-t-il quand même. »

Le slamis s'empara de la bouteille pendant que Goliodud les regardait s'éloigner. Quand ils furent hors de vue, il crut apercevoir l'ombre d'un grand oiseau qui le fixait dans l'obscurité.

Quand il revint dans la maison abandonnée, le « Sauvage » et les autres modocos avaient disparu.

Il s'écroula dans un coin de la pièce, sa triste colère se répandit dans l'air chaud et sec du désert.

CHAPITRE 11

VISITE A UN VIEIL AMI

Alussond se présenta au bureau de réception du pénitencier derrière lequel un soldat attendait assis au fond de la pièce. Le thesranes lui présenta son document.

« - Sod, je suis le commandant Decopus, de l'armée thesranes, j'ai une autorisation de visite signée de la main de l'Empereur. »

Le modocos ne leva même pas la tête, il tendit la main et se saisit de la pièce. Après l'avoir lu, il la mit devant lui, la tamponna et la rangea dans un tiroir. Il laissa s'écouler quelques minutes avant de lever enfin les yeux.

« - Attendez ici ! » Ordonna-t-il en désignant un banc planté devant l'entrée, puis il appuya sur un bouton sur sa gauche. Quelqu'un va venir vous chercher, ajouta-t-il. »

Alussond se dirigea vers le siège mais resta debout à côté, réservant son allégeance exclusive à ses supérieurs. Il resta un long moment, avant que deux autres modocos se présentent par une porte dérobée. L'un des deux s'adressa à Alussond.

« - Suivez-nous ! »

Cette fois, Alussond daigna s'exécuter. Ils empruntèrent nombre de couloirs et d'escaliers. L'interminable descente les enfonça si profondément sous terre qu'Alussond cru quitter le monde des vivants. Ils se présentèrent devant une grille que l'un de ses escorteurs ouvrit après avoir tourné plusieurs fois une clé dans la serrure. Ils accédèrent à une grande pièce, baignée dans la lumière verte de petites lampes à fusion nichées dans les alcôves. De chaque côté une vingtaine de gardes attendaient et discutaient entre eux, assis sur de longs bancs. Alussond passa devant sans qu'ils ne lui prêtent la moindre attention. Les convoyeurs stoppèrent leur progression devant une seconde palissade. L'un des deux l'ouvrit sans pénétrer dans le long couloir qui suivait, un seul l'accompagna, l'autre refermant la herse derrière eux. Une longue et large galerie les conduisit là où une troisième clôture les arrêta. Après l'avoir crochetée, le modocos fit signe à Alussond de passer devant lui, tandis qu'il restait sur place.

« - Bienvenue dans la cité sombre. Je ne vais pas plus loin. On se reverra peut-être, » lui lança-t-il avec ironie.

Alussond effectua deux pas et attendit que ses yeux s'habituent à la pénombre. Il ne voyait presque rien. Pendant quelques secondes un lourd silence occupa ses oreilles.

Puis il perçut des gémissements provenant de plusieurs coins de la pièce, des rires aussi à d'autres endroits, et des conversations trop lointaines pour qu'il en distingue le sens.

L'odeur nauséabonde et l'air humide agressaient ses narines et ses poumons. Ses yeux s'habituèrent progressivement, puis il commença à entrevoir l'endroit de l'immense salle où il se trouvait. Il distingua des ombres, parfois esseulées, parfois accompagnées, certaines debout, d'autres assises, d'autres allongées. Il comprit alors que les gémissements provenaient des ombres allongées et les conversations, des groupes de modocos bien en aplomb sur leurs jambes. Il estima qu'il devait y avoir une centaine d'humanimaux, en majorité des modocos. Ceux qui gémissaient, étaient malades ou gravement blessés, plusieurs thesranes agonisaient et quelques canufos paraissaient encore plus mal en point.

Les modocos formaient des groupes de deux à cinq individus. Ils se portaient pour la plupart plutôt bien, autant que ce fût possible dans un tel endroit. Certains groupes s'éclairaient avec de petites lampes à fusion. Cela aida Alussond à se diriger plus facilement. Il se déplaça, s'approchant discrètement de ceux qui possédaient des lampes, prenant garde de ne pas éveiller leur attention. Il espérait ainsi éviter tout risque de déclencher une rixe. Il sentait le danger rôder autour de lui, caché dans chaque recoin et pouvant surgir à tout moment.

Il chercha une issue qui l'amènerait ou du moins l'approcherait du général, mais ne sachant pas où se trouvait Candas il dut se résigner à faire confiance au hasard, ce qu'il détestait par-dessus tout. Il marcha une centaine de mètres sans se faire remarquer, en enjambant quelques cadavres dont certains n'avaient pas encore tout à fait rejoint le néant infini mais qui s'y acheminaient avec certitude. Il distingua enfin une ouverture en forme de voûte. Dans l'embrasure, trois ombres à la stature imposante discutaient, éclairées par une lampe portative. En s'avançant plus près Alussond comprit qu'il s'agissait de modocos et qu'il devait passer devant eux s'il voulait aller plus loin. Dès qu'il voulut franchir le seuil, l'un d'eux lui barra le passage et se planta devant lui. Le visage hideux décoré de nombreuses de cicatrices s'installa à quelques centimètres du sien.

« - Qu'est ce que tu veux, thesranes ? grogna-t-il, la salive dégoulinante.

Alussond s'arrêta en soutenant le regard du prisonnier.

- Passer ! répondit-il calmement.

- Ah oui. Et tu crois pouvoir passer comme ça. Qu'est ce que tu peux m'offrir en échange…Tes entrailles ? menaça l'immonde personnage. »

Le calme froid d'Alussond désarçonna le modocos habitué à effrayer facilement les humanimaux plus conciliants. Il dut attendre de longues secondes pour obtenir une réponse.

« - Je viens rendre visite au général Candas Yoltop. Peut-être peux-tu m'indiquer où je peux le trouver, proposa Alussond nonchalamment.

- Rendre visite au général ? Et qu'est ce que tu lui veux au général ? demanda l'autre brutalement, à la limite de sa patience.

- Cela ne te regarde pas. Je suis son ami, c'est tout ce que tu as besoin de savoir. Répondit Alussond d'un ton monocorde.

Le visage monstrueux du modocos s'adoucit subitement, puis il se tourna vers son compère, un congénère borgne et tout aussi hideux.

- Tu savais que le général avait des amis thesranes toi ?

- Non « l'Affreux » ! Mais à ta place je ne chercherais pas à savoir si c'est de l'orix ou de l'irille, répondit le borgne.

- Tu as raison, je n'ai pas envie d'avoir ses guerriers sur le dos. « L'Affreux » retourna sa face immonde mais néanmoins plus amicale vers Alussond.

- Suis-moi, je t'emmène voir le général, mais si tu m'as raconté des histoires, je te transforme en ragoût de thars, menaça-t-il. »

Alussond lui sourit et ouvrit son bras pour lui faire comprendre qu'il le suivrait volontiers.

La cité sombre était un véritable labyrinthe et le chemin semblait interminable. Ils empruntèrent une foule de couloirs, traversèrent une multitude de pièces où la vie, le danger et le trépas se côtoyaient dans une osmose malsaine. Même les pierres suintaient la charogne. Alussond capta chaque détail, chaque ombre différente d'une autre sur chaque mur, chaque recoin dont la forme se distinguait d'une autre, chaque pierre gravée d'un signe, chaque tache de sang séchée en prenant soin de retenir dans quel ordre il les avait listés. De cette manière, il pourrait, si cela s'avérait nécessaire, retrouver son chemin.

La cellule du général se trouvait au bout d'un petit couloir. Sur la droite, une plus grande cellule s'ouvrait sur une vingtaine de modocos où certains se reposaient et d'autres s'affairaient à différentes tâches. L'affreux remarqua le petit coup d'œil qu'Alussond jeta dans la pièce.

« - C'est la garde rapprochée du général. Des anciens soldats, vaut mieux pas s'y frotter, crois-moi ! conseilla-t-il. »

Devant la cellule de Candas, deux modocos restaient postés comme des statues. Quand Alussond et l'affreux se trouvèrent à moins d'un mètre, l'un des deux les apostropha.

« - On ne passe pas. Annoncez-vous ! Dit-il autoritairement.

- Le thesranes dit qu'il est un ami du général, s'excusa l'affreux.

Le garde se tourna vers Alussond.

- Identité ?

- Commandant Alussond Decopus.

- Attendez ici, je vais voir s'il veut vous recevoir. »

Le garde entra dans la cellule. Pendant qu'Alussond attendait, l'autre garde s'adressa à « l'affreux ».

« - Très bien « l'affreux », tu peux partir, le général se souviendra de toi. »

Visiblement satisfait, il s'éloigna. La porte de la cellule s'ouvrit et le gardien réapparut. Il fit signe à Alussond d'entrer, avant de reprendre son poste.

La pièce était sombre mais tout de même mieux éclairée que l'ensemble de la cité. Les reflets verdâtres des lampes à fusion nichées dans la cellule chatouillaient l'ombre ambiante. Le général était debout au fond, devant son bureau. Sa stature titanesque baignait à moitié dans l'ombre et dans la lueur verdâtre.

En s'approchant, Alussond pu entrevoir un demi sourire jaillir de la lumière illuminant son visage. Le général lui fit signe de s'asseoir sur l'un des deux fauteuils devant le bureau. Quand ce fut fait, il l'imita. La clarté émanant du crépitement des lampes mal réglées dansait en grignotant l'obscurité.

« - Je vous ai apporté des cigares de Komatanès, des komums, proposa Alussond en lui en tendant un. Le général lui sourit à nouveau.

- J'en ai, Alussond, mais j'apprécie le geste.

- Des comme ceux là ? Ça m'étonnerait, vous m'en direz des nouvelles. »

Alussond alluma d'abord celui de Candas, avec son briquet mini-fusion. Ils prirent une bouffée en même temps, chacun dans leur fauteuil respectif. Ensuite ils s'adossèrent dans une allure empreinte de béatitude. Ils restèrent silencieux de longues minutes. Alussond interrompit ce moment de quiètude.

« - J'ai une mission pour vous.

Candas sourit encore.

- C'est un peu tard, ne croyez-vous pas ? Mais je suis tout de même curieux de savoir ce qui mijote dans votre esprit si particulier. Quelle est-elle ? Questionna-t-il.

- Survivre ! Répondit Alussond dans un doux chuchotement.

- En effet, ce n'était pas exactement mon idée de départ. Vous savez certainement que je vais participer à « l'Espoir ». Et je crains que la survie ne soit qu'une chimère dans l'arène. Et quand bien même…mon chemin arrive à sa fin et je n'ai vraiment pas envie de le prolonger.

- Sauf si cela en vaut la peine, non ? insista Alussond, attisant au mieux la curiosité de Candas.

- Qu'est ce qui pourrait en valoir la peine pour moi, maintenant ? Se demanda fatalement Candas.

- La seconde mission que j'ai à vous confier, tout simplement.

Candas n'était même plus surpris, il cru entrevoir dans le regard de son ami, une lumière pointée au fond d'un dédale d'ennuis.

- Quelle est-elle ? »

Alussond se leva et compta les événements qui venaient récemment de bouleverser son existence, dévoilant tout sur le projet du « Grand voyageur ».

« - Effectivement intéressant et excitant. Cela vaut certainement la peine de survivre mais la tâche n'est pas plus aisée pour autant, argua le général.

- Certes, vous savez ce qui vous attend dans l'arène ? La première épreuve consiste à anéantir deux Ratguards. La deuxième un Godaran sauvage. Pensez-vous pouvoir vous en sortir ? se renseigna Alussond.

- Je fais en sorte de me maintenir en forme, mais l'air de la cité sombre est vicié, j'ai quelques problèmes respiratoires.

- D'accord, je vous ferai parvenir un filtre-masque à fusion avant l'épreuve. C'est très efficace, il vous suffira de respirer dedans pendant une heure et vos poumons seront comme neufs.

- Dans ce cas, je dois pouvoir réussir. Mais même si c'est le cas, je serai sérieusement abîmé après les deux premières épreuves, et ensuite il y a le vancroche. Je ne vois pas très bien comment je pourrai m'en sortir.

- Faîtes moi confiance, Candas. Si vous réussissez les deux premières épreuves, je ferai mon affaire du vancroche. Tout ce que je vous demande, c'est de survivre jusque là. Alors c'est d'accord ?

- Vous allez tricher Alussond ? S'inquiéta Candas, manifestement réticent.

- Et MOO V ? Dites-moi qu'il n'a pas triché lors de l'épreuve du « Grand Lavage ». Je ne vous croirai pas.

- Sûrement ! Admis Candas. C'est d'accord Alussond. Merci de votre visite, j'attends de vos nouvelles avant l'épreuve. Pour l'heure je vous conseille de sortir de la cité sombre. Comme je vous l'ai dit, l'air est putride. Je vais demander à deux de mes gardes de vous accompagner jusqu'à la sortie, afin d'être sûr qu'il ne vous arrive rien. A bientôt Alussond.» conclut le général.

Dès qu'il fut à l'extérieur, Alussond respira une bonne bouffée d'air frais. Il prit alors pleinement conscience de l'air vicié qui régnait dans la cité sombre. Le bruit ambiant lui parut également plus sain et plus rassurant. Le contraste le contraria néanmoins et le déprima quelque peu surtout en pensant à son ami qui subissait les effets de l'immonde cachot.

Au bout de quelques minutes il se ressaisit et se recentra sur sa mission. Il se dirigea vers l'ambassade thesranes toujours dans le quartier du grand palais.

Les bureaux étaient installés dans une vielle demeure. Il entra en présentant sa carte professionnelle aux gardes thesranes postés devant l'entrée. A l'accueil, il demanda à voir le colonel Tiessolus, l'autorité de référence après l'ambassadeur thesranes à Codos. Alussond le connaissait un peu pour l'avoir croisé à plusieurs reprises lors de dîners mondains à Komatanès. Il savait qu'à l'ambassade ils trouverait tous les équipements nécessaires en cas de conflits impromptus, notamment des objets permettant de résister à des gaz toxiques. Il se procura un filtre-masque à fusion. Il demanda ensuite au colonel de faire parvenir rapidement un message à Devaliud Pnagnasus qu'il prit soin de rédiger lui-même. Il indiqua l'hôtel où il résidait et demanda qu'on lui fasse parvenir la réponse du Conseil Supérieur dès sa réception.

CHAPITRE 12

UN CŒUR DANS LA NUIT

La place du « marché des têtes » dans le quartier corrompu de Codos accueillait toutes sortes de marchands qui se relayaient aussi bien aux heures d'apothéose de l'astre étincelant, que la nuit. Ainsi les transactions s'exerçaient sans interruption.

Les commerçants installaient leurs échoppes entre les arbres omniprésents. Quelques lampadaires éclairaient tout de même un peu la nuit, mais la pénombre restait prédominante. Cela n'empêchait aucunement l'ambiance chaleureuse générée par l'activité bouillonnante des badauds qui apostrophaient gentiment les clients potentiels. L'endroit, bien qu'en plein cœur de la ville, semblait se circonscrire au cœur d'une forêt. La présence de quelques prostituées qui marchaient entre les baliveaux accentuait l'effervesence.

Vellime, caché dans une ruelle derrière la place, restait tapi dans l'ombre en observant l'activité du marché. Il repéra une prostituée, une thrams qui marchait un peu à l'écart et qui se mettait en valeur en évitant l'ombre des branches à moins de cinq mètres du premier marchand. Vellime était à peu près à égale distance derrière elle.

Un mélange d'odeurs de charcuterie, d'alcool de fleurs et d'épices variés s'échappait des échoppes avec harmonie. Mais Vellime ne sentait que les effluves corporels de la thrams qui le bouleversaient dans un état d'excitation intense.

Elle était plutôt jolie, à peine habillée d'une robe rouge, qui la recouvrait de son postérieur jusqu'au bas de sa poitrine. Sa peau était très blanche, presque translucide comme toutes celles de sa race. Des chaussures à talons hauts étendaient ses longues jambes aux mollets très fins comparés à ses fortes cuisses qui prolongeaient un séant imposant. Sa taille très aérienne paraissait serrée par un corset mais il n'en était rien. Ses seins volumineux étaient soutenus par un soutien gorge qui les étouffait dans le seul but de mettre les mâles en appétit. Ses petites oreilles en pointes recourbées dépassaient à peine de sa longue chevelure d'un gris soyeux presque noir. Son visage pointu et allongé vers l'avant se terminait par une bouche épaisse sous un nez plat ne laissant apparaître que de toutes petites narines écrasées.

Vellime se faufila entre les arbres, sans bruit jusqu'à se trouver juste derrière elle. Il attendit qu'elle s'arrête. Elle frissonna, surprise par une brise glaciale qui lui traversa le corps. Vellime saisit sa chance lorsqu'elle s'immobilisa juste devant lui. Il enveloppa son cou très fin d'une main pendant que l'autre la bâillonnait. Il l'étrangla jusqu'à qu'elle n'ait plus la force de résister. Il brandit son couteau à fusion et l'incisa du cou au nombril. Il lui découpa le cœur, plongea dans les entrailles ses mains inondées par le sang. Il arracha l'organe et l'éleva à bout de bras en murmurant un chant tribal. Ensuite, il le mit dans un petit sac soigneusement préparé, et se leva.

En se retournant, il se retrouva face à une autre prostituée qu'il n'avait jusqu'alors pas remarqué, et qui le regardait horrifiée. Elle hurla à en perdre la voix. Vellime lui planta sa lame dans le ventre et s'enfuit aussi vite qu'il put.

Sans ralentir le pas, il emprunta plusieurs petites ruelles biscornues. Quand il fut certain de ne plus être suivi, il s'arrêta, haletant, pour réfléchir. Il avait récemment décidé de ne plus se présenter en tant que client auprès des prostituées. Il venait de se rendre compte qu'il avait commis une erreur, en voulant changer son mode opératoire. En exécutant son meurtre à l'extérieur, il s'était sans nul doute mis en danger. Il ne pourrait plus séjourner d'hôtel en hôtel. Il se résigna alors à retourner dans la maison que lui avait léguée son père dans l'un des quartiers cossus de la ville.

Il s'y présenta, hésita encore un moment, puis finit par entrer. Il resta longtemps plongé dans l'obscurité. Il tâtonna dans le petit couloir de l'entrée puis il ouvrit la première porte sur sa droite, celle de la cuisine. Il ne distinguait que peu de chose dans la pénombre mais son regard se figea immédiatement sur l'entrée de la cave. Sa chambre, durant toute son enfance, l'endroit lugubre où son père s'amusait à le torturer. Il sortit le petit sac de sa poche et s'empara du cœur de sa victime, puis il le contempla un moment à la lueur ténue de la fenêtre.

Le lendemain matin, il trouva une lettre sous la porte. Elle lui était adressée et provenait du Conseil des Sages. Au fur et à mesure qu'il la lisait la froideur de ses yeux fondit comme la glace agonisante sous les rayons de l'astre rouge qui se levait justement.

« Monsieur Vellime TENGMATE, le CONSEIL DES SAGES a l'honneur de vous informer que suite à votre demande, vous êtes nommé Chef adjoint de la police de Codos. Je vous prie de vous présenter immédiatement au centre de police pour prendre vos fonctions. »

CHAPITRE 13

LA TANNIERE DES SLAMIS

Solorus ne savait pas où il se trouvait car il ne distinguait pratiquement plus rien. Tout ce qu'il arrivait à percevoir, c'était des petites ombres s'activer autour de lui. Une douleur atroce qui lui traversait tout le corps l'empêchait de s'intéresser à ce qui se passait autour de lui. Il ne réussissait même pas à aligner une pensée achevée. Il avait perdu la notion du temps, il se demandait s'il souffrait depuis une minute, des sods, voir plusieurs massops. Son corps n'était qu'une plaie.

Il sentit un objet contre son nez, et il comprit que l'on essayait de le faire inspirer. Dès la première inhalation il reconnu l'effet du chinvalsse, la douleur s'estompa quelque peu. Un moment plus tard, il sentit une matière dure contre sa bouche, quelqu'un lui faisait boire autre chose de très mauvais.

Quelques secondes plus tard, il eut la sensation que son corps s'envolait à la vitesse de la lumière et que son cerveau explosait. Il crut voir Altamara en compagnie du gluide, le regarder et lui parler, mais seulement ses lèvres bougeaient sans qu'aucun son n'en sorte. Ensuite elle s'envola sur le dos du rapace qui revint en s'adressant à lui dans un langage qu'il ne comprenait pas. Il comprit qu'il délirait sûrement sous l'effet du chinvalsse et de la potion qu'on lui avait administrée. Il s'évanouit encore une fois.

*

Minikmik préparait une potion avec des racines de koklud, une plante du désert. La préparation était très efficace contre la douleur quand elle était écrasée et mélangée avec un peu de sang puis chauffée. Elle permettait habituellement de cicatriser rapidement. Mais cette fois, les plaies du canufos semblaient se régénérer trop vite. Cela faisait maintenant dix sods que le slamis en concoctait pour Solorus mais son corps rejetait toujours du sang souillé d'impuretés. L'alcool de Chinvalsse permettait au moins d'atténuer sa douleur mais le faisait délirer et dormir. Il en donnait à Solorus à petites doses mais la bouteille que lui avait donnée Goliodud était maintenant presque vide. Il devrait sans doute bientôt retourner à la ville en rechercher.

Après avoir prodigué ses soins, Minikmik avait pris l'habitude de s'asseoir près de Solorus pour l'observer. Il écoutait sans comprendre vraiment, la phrase que répétait sans cesse le canufos.

« - Le monde n'est pas le véritable monde. »

Il essayait de la répéter, mais seulement des sons sortaient de sa bouche. Au bout des dix premiers sods en sa compagnie, il parvenait néanmoins à former des sons un peu plus compréhensibles.

*

Solorus crut se réveiller sans en être certain. Il toucha son visage qu'il ne reconnut pas. Il se trouvait dans une grotte très basse où il ne pouvait que se tenir assis. En regardant ses moignons aux bouts de ses jambes, il comprit que la caverne était de toute façon suffisamment haute pour lui. Il observa ses bandages qui cerclaient ses genoux, des tâches jaunâtres suintaient.

CHAPITRE 14

SOD DE FETE A CODOS

A peine un filet de lumière filtrait à travers la vitrine encrassée de la vieille boutique de Tilonus Zapilud. Les flacons de liquides multicolores s'enchevêtraient dans une bataille anarchique sur les étagères poussiéreuses. Un vieux livre posé sur la table basse accroupie sur le parquet en bois terne, attendait d'être absorbé par un bulbe encéphalique. Derrière elle, assis dans un vieux fauteuil, l'apothicaire semblait s'ennuyer. Avant de s'installer dans ce quartier marchand de Codos, il avait longtemps enseigné la chimie à Komatanès.

Ce matin là, il songeait sérieusement à fermer son échoppe car les clients se faisaient rares à cause de l'épreuve de « l'Espoir » qui devait se dérouler en ville le soir même. A sa grande stupeur, la porte s'ouvrit sur une silhouette dont l'allure orgueilleuse lui était familière. La demi-tête de sponx cousue sur l'uniforme noir du thesranes, juste au niveau du cœur, lui conférait le grade de commandant. Tilonus reconnut immédiatement son vieil ami. Il ne se leva pas pour autant.

« - Alussond ! Cela fait un moment que je ne t'avais pas vu. De passage à Codos ? demanda-t-il sans effusion.

- Toujours aussi désordonné à ce que je vois, répondit Alussond en scrutant l'environnement confus. Comment vas-tu ? Ajouta-t-il nonchalamment.

- Ma foi aussi bien qu'un vieux thesranes peut aller. Qu'est ce qui t'amène à Codos ?

- Pour ton bien, il ne vaut mieux pas que tu le saches. D'autant plus que je vais avoir besoin de tes services, donc moins tu en sauras, mieux cela vaudra pour ma propre sécurité, le taquina Alussond.

Le vieux thesranes fit mine de durcir ses traits.

- Je t'écoute !

- Il me faut une drogue.

- Quel genre ?

Alussond devint subitement plus sérieux.

- Je ne sais pas trop, mais tu vas m'aider à trouver. Pour l'instant, ferme ton magasin et passons à l'arrière pour discuter tranquillement. »

Tilonus déplia difficilement ses vieilles jambes et lui fit signe de le suivre. Ils s'installèrent dans la pièce attenante au magasin qui n'était autre qu'une petite cuisine pouvant facilement se transformer en laboratoire. Tilonus partit chercher deux vocierses et en tendit une à Alussond qui ingurgita aussitôt une gorgée de la douce boisson mousseuse et se délecta du goût légèrement sucré.

« - Alors ? Parut s'inquiéter l'apothicaire après s'être désaltéré à son tour.

- Une drogue qui n'endort pas mais qui fausserait suffisamment la perception d'un individu, disons sa faculté à apprécier les distances, expliqua Alussond en s'asseyant.

- Pour quelles raisons voudrais-tu altérer la perception d'un individu ? l'interrogea malicieusement Tilonus.

- Ne joue pas à ça avec moi, Tilonus. C'est pour le boulot. Tu ne dois rien savoir d'autre, répondit Alussond avec autorité.

- Il t'en faut beaucoup ?

- Assez pour un gros animal.

- Un vancroche par exemple ?

- Bravo Tilonus, me voilà maintenant obligé de tout te révéler, gronda Alussond.

- Alussond, cela fait maintenant vingt massops que je tiens cette boutique et que j'aide en parallèle l'administration thesranes. En plus, je suis payé pour cela. Alors, je peux te dire que je suis habilité au secret, tacla Tilonus. »

Alussond savait tout cela. Il avait d'ailleurs déjà recouru de nombreuses fois aux services de Tilonus. Mais ce petit jeu de faux secret était un rituel qui célébrait, d'une façon qui leur était propre, la joie qu'ils éprouvaient de travailler à nouveau ensemble.

« - Je vais faire évader Candas Yoltop, déclara Alussond.

- Rien que ça ? Hein !

Tilonus réfléchit un moment, déplaça sa vieille carcasse de long en large, tourna autour de la table plusieurs fois, puis il leva l'index vers le plafond.

- Du tiknoris ! s'exclama-t-il.

- Qu'est ce que c'est ?

- Exactement ce dont tu as besoin. Il faut l'administrer en intraveineuse.

- Sinon, cela aurait été trop facile. Combien de temps pour que la drogue agisse ?

- Une heure.

- Combien de temps durent les effets ?

- Disons quatre heures.

- Et pour la piqûre, sais-tu comment je pourrai l'administrer à distance ?

- J'ai une mini arbalète-seringue, qui tient dans la paume d'une main. Il faudra que tu t'approches au moins à cinq mètres, ça suffira. C'est faisable non ?

- Tout est faisable à condition de bien se préparer, assura Alussond.

- Je te reconnais bien là ! Il me faut encore fabriquer le produit. Nous avons encore le temps, « l'espoir » commence au coucher de l'astre rouge. Repasse en début d'après-midi, ce sera prêt.

- Trouve-moi aussi une vielle cape avec une grande capuche comme en portent certains paysans modocos, noire de préférence, s'il te plaît. A toute à l'heure.»

*

De retour dans sa chambre d'hôtel, Alussond commença les préparatifs à l'aide des documents qu'il s'était procurés auprès de l'ambassade thesranes, les plans de l'arène et des égouts de la ville, le règlement et le déroulé de « l'espoir ». Il avait également récupéré l'acte officiel qu'il avait sollicité auprès du Conseil Supérieur. Il rangea l'imprimé dans sa poche intérieure et étala le reste sur le lit avant d'étudier le tout attentivement.

Il commença par les cloaques et repéra la bouche la plus proche de l'enceinte. Ensuite, il suivit le trajet du doigt en cherchant d'autres écoutilles pouvant aboutir dessous. Puis il consulta le règlement de « l'Espoir », l'un des articles attira plus particulièrement son attention : « *le concurrent peut se soigner entre deux épreuves, un nécessaire de soins comprenant bandages et désinfectant est déposé avant son arrivée dans sa cellule soit une heure avant la première épreuve* ». Puis il consulta le déroulé qui indiquait également que le combattant disposait de quinze minutes entre chaque épreuve pour se reposer et se soigner.

Il observa les plans de l'arène, il repéra la cellule prévue pour Candas et celles des bêtes sauvages. Il localisa également les bouches d'égout les plus proches des geôles. Son projet se précisait, il débarrassa son lit, plia les papiers et les rangea dans une petite sacoche, puis il s'allongea pour réfléchir. S'il intervenait assez tôt, avant l'arrivée de Candas, il ne devrait pas être trop dérangé par des gardes qui faisaient des rondes dans les couloirs. Son dispositif était prêt.

Il se leva et se prépara pour le déjeuner qu'il avait prévu avec Silandius dans une taverne située dans un quartier bourgeois, le « sentier des élus » proche de celui du Palais.

Alussond venait à l'auberge des « forts » lors de ses visites à Codos pour goûter aux mets les plus fins de la ville. Elle était tenue par un modocos qui n'employait que des cuisinières trahms triées sur le volet et expertes dans leur art. L'endroit était fréquenté presque en exclusivité par de riches modocos souvent accompagnés de splendides vagauges.

Cette fois, le restaurant était pratiquement vide et les alentours inhabituellement calmes. Les habitants étaient restés chez eux pour se préparer et assister au grand spectacle prévu dans la soirée.

Alussond remarqua Silandius sans aucune difficulté isolé au fond de la pièce principale. Il lisait le journal tranquillement installé à une table. Alussond lui fit signe de le rejoindre en terrasse car il souhaitait observer les mouvements qui s'opéraient dans les ruelles, même si pour le moment, elles étaient encore désertes.

Le policier se leva pour le rejoindre. Alussond le regarda s'approcher déconcerté par l'obstination dont il faisait preuve pour soigner son élégance. Il portait une veste à rayure d'un vert très clair prolongée d'une dentelle noire sur une chemise rose unie, son pantalon fuseau était assorti et recouvert à mi-mollet par des bottes noires en cuir brillant. Le haut de son chef était bâché par un grand chapeau noir avec un seul bord recourbé, surmonté par une longue plume d'oiseau multicolore. Alussond, ne connaissant rien à la mode, voulut le piquer en toute sympathie.

« - Une veste à rayure sur une chemise unie ? Est-ce bien raisonnable ?

- Le contraire aurait été une faute de goût, rétorqua Silandius.

Alussond rit de bon cœur avant de s'installer. Son ami l'imita.

- Alors, ton enquête ? Commença Alussond.

- Encore un meurtre cette nuit. Mais cette fois j'ai un témoin, une prostituée trahms.

- Et ?

- Elle a pris un coup de couteau mais elle s'en remettra. Je l'ai interrogée. Elle pense avoir vu un modocos encapuchonné.

- Étonnant, non ?

- Certes. Mais je ne suis pas plus avancé. Sauf que j'ai une autre piste, mais je ne peux t'en dire plus pour l'instant. Tout cela est encore très flou. Et toi ? Ton projet, « l'espoir » se déroule ce soir, non ? Comment vas-tu faire ?

- Tout ce que je peux te dire c'est que général sera bientôt libre, coupa court Alussond. »

Le tavernier les interrompit pour prendre leur commande. Ils ne se privèrent pas de choisir les aliments les plus exquis. Il émergea du reste du dîner de vieux souvenirs, des boutades et quelques hilarités bon enfant. Le début de l'après-midi les rejoignit très vite et Alussond retourna à la boutique du vieux Tilonus.

*

L'apothicaire attendait son commanditaire.

« - Alors tu as tout ce qu'il me faut ? S'informa Alussond.

- Absolument, lui répondit fièrement l'alchimiste avant d'étaler un tas d'objets sur la petite table devant lui. Une fiole de tiknoris, une mini arbalète-seringue et ton habit de paysan, noir comme tu me t'as demandé.

- Parfait !

Alussond sortit les plans de l'arène et les autres documents de la petite sacoche qu'il avait en bandoulière.

- Détruis moi tout cela à l'acide s'il te plaît.

- Très bien, je m'en charge. Ne traîne plus ici pour le moment et bonne chance pour ce soir, conclut Tilonus. »

Alussond se hâta de ranger ses instruments dans un petit sac à dos qu'il avait pris soin d'emmener avec lui. Puis il rejoignit son hôtel pour se reposer, car il savait qu'il devrait être en possession de tous ses moyens le moment venu.

Il finit par s'assoupir dans le grand lit de sa chambre, il s'était préalablement conditionné pour se réveiller deux heures avant le début de l'espoir. Il vérifia son petit sac à dos, sortit tout ce qu'il y avait à l'intérieur. Il prit le filtre-masque à fusion d'un tiroir de sa table de nuit, et plaça en premier l'arbalète-seringue au fond, puis la fiole de tiknoris, le filtre-masque et enfin par-dessus la cape noire de paysan modocos.

Dehors le changement d'ambiance était tangible, les rues grouillaient, et montait une excitation latente provenant de la foule. Alussond se dirigea vers le quartier de l'arène à l'est de la ville, proche des remparts. Pour y parvenir, il dut en traverser quatre autres. L'atmosphère était la même partout, à la fois exaltée et tendue. La majorité se dirigeait dans la même direction que lui. Quand il arriva sur place, la population était très dense et il lui fallut férocement jouer des coudes pour passer. Une affluence d'humanimaux s'agglutinait déjà devant le cirque sur la grande place encerclée d'arbres. Tous attendaient avec impatience l'ouverture des portes.

Alussond s'éloigna par un petit sentier qui grimpait entre les résineux. Après une trentaine de mètres il aperçut une auberge avec une terrasse bondée, exactement ce qu'il cherchait. Il la traversa et se dirigea à l'intérieur dans la salle principale. Les propriétaires avaient retiré toutes les tables et les chaises afin d'accueillir le plus grand nombre de visiteurs en cette grande occasion. Plusieurs groupes buvaient en plaisantant dans la salle pleine à craquer. Des rires éclataient de plusieurs endroits. Les modocos étaient les plus nombreux mais il y avait également quelques thesranes, des vagauges et des trahms.

Alussond commanda une vocierse qu'il dégusta doucement au bar quant il remarqua qu'une conversation dégénérait au centre de la pièce. Un modocos un peu éméché leva sa chope en discourant.

« - A la mort du traite Candas, qu'il se fasse dévorer ! » Vociféra-t-il.

Un autre modocos derrière lui répliqua après lui avoir tapé sur l'épaule.

« - Ferme ta gueule, tu ne lui arrives pas à la cheville, Candas est le plus grand héros des modocos.

- Ce n'est qu'un traître avide de pouvoir. Il a triché au « Grand Lavage ». »

La réponse de l'interlocuteur ne se fit pas attendre et prit la forme d'un violent coup de poing le faisant trébucher. Une fois son équilibre rétabli, l'autre lui rendit la monnaie de sa pièce. Une violente bagarre s'ensuivit.

Alussond, convenant qu'il était bien plus facile de passer inaperçu parmi la multitude qu'au beau milieu d'un désert, vit dans cet accrochage un événement providentiel. Il s'orienta vers un groupe qui observait la rixe avec grande attention. Tout en marchant il saisit son sac à dos et quand il fut derrière eux, sortit la cape de paysan qu'il enfila en un éclair. Quand il réapparut de l'autre côté du groupe il était devenu méconnaissable. L'officier thesranes avait disparu pour laisser la place à un paysan modocos dont on ne pouvait distinguer le visage caché.

Il sortit de l'auberge sans que personne ne le remarque. Il enfila plusieurs ruelles de plus en plus étroites et de moins en moins fréquentées pour arriver dans le cul de sac qu'il cherchait. La bouche d'égout qu'il recherchait s'y trouvait comme prévu. Il s'y introduisit rapidement. Après quelques minutes de marche, il échut près d'une échelle en fer, scellée sur le mur, au dessus une autre issue émergeait. Il monta et entrouvrit la plaque. Il put ainsi observer que personne ne se trouvait dans le couloir. Il s'y hissa lestement.

Il faisait sombre sous les gradins, mais la lumière de l'astre rouge agonisant transperçait par les ouvertures en haut des murs qui donnaient directement sur l'extérieur. Les lieux gardaient toutefois suffisamment d'ombre pour permettre à Alussond de s'y fondre en cas de rencontres impromptues. Il longea les parois et se dirigea vers la cellule de Candas. Comme il l'avait espéré, la grille était ouverte avant l'arrivée du prisonnier.

La sombre prison se refermait, de l'autre côté, sur une grande porte en fer adjacente à l'arène. A droite le seul meuble de la pièce, un banc où reposait un sac de soins déposé quelques minutes auparavant. Alussond y plaça le filtre-masque. Puis il se dirigea vers la cellule des bêtes Sauvages. Elles se situaient à une centaine de mètres de là au fond d'un autre corridor. Alussond jeta un œil dans la première, celle du vancroche. Le noctambule était endormi. Dans sa cage la lumière filtrait encore à travers la grille. Heureusement car l'obscurité totale aurait réveillé l'animal. Dans les autres gloriettes, les bêtes dormaient également, ce qui arrangeait bien les affaires d'Alussond, car leur grognement aurait pu attirer l'attention.

Pour la première fois de sa vie, Alussond avait l'opportunité d'observer attentivement un vancroche dans son sommeil. C'était vraiment un horrible animal qui dormait en position debout. Il était immense, au moins le double de sa taille. Ses grands bras qui pendaient jusqu'à ses chevilles se terminaient par de longues griffes accrochées à ses pattes. Il était recouvert d'un pelage court et gris. Sa tête ressemblait à celle d'un rongeur écrasé au rouleau compresseur. Ses babines baveuses laissaient dépasser de longues incisives jusqu'en dessous de sa mâchoire.

Alussond introduisit le tiknoris dans la seringue de la mini arbalète. Il visa le cou du vancroche, la seringue se planta, il appuya une seconde fois sur la détente pour enclencher le piston, puis une troisième pour rétracter le fil qui y était relié.

Il voulut rejoindre rapidement la cellule de Candas, quand arrivé à proximité, il entendit des pas s'approcher. Il détecta cinq sons différents et décida de se cacher dans l'ombre, sans bouger, indétectable grâce à sa technique de camouflage. Ses yeux confirmèrent la précision de son ouïe quand cinq silhouettes apparurent quelques secondes plus tard. Candas les mains et les pieds entravés était escorté par quatre gardiens. Ils passèrent à moins d'un mètre d'Alussond sans s'apercevoir de sa présence. A ce moment précis, il utilisa son art dit du « souffle dirigé ». Grâce à cela il pouvait adresser un message verbal à une personne précise sans que personne d'autre ne puisse l'entendre, même très proche. Il envoya son expiration vers l'oreille de Candas.

« - *Candas, filtre-masque dans sac de soins.* »

La voix traversa l'esprit de Candas qui crut reconnaître celle d'Alussond se fondre en lui. Les gardes, ne s'apercevant de rien, l'emmenèrent dans la cellule et le désentravèrent.

Alussond épousa l'ombre jusqu'à atteindre à nouveau les canaux. Avant d'en sortir, il rangea sa cape dans son sac à dos et brûla le tout. Il regagna les arènes en empruntant les ruelles. Quand il fût devant, l'amphithéâtre venait d'ouvrir. Il acheta un billet au modocos posté dans une guichetière à l'entrée, puis il s'installa dans les gradins comme si de rien n'était.

*

Le maître de cérémonie, qui le dépassait d'une tête, s'avança vers lui et lâcha un rugissement à quelques centimètres de son visage, l'accompagnant d'une gestuelle sauvage l'intimant de lui donner sa veste. Ce rituel l'obligeait à se conformer à la règle de combattre le torse nu.

Candas enleva son vêtement et lui tendit lentement. Il lui jeta un regard si froid qu'il glaça le sang de l'animateur qui, manifestement intimidé, se précipita vers son pupitre dans les gradins. De là, il se devait de rugir et s'agiter en tous sens pour commenter l'épreuve.

*

Mon souffle est encore court. Au fond de l'arène, je vois les grilles s'ouvrant lentement. Deux ratguards sortent de leur cage. Je connais ces animaux effrayants pour en avoir chassé dans la forêt de Klimontak, au Sud Est. Autant fauves que reptiles, ils sont redoutables, très vifs et très rapides. Même lorsque j'étais armé et à dos de godaran, j'eus de grandes difficultés à en venir à bout, alors que maintenant, je suis à pied et sans arme.

Ils s'agitent, ils me sentent. Ce sont comme de gros chats, à la différence qu'ils possèdent quatre pattes arrières sur lesquelles ils peuvent s'appuyer, et faire des sauts impressionnants. Quant à leurs petits membres supérieurs, ils sont équipés de longues griffes acérées et vénéneuses. Il me faut être prêt à les éviter. Leur tête s'apparente à celle d'un gros lézard, avec leurs longues incisives qui dépassent de leur mâchoire. Leurs yeux rouges traduisent leur avidité pour le goût du sang.

Si je peux les frapper, il me faudra viser le ventre, car leur dos est bardé d'écailles qui les protègent. S'ils bondissent sur moi sans que je puisse réagir, ils m'agripperont avec leurs crochets et c'en sera fini de moi. Ils ont l'air affamé. Leurs gardiens les auront volontairement privés de nourriture afin qu'ils gardent toute leur agressivité.

Voilà, ils m'ont repéré ! Ils se précipitent vers moi. L'un des deux a pris de l'avance sur l'autre, au moins quatre mètres. Je dois m'occuper de lui en premier. Damsit ! Il bondit déjà sur moi. Son saut est vraiment gigantesque. Je ne m'aperçois même pas que mon corps esquive, en se jetant sur le côté. Voilà que je roule dans le sable. La bête passe juste au-dessus de moi, ses testicules sont à la portée de mon pied. Je frappe aussi fort que je le peux. Touché ! Il s'écroule. Son cri perçant agresse mes tympans. Il ne se relèvera pas tout de suite.

Je suis encore à terre, et l'autre me bondit déjà dessus. Je roule sur ma gauche afin d'éviter ses griffes. AHAAH ! Il m'a touché. Mon épaule droite est sévèrement entaillée, je le sens. Je souffre mais il ne faut pas que je pense à la douleur. Oublions au plus vite, sinon je ne pourrai plus me battre. Vite, je me relève. Il est face à moi maintenant. Il me fixe. Il me croit à sa merci. Son regard reflète sa victoire proche. Je ne le laisserai pas faire. Il se dresse sur ses quatre membres inférieurs, mais il est trop près pour m'atteindre d'un bond. Il va essayer de m'envoyer un coup de griffe. Voilà ! Heureusement que je m'y attendais, j'ai pu ainsi l'éviter. Ce n'est vraiment pas passé loin. Sa patte est dans ma main, un réflexe salvateur m'a permis de l'attraper. Je le bloque et me jette sur son dos. Je le saisis par la nuque de mon bras libre pour bloquer ses cervicales à l'intérieur de mon coude. Je sers de toutes mes forces. J'entends ses os céder sous la pression que j'exerce. Il s'écroule et m'entraîne au sol avec lui. Enfin, il a rejoint le néant infini.

Ne perdons pas de temps. Je me relève. Le premier se remet de mon coup. J'accours vers lui avant qu'il ne reprenne complètement ses esprits. Je suis étonné de ma souplesse en levant ma jambe à hauteur de sa tête. Le coup que je lui porte est aussi violent que je l'espérais. Il est sonné. Vite, un second pour être certain qu'il ne se remette pas du premier. Son corps frappe le sol. Je saisis ses deux pattes avant, je force sur elles afin de les retourner contre lui pendant que ses griffes sont encore sorties. Elles pénètrent dans sa chair. Le sang gicle. Il ne se relèvera jamais. J'ai réussi la première épreuve mais je suis déjà épuisé.

J'entends à nouveau la foule qui exulte sous les grognements du maître de cérémonie. Péniblement, je retourne à ma cellule. La douleur se rappelle à moi. C'est horrible. Mon souffle est court. Je peine à retrouver une respiration cohérente pendant que je m'assois sur le banc. Ce n'est plus du sang qui coule dans mes veines, mais de la lave acide. Elle est empoisonnée. Du désinfectant, est-ce-qu'il y en a dans la trousse ? Oui. Il me faut me dépêcher de me soigner, la deuxième épreuve ne va pas tarder.

La grille de ma geôle s'ouvre déjà. J'ai à peine eu le temps de me remettre. J'entends la foule. Elle me semble enragée. J'ai l'impression qu'elle veut ma fin.

C'est un godaran sauvage qui entre dans le cirque maintenant. Rien à voir avec nos montures. Il est bien plus impressionnant de par sa taille, et ceux-là sont indomptables.

Il accourt vers moi. Je m'attends à ce qu'il bondisse. Ce qu'il fait. Heureusement, ces animaux sont prévisibles. J'esquive. Damsit, mes jambes ne me portent plus comme avant, voilà que je perds mon équilibre. Je me relève, mais ma vue se couvre d'un voile blanc. Sans doute le poison qui atteint mon cerveau. Je ne m'en sortirai pas cette fois. Mon adversaire se retourne. Je le distingue à peine. Il bondit à nouveau. Cette fois, impossible de l'éviter. Il me faut le saisir à la gorge en évitant ses pattes. C'est fait ! Je serre de toutes les forces qui me restent.

Il résiste. Je pousse mon étreinte. Il résiste toujours. Je ne sens plus mes bras. Je vais céder. Il faudrait que j'appuie encore plus fort. Il veut se libérer. Sa respiration faiblit enfin. Mais il résiste toujours. J'appuie sur sa cluse.

Miltoya ne veut pas me perdre. Je n'ai pas le droit de la laisser seule. Alussond doit être dans les gradins. Il doit me regarder sûrement. Si je survis, je lui demanderai d'emmener Miltoya avec nous pour le grand voyage au-delà la falaise géante. Une force inatendue jaillit au fond de moi. Je serre le cou de l'animal avec plus de vigueur. Sa respiration s'affaiblit. Elle cesse. Je suis épuisé. Impossible de rejoindre ma cellule. Je m'écroule dans le sable. Mon nez le respire, mon visage est embourbé.

Alussond m'a assuré s'occuper du Vancroche pour la dernière épreuve. J'ai survécu jusqu'ici. J'espère qu'il aura réussi à faire le nécessaire, car je n'ai plus aucune énergie. La douleur me harcèle. Le poison du ratgard souille mon sang.

Un grincement, c'est la grille du portail qui s'ouvre à nouveau. La troisième épreuve est là. Je me relève et m'aperçois que l'astre rouge à laissé la place à l'astre roux. Le cirque baigne dans sa clarté obscure. Je ne vois pratiquement plus rien. Une brume navigue dans la lueur verdâtre des projecteurs. Je ne sais pas si elle a jailli de mon esprit ou si elle existe vraiment.

Me voilà debout et je vois la silhouette floue du Vancroche se jeter sur moi. Sa vitesse est impressionnante. Je ne peux même plus bouger. Incroyable ! La bête loupe son saut et se retrouve à terre à un bon mètre de moi. Je puise au plus profond de moi pour me jeter sur son dos. Une puissance irréelle et imprévue m'envahit. Je lui porte un coup de poing dans les cervicales. Elles craquent, je les entends craquer. J'ai gagné. Merci Alussond.

Tout tourne subitement autour de moi. Je n'entends plus rien. Les gradins remplis tourbillonnent de plus en plus vite. Un voile noir. »

*

Des gardes l'emmenèrent à l'extérieur sur la place devant les arènes. Alussond qui n'avait pas quitter le présentateur des yeux, s'approcha de lui et profita de sa béatitude pour subtiliser la veste de Candas et par la même occasion le filtre-masque.

A l'extérieur, une foule de curieux s'agglutinait devant la carcasse agonisante du héros déchu qui renaissait de ses cendres. Quelques curieux interrogeaient les gardes sur ce qu'ils allaient faire du général qu'il venaient de déposer au sol.

« - Les ordres de MOO V sont de le jeter à l'extérieur de la ville, il n'en reste pas moins un traître. »

Alussond intervint brandissant une missive dans sa main droite.

« - Désolé mais vous allez-donc devoir l'emmener à l'hôpital militaire, comme le prévoient les accords signés entre les thesranes et les modocos. Regardez cet ordre signé de la main de Devaliud Pnagnasus, représentant du Conseil supérieur. Candas Yoltop est maintenant, officier dans l'armée thesranes. »

CHAPITRE 15

LE NOMADE

Tarhur Yacman était installé aux commandes du « nomade » qui stationnait dans les ruines d'Ancas. Il avait conçu cette machine de ses propres mains et elle lui permettait de voyager où bon lui semblait à condition d'avoir toujours quelques piles à fusion en réserve.

Le véhicule, calqué sur le transterritoire en bien plus petit, ressemblait à un gros obus sous lequel l'air s'engouffrait dans une jupe métallique et aidait à s'élever jusqu'à deux mètres du sol, beaucoup plus haut qu'un transporteur classique. Des trous dans la coque permettaient de monter comme par une échelle jusqu'au cockpit. Là haut, l'écoutille s'ouvrait sur le poste de pilotage où une fine fente horizontale, protégée par une vitre, aidait son conducteur à entrevoir l'extérieur. Un siège confortable faisait face à plusieurs manettes, des boutons et quelques cadrans qui émergeaient d'un pupitre. Derrière, un trou dans le plancher menait à une petite cabine, Tarhur y avait installé son lit. Tout au fond une mini-douche lui permettait de conserver une hygiène respectable. Juste devant, il avait fabriqué un coffre de rangement, où il stockait tout son matériel et ses armes.

Le vent se répandait entre les murs dévastés de la ville déserte. Tarhur sortit et s'installa sur le toit de son engin. Il balaya son épaisse crinière grise et cendrée qui lui descendait jusqu'aux épaules. Ses deux oreilles pointues et pliées, hautement placés de chaque côté de son crâne, se dressèrent pour mieux écouter la complainte de l'alizé. Il alluma un cigare. La flamme du briquet illumina son visage qui disparaissait dans la nuit naissante, laissant apparaître un front court et fuyant par rapport à la partie inférieure de sa physionomie qui s'avançait comme un cap, du nez jusqu'au menton. Ses yeux ovales et noirs scrutèrent la ville détruite. Il sauta, nu comme un ver, sur les pavés ensablés. Son grand corps athlétique atterrit en souplesse sur le sol poussiéreux d'où seules quelques herbes folles et sèches s'échappaient par endroits. Le dernier rayon de l'astre rouge éclaira une partie de ses tatouages qui le recouvraient de la tête aux pieds.

Tout ce spectacle de désolation reflétait parfaitement sa déprime assidue, car depuis plus de dix massops, il recherchait les yooks, ceux de sa race, tous descendants du yotuk, un canidé sauvage. Il avait parcouru Welghilmoro d'Ouest en Est, du Nord au Sud, sans en trouver la moindre trace, pas plus celle d'une cénarde, leur femelle. Il devait admettre qu'il était le dernier. Il aurait dû le savoir, maintenant qu'il se rappelait l'avertissement de ses parents disparus depuis trop longtemps dans le néant infini.

Pendant toute son enfance, Tarhur voyagea avec eux, de village en village sans jamais s'installer. Ils s'arrêtaient parfois, quand ils trouvaient un refuge loin des grandes cités. Son père lui enseigna la mécanique pour fabriquer toutes sortes de machines avec n'importe quels matériaux qu'ils trouvaient un peu partout. Parfois, ils se rapprochaient des villages où ils revendaient leurs ouvrages.

Sa mère, une cénarde, lui enseigna l'histoire de son peuple en même temps qu'elle la lui tatouait sur le corps pour qu'il ne l'oublie jamais. Il apprit ainsi comment les yooks et les cénardes avaient vécu longtemps en meute dans la forêt de fouranil au Nord Est de Welghilmoro qui fut leur territoire pendant presque trois tribanons.

A cette époque, les différents cheptels formaient plusieurs villages installés dans les grottes au pied de la falaise. Après de nombreuses guerres tribales elles finirent par s'accorder. Leur territoire hostile abritant moult bêtes sauvages les obligea à faire preuve d'imagination et à utiliser les matières premières à leur disposition, bois, lianes, roche, d'abord pour fabriquer des pièges, ensuite pour concevoir diverses machines les aidant dans leur tâches quotidiennes. De là leurs prédispositions pour la chasse et la technique.

En tribanon 2 massop 69, un orage de météorites violent détruisit en grande partie la forêt, et causa de nombreuses victimes, seulement un tiers de leur population survécut. Cet événement obligea les villages des différentes meutes à se souder et à s'assembler. Tous ensemble, ils quittèrent leur forêt natale pour chercher un nouveau territoire qu'ils ne trouvèrent jamais. Leur rencontre avec les autres races se solda par des conflits, leur peuple se décima lentement et la meute finit par se scinder à nouveau en petits groupes, chacun en quête d'un nouvel éden. En devenant rares, les yooks et les cénardes finirent par être tolérés par certaines races mais sans jamais être complètement acceptés dans les différentes sociétés.

Lorsque Tarhur fut adolescent, certainement las d'une vie vagabonde, ses parents décidèrent de s'installer définitivement dans les bas quartiers de Komatanès. Emyttup Fiduqyt, un mécène thesranes influent en ces lieux, les prit sous son aile. Grâce à lui, ils ouvrirent un commerce de réparation. Jusqu'à l'âge adulte Tarhur apprit âprement à survivre dans les rues sans loi de ces faubourgs. Il en acquit un instinct de survie hors du commun.

Il était encore très jeune quand une épidémie décima une grande partie de la population des districts défavorisés. Tarhur fut d'abord pris par une forte fièvre, il dut d'abord s'allonger et resta cloué longtemps au fond du lit de sa modeste chambre. De douloureux ganglions qui apparurent sous ses aisselles, puis un peu partout sur son corps, changèrent de couleur passant du jaune au noir au fil du temps. Bientôt, il n'en n'eut plus aucune notion. Il se crut plusieurs fois au bord du précipice menant au néant infini. A chaque fois, il résista à l'attraction qui le harcelait. Quand il se sentit mieux, il découvrit Emyttup à son chevet qui lui annonça le départ de ses parents emportés par la maladie. Le thesranes promit de s'occuper de lui comme un père, ce qu'il fit.

Quelques massops s'écoulèrent. La réputation d'Emyttup croissait de plus en plus dans les maigres quartiers de la cité, celui-ci protégeant avec quelques autres les habitants les plus vulnérables contre d'autres plus forts, que des estomacs vides avaient rendus sans scrupule.

A cette période, le Conseil Supérieur décida d'entamer la construction d'un véhicule suffisamment puissant pour rallier Komatanés à Codos, le transterritoire. Pour que ce projet devienne viable et pour qu'il ait un sens, il était nécessaire d'installer la gare à l'entrée de la ville où les déshérités avaient élu domicile. Emyttup comprit avant tout le monde que pour cela, le Conseil devait négocier avec qui faisait régner la loi, là où elle n'existait pas, c'est-à-dire avec lui. Il y vit là l'occasion d'améliorer leur existence.

A cette époque, Tharhur se sentait envahi d'un incommensurable gouffre et pensait sérieusement quitter Komatanès pour parcourir Welghilmoro. Il espérait ainsi retrouver quelques survivants des yooks, qui lui manquaient tellement. Un événement l'aida à accomplir ce projet.

Emyttup vint le déranger alors qu'il travaillait, à sa demande, à la fabrication d'un mécanisme devant permettre l'ouverture d'une porte sans serrure ni clef.

« - Tarhur, j'ai besoin de tes services ! Lui dit-il sans détour.

- Comme si je n'en faisais pas assez pour toi, j'ai besoin de temps pour ta porte, lui répondit Tarhur restant fixé sur son travail.

Emyttup devina le sourire taquin poindre de son protégé.

- Je sais ! Ne t'inquiète pas ! La porte, ce n'est pas urgent.

- Qu'est ce que je peux faire pour toi ? Interrogea le Yook en soufflant exagérément pour feindre un agacement.

- Rends-toi cette nuit à cette adresse dans le « haut centre ». Sois bien armé, car tu escorteras ces deux personnes qui y résident jusqu'à chez moi. Ne parle pas de cela, cela doit rester secret.

Tarhur se retourna enfin.

- Bien sûr, je ne dois te poser aucune question !

- Si, tu peux...Mais je ne te répondrai pas ! conclut Emyttup.»

Tarhur traversa la ville pour atteindre le « haut centre ». Il rencontra plusieurs postes de garde qui le laissèrent passer sans encombre grâce à la missive que lui avait confiée son protecteur. Son périple le conduisit devant une demeure cossue. La servante thrams l'amena jusqu'au salon tout aussi fastueux où l'attendait son propriétaire, un thesranes bedonnant, qui affublé d'un vieux costume poussiéreux, abordait tranquillement le grand âge, affalé dans son fauteuil. Ce dernier ne s'embarrassa d'aucune politesse.

« - Vous êtes celui qui doit me conduire jusqu'à Emyttup ? J'espère que vous avez les compétences requises, lança le vieux thesranes en mettant toute l'antipathie nécessaire lorsqu'il fallait s'adresser à un pauvre.

- Êtes-vous Klaritius Marlimius ? lui demanda le yook.

- Oui c'est bien moi ! lui répondit l'autre avec mépris.

- Alors, je suis bien celui qui doit vous conduire à Emyttup. Mais l'ordre concernait deux personnes.

- Oui. Il s'agit de ma femelle qui m'accompagne en toute circonstance, cracha presque le nanti.

Puis il hurla poussivement :

- Yalama ! Es-tu enfin prête ? Nous devons partir! »

Des pas résonnèrent discrètement sur le parquet détournant l'attention de Tarhur dans leur direction. Une splendide Vagauges aux longs cheveux roux apparut dans l'embrasure de la porte. Elle devait avoir le quart de l'âge de Klaritius. Ses formes généreuses transperçaient sa combinaison de cuir. Sa taille déjà imposante s'accentuait grâce à ses bottes aux hauts talons fins. Ses immenses yeux vert et sa grande bouche mangeaient son visage magnifique. Tarhur fit mine de ne pas remarquer sa beauté.

« - Alors allons y ! souffla Tarhur imposant ainsi son autorité naturelle.

Klaritius et Yalama n'emportaient aucun bagage. Tarhur en déduisit qu'il les emmenait pour un court séjour. Ils quittèrent les riches quartiers sans aucune difficulté pour arriver aux portes des faubourgs.

« - Restez près de moi à partir de maintenant. Nous allons emprunter un trajet où nous risquons moins les mauvaises rencontres mais restons tout de même prudents et silencieux, conjura Tarhur. »

Les rues à peines éclairées par les lumières qui s'échappaient des cabanes en ferraille et en tôle, rétrécissaient au fur et à mesure. Klaritius fermait la marche pendant que Tarhur en tête restait vigilant.

« - C'est encore loin ? Je n'en peux plus ! Se plaignit le vieux thesranes traînant les pieds à l'arrière.

- Chut ! Murmura Tarhur, en lui jetant un regard exorbité, le doigt sur la bouche. »

Ils avancèrent encore un peu pour atteindre un croisement, lorsque résonna un bruit lourd qui frappa le sol. Tarhur se retourna aussitôt. Trois thesranes surgirent juste derrière Klaritius, les braquant de leurs fusils. Le yook n'eut pas le temps d'attraper son arme accrochée dans son dos. Il décida de faire demi tour. Trois autres assaillants jaillirent de l'intersection en les menaçant de leurs armes.

Celui qui était à leur tête jonglait de sa main libre avec une petite balle transparente, il les regardait en arborant un large sourire carnassier. Il jeta au sol la petite boule en la faisant rebondir devant eux comme un joueur de jeu de paume. Dans la clarté d'une fenêtre ses traits se dévoilèrent et Tarhur le reconnut. La petite sphère éclata en touchant le sable tassé de la ruelle. Elle libéra une odeur nauséabonde qui agressa les narines du yook. L'étroit paysage tournoya autour de lui, emportant du même coup ses forces avant qu'un voile noir ne lui couvre la vue.

La voix chaude et rauque de Yalama le réveilla. Il faisait toujours très sombre.

« - Ça va ? Lui demandait-elle.

Tarhur ne répondit pas immédiatement, préférant d'abord reprendre ses esprits.

- J'ai connu mieux ! Finit-il par dire. Où sommes-nous ? » S'inquiéta-t-il ensuite.

Il réalisa alors qu'il était ligoté dos à dos avec la vagauges. Il comprit aussi au contact mou du sol qu'ils étaient assis sur du sable. Aucune brise même infime ne lui chatouillait le visage ; il comprit alors, qu'ils étaient dans un endroit clos.

« - Aucune idée, il fait si sombre ici, répondit Yalama. »

Tarhur essaya d'habituer ses yeux à l'obscurité. N'y réussissant pas, il aiguisa son sens olfactif. L'atmosphère dégageait une odeur forte mais agréable. Il saisit qu'elle provenait de la vagauges, plus précisément de ses glandes phéromones en pleine ébullition. Il se demanda si c'était lui-même qui provoquait cette excitation ou seulement le danger de leur situation. Il préférait la première hypothèse. Il toussota pour se changer les idées et se recentrer sur leur situation.

« - Yalama ! Je devais juste vous escorter, mais je ne sais rien des raisons pour lesquelles je devais le faire. Si vous m'en disiez plus, je pourrais peut-être mieux comprendre ce que nous faisons ici, proposa Tarhur.

- Ils ont emmené Klaritius avec eux, répondit-elle.

- Pourquoi à votre avis ?

- Mon concubin est un humanimal puissant. C'est un haut fonctionnaire du Conseil Supérieur. C'est lui qui a la charge du projet de la construction de la gare et du transterritoire. Vous en avez certainement déjà entendu parler si vous lisez le journal. Il doit également négocier avec les bas quartiers pour assurer leur protection pendant la durée du chantier, expliqua Yalama.

- Je comprends mieux maintenant. J'ai reconnu l'un de nos agresseurs, c'est l'un des lieutenants d'Emyttup. Il l'aura sans doute trahi. Celui qui négociera avec le Conseil Supérieur deviendra quelqu'un de puissant dans les bas fonds.

- Ce n'est pas tout !

- Quoi d'autre ?

- Klaritius possède tous les plans liés au projet. Ceux de la gare, du transterritoire et même ceux de son moteur. Si cela se sait, ils pourraient intéresser beaucoup de monde non ?

- Je ne crois pas. A qui les revendre ? Tout ce qui intéresse les humanimaux des bas quartiers, c'est le pouvoir. Ils ne voient pas plus loin croyez-moi !

- Si vous le dîtes !

- Puis-je vous poser une autre question qui n'a rien à voir avec tout cela ? Se hasarda Tarhur.

- Allez-y !

- Si vous le permettez, je trouve votre couple bien mal assorti.

- Et ?

- Et rien !

- Ce n'était pas une question, coupa la vagauges avec un sourire amusé que Tarhur ne put même pas entrevoir.

Les discussions et les rires des geôliers traversaient les murs. Bien qu'atténuées, elles parvenaient jusqu'aux oreilles des deux prisonniers.

- Comment vous appelez-vous ? demanda la vagauges.

- Tarhur Yacman.

- Vous êtes un yook n'est-ce-pas ?

- Oui pourquoi ?

- Comme ça. J'ai entendu parler de cette race, mais l'on dit qu'il n'en reste qu'un seul...Et qu'il réside à Komatanès.

Cette remarque agaça sérieusement Tarhur.

- Pourquoi ne resterait-il que moi ? Comment peut on le savoir ? Welghilmoro est immense, et je compte bien partir à la recherche des autres yooks dès que j'aurai trouver le moyen de me déplacer plus rapidement que sur le dos d'un sponx.

- Ne vous fâchez pas Monsieur le yook, si vous nous sortez de là, peut-être que mon concubin vous paiera grassement. Cela pourrait vous aider dans vos projets.

Tarhur se radoucit.

- Pourquoi ? Vous n'êtes pas bien ainsi ? Pour ma part, votre dos collé au mien me procure énormément de plaisir...

- Vous oubliez que nous ne connaissons pas les intentions de nos ravisseurs. Peut-être ont-ils l'intention d'abréger nos existences, répliqua Yalama.

- Il est trop tard pour s'évader, répondit Tarhur.

- Ah bon ! Et pourquoi cela ?

- Parce que l'on vient nous délivrer.

- Comment pouvez-vous en être aussi sûr ?

- A cause des rires de nos gardiens qui se sont arrêtés subitement. Disons de façon plutôt tranchante. »

La supposition de Tarhur se confirma quelques instants plus tard. Trois thesranes fidèles alliés d'Emyttup mirent fin à ce tête à tête inversé, au grand désarroi du yook. Son mécène s'attendait à une trahison de son lieutenant et avait pris toutes les dispositions pour surveiller son escorte. Les transactions avec le Conseil Supérieur par l'intermédiaire de Klaritius purent s'effectuer convenablement à la suite desquelles Emyttup devint le maire reconnu des quartiers pauvres. Tharhur retourna à son atelier hanté par sa dernière rencontre.

Quelques temps plus tard, alors qu'il s'affairait pour achever la commande d'Emyttup, il sentit une présence. Quand il se retourna, une silhouette majestueuse épousait l'embrasure de sa porte. En s'avançant d'un pas, elle apparut dans la contre lumière. Tarhur reconnut Yalama à peine vêtue d'une robe courte qu''une seule couche de tissu transparent faisait oublier sur son corps somptueux.

Tarhur connaissait la signification des invites que les vagauges suggéraient par cet habillement. Il l'enlaça sans prononcer un seul mot. Elle s'abandonna complètement à lui. Elle prit l'habitude de lui rendre des visites à l'improviste pendant plus d'un massop, puis elle apparut une dernière fois.

En se réveillant après des ébats encore plus intenses qu'à l'accoutumée, Tarhur découvrit un mot de la belle sur son oreiller. Elle lui expliquait que Klaritius avait de plus en plus de soupçons sur leur idylle, et qu'à contre cœur elle avait décidé de ne plus revenir. Elle avait joint à son mot un cadeau d'une immense valeur aux yeux du yook, les plans du moteur du transterritoire.

Tarhur s'efforça d'oublier Yalama en s'abandonnant à la construction de son véhicule. Quant il eut terminé, il décida de l'appeler le « nomade ».

En s'engouffrant dans les herbes arrachées au sol d'Ancas, le vent sculpta une silhouette magnifique, Tarhrur crut reconnaître Yalama. L'hallucination lui permit de recouvrer ses esprits.

Il décida de passer sa dernière nuit dans la ville dévastée, résigné à rentrer à Komatanès. Il termina son cigare puis s'enfila dans sa cabine de couchage. Il laissa allumée encore un peu la lumière verte puis l'éteignit avant de s'endormir. Il pensait n'avoir dormi que quelques secondes quand il fut réveillé par un bruit creux. Quelqu'un ou quelque chose frappait sur la coque du « nomade ». Il empoigna d'une main le fusil à fusion toujours à côté du lit, de l'autre une mini-lampe. Il s'extirpa de son engin dans le plus simple appareil.

Devant lui, trois individus d'une race qui lui était inconnue attendaient paisiblement. Bien qu'il n'en ait jamais vu auparavant, il comprit qu'il s'agissait des trois brirolliants légendaires décrits par les rares témoins qui eurent déjà l'occasion de les rencontrer.

« - Je vous conseille de déguerpir au plus vite avant que je me fâche vraiment ! » Aboya Tarhur en brandissant son fusil.

- Désolé troubler sommeil à toi en frappant sur véhicule, mais cabine trop petite pour nous pénétrer. Toi bien vouloir écouter moi et si toi pas d'accord, nous partir. D'accord ? Lui demanda le brirolliant placé au centre des deux autres, en guise de réponse.

- Je vous écoute mais faites vite, j'ai sommeil, bailla Tarhur.

- Nous avons mission pour toi, si toi bien vouloir accepter.

- Développez ! Suggéra fermement le yook.

- Toi chercher un objet pour nous.

- Développez ! Insista Tarhur.

- Objet très ancien, voilà dessin de l'objet, expliqua le brillolliant en lui tendant une feuille de papier sur laquelle un objet rond et plat était dessiné. Dessus une gravure représentait trois signes dont la signification échappait complètement à Tarhur.

- Ouais, et où est ce que je dois chercher ?

- Dans grotte de glace chez les samalandres.

- Les samalandres ? N'ont elles pas disparu depuis des tribanons ? S'étonna Tarhur.

- Tu verras bien ! Voici carte pour accéder à leur territoire, répondit le brirolliant.

- Pourquoi moi et combien de kilo d'irilles pour cette mission ?

- Zéro irille...mais peut être toi chercher plus quête que irille nous pouvoir donner. Toi peut être trouver indice dans ta quête sur territoire inconnu.

Tarhur réfléchit un moment.

- Tu n'as pas répondu... Pourquoi moi ? Réédita-t-il.

- Un : car nous savoir toi avoir talent pour parler race femelle. Deux : toi seul avoir véhicule permettant d'accéder à objet.

- Et où est-ce que je vous retrouve pour vous donner le fameux objet ?

- Toi pas donner à nous. Toi le porter à Goliodud, un thesranes à Cirodancas. En plus toi convaincre lui objet utile pour lui.

Tarhur réfléchit encore un moment.

- J'accepte.

Les Brirolliants se retournèrent, et repartirent sans une parole supplémentaire. Leurs silhouettes s'évanouirent dans le paysage.

Tarhur regagna son cockpit et étudia la carte, le trajet serait long et difficile. Il descendit dans sa cabine de couchage pour se rendormir.

Dès le levé de l'astre rouge, il enfila son pantalon en cuir de godaran, ses bottes de la même matière et son blouson qu'il avait confectionné en fourrure de vancroche et qu'il portait toujours ouvert à même la peau. Il s'installa aux commandes du « nomade ». Le moral à nouveau au beau fixe, cigare aux lèvres, il alluma les moteurs.

« Allez ! C'est parti pour le grand Nord ! »

CHAPITRE 16

LA BOUTIQUE DE GOLIODUD

Goliodud végétait à Cirodancas depuis plus d'un possod. Il ne quittait pratiquement jamais les ruines de la vieille maison où le « sauvage » l'avait abandonné. Il lui restait encore quelques caisses de chinvalsse entreposées dans une cave qu'il avait découvert par hasard en déblayant les briques qui jonchaient le vieux parquet ternis. Il y accédait par une trappe quand il souhaitait se retirer et se reposer sur la paillasse installée au milieu des caisses, où il pouvait dormir plus sereinement qu'à l'extérieur.

Les divers larcins et trafics commis avec le « sauvage » lui avait permis d'accumuler quelques kilos d'irilles qu'il cachait avec précaution dans sa tanière. Grâce aux caisses de chinvalsse il pouvait exercer un commerce avec les habitants de la cité, en majorité des modocos. Toutefois, il se souvenait qu'un Slamis lui avait rendu visite pour lui échanger quelques bouteilles contre un matelas.

Ce matin là, alors qu'il sortait péniblement de sa cave et d'un lourd sommeil, Goliodud aperçut deux modocos perchés sur leur godaran, qui semblaient l'attendre.

« - Vous voulez du Chinvalsse, je présume ! Leur lança-t-il avec une certaine appréhension.

- Non ! Jolorand, le maire de la cité veut te rencontrer tout de suite. Suis-nous ! » Lui ordonna l'un d'eux.

Goliodud conscient qu'il n'avait guère le choix, obtempéra. Les deux modocos l'escortèrent jusqu'à une grande maison au centre de la ville. A l'intérieur une vingtaine d'autres s'affairaient, Goliodud dut forcer son regard à travers la fumée des cigares qui envahissait la pièce pour se rendre compte de leurs occupations. La plupart jouaient au bassimo autour d'une table, certains buvaient en plaisantant, tandis que d'autres maniaient leurs armes ou les nettoyaient. Affairés, les occupants des lieux ne lui prêtèrent aucune attention.

Ses deux escorteurs l'amenèrent dans un bureau derrière lequel un autre, à la stature imposante, attendait. Tout son être transpirait le danger qui semblait pouvoir surgir à tout moment. Goliodud comprit immédiatement qu'il s'agissait du chef de la cité. Les deux gardes l'obligèrent à s'asseoir sur une chaise en face de lui puis attendirent en se postant de chaque côté, droits comme des pics.

« - Goliodud, c'est ton nom, c'est ça ? Lui demanda Jolorand.

- Oui, répondit Goliodud tremblotant sur son siège.

- Très bien ! Acquiesça Jolorand avant de s'adresser aux deux gardiens. Vous pouvez sortir maintenant, nous avons à discuter.

Jolorand reprit ensuite la parole.

- Goliodud, récemment arrivé à Cirodancas. Depuis un possod environ, c'est à peu près ça ?

- Euh oui.

- Et déjà en train de trafiquer du chinvalsse derrière mon dos, pas vrai ? lança Jolorand en avançant son buste. Il plongea son regard effrayant dans celui de Goliodud.

- Eh bien, je ne...je ne sav... Balbutia difficilement le technicien qui envisageait de plus en plus mal l'issue de l'entretien.

- Du calme, du calme...Tu ne pouvais pas savoir, c'est vrai, rassura Jolorand conscient de l'effroi qu'il provoquait. Toutefois, il n'y parvint pas tout à fait et il en était paradoxalement satisfait.

- Eh bien non, c'est vrai. Enfin, je ne voulais pas enfreindre la loi, j'ignorais que...

- Oublions cela. Sais-tu qui je suis ?

- Le maire de la ville ?

- Oui c'est vrai ! Je me suis moi-même auto-proclamé maire de cette cité, et personne ne l'a jamais contesté. Tout d'abord, avant que tu me le demandes...Oui je sais ce qui est arrivé au « sauvage » et à ses compagnons. Tout ce que je peux te dire c'est de ne plus te préoccuper d'eux d'accord ?

- D'accord ! Répondit Goliodud en essayant de se décontracter.

- Exact ! Je le répète, je suis le maître en ces lieux. J'espère que tu le comprends bien, » ajouta Jolorand, mettant en garde le thesranes.

Il ne laissa planer aucun doute sur l'avenir de celui qui ne se le tiendrait pas pour dit. Il continua sur le même ton monocorde. Il était manifestement doté d'un talent incontestable pour s'assurer de n'être jamais contredit. Goliodud comprit qu'il ne fallait même pas essayer.

« - Je comprends tout à fait ! Répondit-il d'une voix amoindrie.

- Très bien ! Maintenant que nous sommes d'accord, je vais t'expliquer pourquoi je t'ai fait venir ici. Tu l'ignores certainement mais j'ai de grandes ambitions pour Cirodancas. Cette ancienne cité thesranes, appelée autrefois « Ciroda », est à la limite de nos deux territoires. Après sa destruction lors la dernière guerre qui a éclaté entre nos deux peuples respectifs voilà maintenant plus de 110 massops, elle a été cédée aux modocos. Ceux-ci n'eurent que faire de ruines perdues dans l'immensité du désert. Ils la laissèrent donc à l'abandon, jusqu'à ce j'arrive ici et que j'en tombe amoureux. J'ai décidé de m'y installer, de la rebâtir et de la rendre prospère. Je veux qu'elle devienne une cité importante et incontournable. J'ai un accord tacite avec l'Empire. En gros ils me foutent la paix, et ils me laissent carte blanche pour la reconstruire. Peut-être as-tu remarqué les quelques commerces en ville, beaucoup sont tenus par des modocos mais pas seulement. Je t'observe depuis ton arrivée, et je dois admettre que tu as quelques talents pour le négoce. Alors écoute-moi bien, je vais fermer les yeux sur ton petit trafic de chinvalsse, d'autant plus que mes modocos n'en sont pas mécontents. Je vais même t'autoriser à continuer, et je vais t'aider aussi ! Bien sûr comme tous les commerçants de la ville tu me reverseras une taxe...vingt-cinq pour cent. Qu'en penses-tu ? »

Goliodud savait que cette proposition ne souffrirait aucun refus, mais il admit qu'elle le satisfaisait également. Le seul problème était que sa provision s'amenuisait et qu'il n'avait aucun moyen de se ravitailler. Il osa donc, luttant contre sa poltronnerie, faire une autre proposition.

« - Je suis très honoré. Seulement, je n'ai qu'une petite cargaison de chinvalsse et je n'en aurai bientôt plus. Mais j'ai d'autres talents, je suis technicien et même très doué. Je peux réparer toutes sortes de machines et des armes aussi.

- Ça me va. A partir du moment où cela donne du ressort à la cité, toutes les idées me vont. Par contre, je ne tolère pas l'échec. Ta proposition m'a l'air sérieuse. Je vais mettre quelques esclaves à votre disposition pour retaper ton habitation et ta future boutique. Et je peux même t'en vendre un, à crédit, je pense que tu auras besoin d'un assistant. Tu n'auras pas besoin de le payer, nourris-le c'est tout. Alors ? Marché conclu ? sonda Jolorand en esquissant un sourire qui décontracta enfin Goliodud.

- Marché conclu, Jolorand !

- Monsieur le maire, corrigea immédiatement Jolorand.

Goliodud se raidit à nouveau.

- Euh, je veux dire Monsieur le maire. »

*

L'astre flamboyant n'eut le temps de se coucher qu'une fois et de se lever à nouveau avant que Goliodud ne s'aperçoive de la présence du canufos qui se présentait devant sa demeure délabrée.

« - Je suis Gléiaro, le maire m'a dit que j'étais ton esclave dès à présent. D'autres canufos vont arriver pour rebâtir ton habitation, dit-il simplement. »

Les esclaves transformèrent rapidement les ruines de Goliodud en une habitation plus qu'acceptable. Une vitrine plantée sur la rue s'ouvrait sur un petit magasin. A l'intérieur, une banque qui cachait un petit atelier accueillait les clients. Derrière, une porte cachait les quartiers personnels de Goliodud. La cave avait été aménagée pour Gléiaro.

Ce dernier, bien qu'acceptant très mal sa condition d'esclave, se montrait plutôt coopératif. Le fait que Goliodud le considérait comme un employé aida à faciliter leur entente. Une certaine complicité naquit même entre les deux humanimaux.

Goliodud pensait souvent à Solorus lorsqu'il observait Gleiaro. Bien qu'il fût plus jeune que le chef des canufos, celui-ci dégageait un certain charme, même un certain charisme, même s'il n'était en rien comparable avec celui de Solorus.

Gléiaro dormait toujours d'un seul œil sous le plancher, ce qui rassurait Goliodud installé dans sa chambre plus confortablement. Ils prenaient leur repas ensemble et discutaient volontiers, surtout le soir. Gléiaro parlait beaucoup de son peuple qu'il avait pourtant décidé de quitter pour tenter l'aventure dans le monde vaste, certainement la pire décision qu'il eût prise, comme il aimait le répéter. Il parlait également souvent de son chef, Solorus. Lors de ces échanges, Goliodud dut se pincer les lèvres à plusieurs reprises, car il n'eut jamais le courage de lui avouer qu'il était, lui-même, responsable de ses déboires et de sa disparition. Apparemment, le court passage de Solorus dans la cité n'avait pas été ébruité. En tout cas Gleiaro semblait l'ignorer.

La boutique devint très vite prospère, il ne se passait pas un sod sans que plusieurs clients ne viennent demander des réparations ou des améliorations pour leurs armes. Cela suffisait amplement à faire vivre le commerce et à occuper l'esprit de Goliodud qui en avait besoin, rongé par la culpabilité qu'il nourrissait à l'égard de Solorus.

Un matin, alors qu'il emballait une arme dans un journal ancien, Gléiaro sembla intrigué. Un plissement frontal se dessina derrière son duvet de plumes noires et ses yeux ronds s'allongèrent. Goliodud s'en aperçut.

« - Tu sais lire Gleiaro ? Lui demanda-t-il.

- Tu sais, les canufos ne sont pas des attardés, nous savons lire et écrire l'Arcunt autant que les autres races, répondit Gléiaro ne relevant pas l'affront involontaire de son nouvel ami.

- Désolé, je l'ignorais. Qu'est ce qui t'intrigue tant dans ce journal ?

- L'article sur les meurtres à Codos. Apparemment, selon un témoignage, le meurtrier serait un modocos.

- Et alors ?

- La façon dont il tue...Cela fait penser à un rituel canufos lors de la chasse au thars.

- Le meurtrier serait donc un canufos ?

- Apparemment non, selon le peu de descriptions des témoins, expliqua Gléiaro tout en continuant à lire l'emballage. Quand j'étais plus jeune, je me souviens avoir enseigné ce rituel à un modocos, un personnage singulier et inquiétant par certains côtés. Je ne m'en suis pas aperçu tout de suite, mais bien que nous soyons amis à l'époque, quelque chose d'indéfinissable me mettait mal à l'aise chez lui.

- Tu penses que c'est lui, le meurtrier ?

- Je ne sais pas, mais...Bon n'y pensons plus. »

Gleiaro, pris d'incertitudes, décida d'abréger la conversation.

*

Quelques temps plus tard, un slamis vint rendre visite à Goliodud juste avant qu'il ne ferme la boutique. En s'aidant de petits cris et d'une gestuelle explicite, il lui fit comprendre qu'il souhaitait qu'il le suive.

Goliodud ne rentra que le matin, juste avant l'ouverture du magasin. Gléiaro le trouva très perturbé. Les sods suivants, Goliodud semblait toujours aussi déboussolé, il passait de plus en plus de temps dans la cave où il avait aménagé un second atelier. Il en chassa Gléiaro, lui demandant d'installer sa paillasse dans le magasin derrière la banque. Le canufos l'observa dessiner frénétiquement.

L'attitude du thesranes l'intriguait. Profitant d'une de ses courtes absences, il examina les dessins du technicien. Cela ressemblait à des plans, ceux d'une armure très spéciale assemblée grâce à de la technologie. Certains représentaient des jambes et des bras, un autre à un masque ou un casque. Un dernier semblait correspondre à la représentation d'un buste. Les crayonnages qui évoquaient les membres en trois dimensions laissaient apparaître comme des petits moteurs à l'intérieur et aussi des emplacements où se nichait le croquis de petites piles à fusion. Dans le casque également, un petit moteur était esquissé juste derrière le lobe frontal.

Gléiaro se demanda si Goliodud n'avait pas perdu la raison, ou s'il était tout simplement un technicien génial. Peut-être son ami s'était mis en tête de fabriquer un humanimal tout de métal pouvant se mouvoir seul. « Est-il possible de réaliser une telle chose ? » S'inquiéta-t-il. C'était bien là l'élément essentiel, qui lui manquait pour savoir si Goliodud avait définitivement basculé dans le monde des esprits évadés.

Plus tard Goliodud convoqua Gléiaro dans l'arrière boutique.

« - Désolé Gléiaro, ces derniers temps, j'étais très absorbé par un travail. Mais je ne peux malheureusement t'en dire plus. Par contre je vais avoir besoin de tes services.

- Je t'écoute !

- Goliodud lui tendit une liste et une bourse pleine d'irilles.

- Ce sont des matériaux spéciaux, dont j'ai absolument besoin, tu pourras les trouver à Codos ou Komatanès...Mais je pense que tu préfères aller à Codos, non ? »

Le sod suivant Gleiaro enfourcha un Godoran et prit la direction de Codos.

CHAPITRE 17

LA SACOCHE

Comme la plupart des auberges de Codos, l'établissement ne dérogeait pas à la règle. Tous les meubles sculptés grossièrement dans les arbres avaient gardé leurs écorces et par là même leur authenticité. Les tables étaient des troncs, le bar un corps de baliveaux coupé dans toute sa longueur pour rester plat sur le dessus. Il était posé à la verticale sur d'autres tranchées en sens inverse, des branches savamment entremêlées formaient les chaises.

L'endroit qui se trouvait dans le quartier « corrompu » était tenu par un modocos qui abordait tranquillement l'âge de la maturité. Il se faisait appeler le « Bâtard » tout comme sa taverne, surnom qui le rendait fier. Il n'avait jamais révélé sa véritable identité à qui que ce soit, même douze massops auparavant en signant l'acte de vente. Il avait indiqué ce patronyme en bas de la page, ce qui était tout à fait légal à Codos.

Dès qu'il s'installa, il enraya rapidement et fermement certaines situations susceptible de dégénérer, toujours provoquées par des clients aux esprits embrumés par l'absorption d'alcool. Il n'avait pas plus cédé aux tentatives d'extorsion exercées par quelques brigands, qu'il mâta sans ménagement. Il acquit ainsi le respect sans faille de la part de ces concitoyens.

Après son travail, qui consistait à rédiger des articles pour « L'administrateur », Miltoya avait pris l'habitude d'aller se désaltérer à l'auberge, surtout depuis la captivité de son père et le malheur qui frappa la famille Yoltop. Elle était devenue très amie avec le « Bâtard » qui lui offrait la plupart de ses consommations. Au fil du temps, une complicité fraternelle s'était instaurée entre eux.

Peu de temps après l'épreuve de « l'espoir » qui lui permit de retrouver son père, Miltoya débarqua, comme à son habitude en fin d'après-midi à l'auberge, et s'installa directement au bar en face du « Bâtard ».

« - Salut vieux frère, lui lança t-elle, bien consciente, qu'elle seule pouvait se permettre d'affubler l'aubergiste par un autre nom que le celui du « Bâtard » sans subir les flammes ternies par un regard sombre.

« - Sod, ma puce. Qu'est-ce que je te sers ? lui répondit-il affectueusement.

- Eh bien, tu sais, une bonne petite vocierses, bien fraîche !

- Alors, que me racontes-tu ? » demanda le « Bâtard » en posant la pinte sur le comptoir.

-Toujours en train de couvrir les meurtres. Je dois envoyer un article à Komatanès d'ici peu mais pas moyen de le terminer, depuis le dernier meurtre...Rien à se mettre sous la dent, répondit-elle avec une moue désolée.

- Patience et courage sont mères d'espoir.

- J'ai toujours pensé qu'un grand philosophe se cachait derrière cette vieille carcasse d'écailles.

Leur conversation fut subitement interrompue par la thrams en charge du ménage des chambres.

- Monsieur, s'il vous plaît, est-ce-que je ne pourrais pas jeter la sacoche dans la remise, elle prend toute la place ? Je ne sais plus où ranger mes chiffons. Je ne pense pas que le client viendra la chercher, cela fait plusieurs sods maintenant.

- On attend encore un peu, il avait réglé sa chambre d'avance pour plusieurs sods. J'espère qu'il ne lui est rien arrivé, c'est inquiétant d'ailleurs, expliqua-t-il songeur, avant de s'adresser à Miltoya.

- Il n'est resté qu'un sod alors qu'il avait payé pour trois.

Miltoya réfléchit un moment.

- C'est quand même étrange. C'était quand ? Demanda-t-elle à son ami l'arrachant ainsi de sa rêvasserie.

Le « Bâtard » se retourna à nouveau vers la Thrams.

- Attendons encore quelques sod. Puis il répondit à Miltoya.

- Attends, je consulte mon registre.

Il sortit un vieux cahier sous le bar et le consulta rapidement.

- Ben tiens, c'était la veille de « l'espoir ».

- Justement, cela correspond au dernier crime, quand le meurtrier a été vu par un témoin et identifié comme étant certainement un modocos. Dis-moi ton client, c'était un modocos ? Interrogea-t-elle.

- Oui, mais tu sais la plupart des clients du quartier le sont.

- D'accord, mais cela vaut peut-être quand même le coup de jeter un coup d'œil dans cette sacoche, proposa Miltoya. »

Ils passèrent tous les deux dans le salon derrière la grande salle. Ils posèrent la sacoche sur la petite table basse au centre de la pièce. Miltoya l'ouvrit, et l'inspecta, puis elle commença à sortir les objets en les énumérant, alors qu'elle les déposait méticuleusement sur le côté.

- Une chemise, encore une chemise, un pantalon, un gilet, trois caleçons, trois paires de chaussettes.

Puis elle tâtonna le fond de la sacoche.

- Plus rien, elle se mit à renifler.

- Ça pue ! Sent ! Invita-t-elle son ami en grimaçant.

Le « Bâtard » sentit à son tour.

- C'est peu de le dire, ça sent la pourriture la dedans.

- Il y doit y avoir un double fond, c'est pas possible autrement.

- Qu'est-ce qu'on fait ? On l'ouvre ? Demanda naïvement le « Bâtard ».

- Non, on risque de polluer l'indice si c'en est un. Écoute, je vais réfléchir. Si l'on prévient la police...Je ne sais pas. Je vais rentrer chez moi, je vais en parler à mon père. Il saura quoi faire, j'en suis certaine.

- D'accord ! Au fait, comment va-t-il ?

- Mieux ! Il est sorti de l'hôpital ce matin et il recouvre peu à peu ses forces. Retrouver la maison lui fera du bien. Range la sacoche dans un endroit qui ne risque pas d'empester l'auberge. Si le propriétaire revient, fais-le patienter le plus longtemps possible et fais moi prévenir par quelqu'un, j'arriverai.

- D'accord, à bientôt puce, » conclut l'aubergiste.

*

Le cœur de Candas se réchauffait progressivement en retrouvant sa demeure après les dix massops passés dans l'enfer de la cité sombre. Alussond était resté avec lui jusqu'à ce début de soirée où il alluma la cheminée. Le feu jaillissait au beau milieu du salon laissant danser ses flammes oranges dans l'harmonie de la nuit naissante. Candas encore faible s'était allongé sur le canapé pendant qu'Alussond s'installait dans le fauteuil en face de lui.

« - Je voulais vous remercier Alussond, commença Candas.

- Pourquoi ? C'est vous qui avez vaincu les monstres, moi je n'ai fait que forcer le destin car je savais que la troisième épreuve risquait de vous être fatale, aussi fort et vaillant que vous soyez. Cette épreuve est en soi injuste car tout est fait de manière à ce que personne n'en sorte vivant, expliqua humblement Alussond.

- Je pensais surtout à ce que vous avez fait après l'épreuve. Vous m'avez réhabilité en quelque sorte. Quand je pense que les gardes voulaient me jeter hors de la ville. Je me suis alors senti humilié. Même mon vaillant combat n'a pas suffit à rendre la mémoire au peuple.

Une grande déception se reflétait dans l'œil humide de l'ancien général.

- N'y pensez plus. C'est MOO V qui vous déteste, le peuple est en grande partie de votre côté. Je suis sûr que vous aurez votre véritable vengeance, et que vous êtes réhabilité au regard du plus grand nombre, le consola Alussond.

- Vous avez raison, je dois penser à l'avenir désormais, c'est pour cela que je suis sorti de la cité sombre. Et je suis officier de l'armée thesranes, c'est une première non ?

- Pas vraiment ! Pas obligé d'être un thesranes pour entrer dans l'armée. Il y eut d'autres cas lors de la dernière guerre entre nos peuples respectifs. Quelques modocos, en désaccord avec l'empereur de l'époque, se sont ralliés à nos rangs. Ici, ils furent considérés comme des traîtres, et chez nous souvent également.

Ce n'est pas une place enviable. En tout cas vous êtes le premier officier.

- Ah oui ! Au fait j'ai quel grade ? demanda Candas plus amusé qu'intéressé.

- Commandant ! Je ne voulais pas que vous soyez au-dessus de moi, plaisanta Alussond. »

Candas arracha un rire aux abîmes de son esprit. L'irruption fracassante de Miltoya les interrompit. Sa beauté ne réussissait pas à se cacher derrière ses habits de cuirs, habituellement portés par des mâles.

« - Ma chérie, viens assieds-toi avec nous, que je te présente mon ami Alussond. Grâce à lui, je peux à nouveau te serrer dans mes bras, présenta Candas enfin détendu et souriant.

Miltoya s'adressa directement à Alussond.

- Je ne serai jamais assez reconnaissante pour tout ce que vous avez fait pour nous. Enchantée de faire votre connaissance, dit-elle sincèrement.

- Tout le plaisir est pour moi. Vous avez l'air un peu essoufflée, c'est l'empressement de retrouver votre père qui vous a fait courir ? s'intéressa Alussond en la voyant haletante.

- Oui, mais non en fait. Vous allez peut être pas me croire, mais il y de fortes chances, enfin une grande probabilité.. Miltoya s'interrompit pour reprendre son souffle.

- Calme-toi ma chérie et assied toi. Raconte nous ce qui t'arrive, lui conseilla Candas d'une voix apaisante.

- Je pense que mon ami, le patron de l'auberge le « Bâtard », a en sa possession une sacoche qui pourrait appartenir à « l'ombre », commença la vagauges.

- Qu'est ce qui vous fait penser que cette sacoche appartient au tueur? Interrogea Alussond.

- Je connais bien l'affaire. Déjà, je suis journaliste. Et mon ami le « Bâtard », tient une auberge dans un quartier où bon nombre de crimes ont été commis. Et justement l'un de ses clients n'est pas venu rechercher ses affaires depuis le dernier meurtre, le sod où « l'ombre » a été surprise par un témoin qui a pu en faire une description précise. De plus le « Bâtard » me l'a décrit également et cela correspond tout à fait. Et pour couronner le tout, la sacoche renferme une odeur de pourriture horrible, cracha Miltoya d'une traite.

- Effectivement, tout cela est bien troublant. On peut dire que le hasard fait bien les choses, car il se trouve que l'un de mes meilleurs amis, travaille sur l'enquête. C'est un policier thesranes qui aide la police de Codos. Je ne pourrai pas le voir ce soir à ce qu'il m'a dit, mais je peux me rendre à la police demain à la première heure et lui raconter tout cela. Qu'en pensez-vous ? proposa Alussond.

- Eh bien je crois que, pour l'instant, c'est la meilleur solution, se résolut Myltoya. »

La soirée s'écoula doucement et chaleureusement, rendant hommage à ses retrouvailles inespérées.

CHAPITRE 18

LES CHEMINS TORTUEUX

Tovrat Silbot ne distinguait rien excepté la clarté de l'astre rouge qui, à son firmament, transperçait le bandeau qu'il avait sur les yeux. Les deux mains liées derrière un godaran, il devait souvent accélérer son pas pour espérer le suivre. Depuis un moment, la chaleur harassante ne lui cuisait plus la nuque aussi durement, et il sentait l'humidité lui chatouiller les os. Il en déduit qu'il avait quitté les régions désertiques et qu'il s'acheminait vers le sud. Même s'il ignorait exactement où il se trouvait, il savait où on l'emmenait, en tout état cause là où il ne souhaitait pas aller.

De temps en temps, quelqu'un lui faisait boire un peu d'eau et lui donnait un peu de nourriture. Le soir quand plus aucune lumière traversait son ruban, il entendait les autres monter leur campement et un coup de pied lui signifiait qu'il devait s'allonger et dormir, avant d'être à nouveau secoué au petit matin pour reprendre le voyage.

Pendant le trajet, il fut jeté contre une dure paroi. Au bruit creux de l'impact, il comprit qu'elle était en bois. Plus tard, il se sentit ballotter. Il se trouvait dans un bateau voguant sur le fleuve. Il n'eut alors plus aucun doute sur sa destination.

Quand on le débarqua, il emprunta un parcours de plus en plus accidenté. Il n'était plus très loin. Il se rappela alors le long et tortueux chemin que le destin l'obligea à suivre jusqu'ici.

Il naquit cinquante massops plus tôt à Codos. Son robuste père, Vratos, un ancien officier modocos reconverti dans la fabrication des « lamescoupes », l'éleva avec sa mère, une Vagauge qui l'aidait aussi à tenir sa boutique. A l'époque, il avait un frère aîné, Evrat.

Vratos était le meilleur fabricant de « lamescoupes » de Codos, et certainement même de tout Welghilmoro. C'était l'instrument favori des modocos depuis des tribanons, sa fabrication était devenue un art surtout quand sa maîtrise atteignait la perfection de celles conçues par Vratos. Cette arme blanche était munie de deux lames placées aux extrémités d'un manche positionné au centre. Les guerriers modocos considéraient cet objet comme leur moitié et il était primordial que le manche soit personnalisé, souvent serti de pierres précieuses ou décoré par d'autre objets. Il existait aussi des armes de légendes telles que celles utilisées jadis par de sanglants héros qui se distinguaient des armes ordinaires par une histoire et dont les ornements étaient connues des plus grands spécialistes.

L'une des plus célèbres avait appartenu au général Conqus Yalapt, le plus grand héros de la grande guerre qui opposa les modocos aux thesranes pendant de nombreux massops, en tribanon 3. A cette époque les thesranes qui n'avaient pas encore découvert le xilphan se battaient toujours avec des sabres. La légende disait que Conqus en tua plus de cinq cent avec cette arme qui fût surnommée « la sanglante ». Le général rejoignit le néant infini lors d'une bataille trois massops avant la fin d'une guerre interminable dont les thesranes sortirent vainqueurs. La « sanglante » disparut en même temps que son propriétaire.

Alors que Tovrat n'était encore qu'un enfant, une rumeur s'immisça dans les rues de Codos, jusqu'à la famille Silbot. Tel un poison elle causa son malheur. Elle distillait que Vratos, lui-même collectionneur patenté, la possédait et la cachait quelque part. Ceci parvint jusqu'aux oreilles Salyd Marcas, un puissant colonel, collectionneur obsessionnel de ces objets rares. Il voulut l'acquérir. Il insista auprès de Vratos pour la lui acheter. Ce dernier essaya en vain de lui expliquer qu'il ne détenait aucunement l'objet.

A l'époque, Evrat le frère aîné de Tovrat s'était enrôlé dans l'armée pour embrasser une carrière d'officier. Il était loin de sa famille, ce soir là, quand, après la fermeture du magasin, le colonel Marcas s'introduisit avec cinq autres modocos dans la maison attenante à la boutique.

La nuit d'horreur les frappa de plein fouet. Les assaillants attachèrent le père, le mère et Tovrat. Ils torturèrent d'abord la mère à mort, puis le père devant les yeux de Tovrat, l'obligeant à regarder. Ce cauchemar lui sembla interminable. Le cerveau de Tovrat, alors à peine âgé de quinze massops, implosa.

Au petit matin, le colonel et les siens voulurent noyer Tovrat dans une bassine habituellement réservée aux bains. Ils le saucissonnèrent, l'encagoulèrent et lui plongèrent la tête dans l'eau. Un modocos la lui tenait jusqu'à ce qu'il suffoque et que son corps ne bouge plus, après avoir tressailli. Ils décidèrent de quitter enfin les lieux. Certainement quelques secondes de plus sans respirer auraient suffit pour avoir raison du jeune adolescent. Mais dans un effort ultime il réussit à faire basculer le bain à terre.

Quelques temps plus tard, il fut recueilli par son oncle qui habitait le même quartier. Quand celui-ci l'interrogea sur l'assassinat de ces parents, il répondit que les meurtriers étaient masqués et qu'il ignorait de qui il s'agissait. Mais, dès lors, il n'eut qu'une obsession, retrouver le colonel pour le lui faire payer lui-même.

Dix massops plus tard, il s'engagea dans l'armée où il retrouva son frère aîné. Sa carrière fut courte. Quand il eut l'occasion d'assouvir sa vengeance lors d'une visite du colonel Marcas dans sa garnison, il la saisit sans hésiter. La nuit, Tovrat s'introduisit dans ses quartiers en tuant les gardes à l'arme blanche, puis étrangla lentement le colonel, faisant durer le plaisir le plus longtemps possible. Il avoua tout à son grand frère qui s'accusa à sa place. Evrat fut emprisonné à vie dans la cité sombre. Il tenta beaucoup plus tard de recouvrer la liberté lors de la célèbre épreuve de « l'Espoir » où il périt entre les griffes d'une bête sauvage.

Quant à Tovrat, il quitta l'armée et Codos pour épouser le sort d'un des bandits les plus redoutés de Welghilmoro.

Il marchait attaché accroché au godaran, les mains liées et les yeux bandés. Les murmures d'une foule l'avertit qu'il était arrivé à Codos. Quant on lui ôta le bandeau, il était dans une cellule du poste de police. Le gardien lui expliqua qu'il serait bientôt jugé. Il décida d'attendre sagement son châtiment.

A Codos, ce sont trois membres du conseil des sages qui procèdent au jugement des prisonniers. Souvent, surtout quand le procès lui semble d'importance, MOO V en personne ordonne les sanctions. Le conseil se déplace dans les locaux de la police et procède presque toujours rapidement au jugement qui se déroule dans le couloir des cellules. Quand le gardien installa trois sièges devant ses grilles, Tovrat comprit que le moment était venu. Il regarda entrer trois modocos, il reconnut l'Empereur parmi eux.

MOO V s'assit au centre, d'un geste il ordonna l'ouverture de la séance et s'adressa directement à Tovrat.

« - Je ne connais pas ton nom, mais ton surnom est tristement célèbre, le « Sauvage ».

- Possible ! Répondit Tovrat.

- Tais-toi, tu parleras quand je te l'ordonnerai. Écoute moi bien, je ne vais pas énumérer tous tes crimes et délits, car ce serait trop long. Je vais donc ordonner ta peine tout de suite. La cité sombre sera ta nouvelle demeure jusqu'à ce que tu rejoignes le néant infini. Que le Conseil des sages prenne note de la sentence. Maintenant qu'as-tu à dire pour ta défense ?

Tovrat, ne répondit rien, il sourit simplement avec arrogance, rappelant à l'Empereur qu'il lui avait interdit de parler sans son autorisation.

- Bon tu peux parler, tu as mon autorisation.

- Pour ma défense dites-vous ? Eh bien, je dirais que vous feriez mieux de me donner une médaille.

MOO V éclata d'un rire sincère.

- Cela mérite une explication non ? demanda-t-il en s'étouffant presque.

- Il y a de cela quelques temps, j'ai tué ton pire ennemi, Solorus, de mes propres mains, répondit fièrement Tovrat.

- Ah bon ! Il aurait rejoint le néant infini ? Je ne suis pas au courant. Bon disons que tu vas aller moisir dans la cité sombre et si quelqu'un m'apporte les preuves de tes dires, ou à moins que tu sois toi-même capable de le faire, je reconsidérai mon jugement. Conseil notez ! Es-tu à même de le faire maintenant ?

- Non ! Je suis pour le moment dans l'incapacité de te le prouver.

- Dans ce cas je te souhaite bien du plaisir dans la cité sombre.

- A bientôt Empereur, conclut Tovrat. »

CHAPITRE 19

UNE ANCIENNE LOI

Le luxe suintait outrageusement dans la maison des cinq membres du conseil supérieur, activistes du mouvement « pureté thesranes ». Arisont Varildus, leur chef, l'avait choisie lui-même. Les cinq thesranes vivaient ensemble depuis leur élection au conseil supérieur. Ils s'aimaient tous d'un amour sincère.

La grande chambre possédait cinq lits disposés le long des murs blancs d'où apparaissaient, à chaque coin, des structures métalliques rouge. Au centre, une mini arène creusée dans le sol revêtue d'une mince couche de sable fin servait essentiellement à leurs ébats lors de jeux qu'ils pratiquaient aussi bien à deux, trois, quatre voire à cinq. Parfois, des représentantes de races féminines étaient invitées.

Arisont était dans le salon qui jouxtait la chambre. Il referma la porte car trois autres thesranes se livraient à leurs jeux bestiaux dans un bain de chaleur moite et humide. Les feulements et les cris de plaisirs qui parvenaient jusqu'à ses oreilles l'empêchaient de se concentrer. Salumus Kavitius lisait dans le canapé.

« - Que lis-tu, Salumus ? Lui demanda Arisont.

- Un livre très ancien que j'ai pu me procurer grâce à un missionnaire que j'ai envoyé fouiner dans les bibliothèques de Welghilmoro. Celui là est très rare. En plus, il pourrait nous intéresser au plus haut point.

- Et pourquoi, donc ? interrogea Arisont septique.

- Tu sais que je suis passionné de droit. Ce livre date de l'époque où les thesranes vivaient encore en tribu, et où le conseil supérieur n'existait pas encore. C'est en quelque sorte le premier livre de lois thesranes, il est unique et il a été oublié depuis bien longtemps.

- Et alors ?

- Et alors, j'étudie également toutes les lois actuelles. Un des articles de ce vieux livre indique que seul un thesranes pur peut gouverner. J'ai étudié également un autre livre, cette fois plus scientifique qui détermine la pureté des races. Il classe les races par compatibilité. Pour prétendre être de race pure, il faut être conçu par deux représentants de races compatibles. Par exemple, les thesranes sont des félins, les vagauges également ; Les modocos sont des reptiles comme les samalandres, ce qui veut dire que les modocos pures n'existent plus depuis bien longtemps. Il y aussi les yooks et et les cénardes qui sont des canidés, etc… Toutes les races y sont répertoriées. Ce qui veut dire qu'un Thesranes pur doit être né de père thesranes et de mère vagauge, expliqua le jeune politicien.

- Où veux-tu en venir ?

- Ce dernier bouquin est la référence qui a servi à rédiger les lois concernant justement la définition des races pures et impures. Jusqu'à maintenant, aucune loi n'a jamais indiqué qu'il fallait obligatoirement être pur pour exercer le pouvoir. Il existe également une loi qui dit qu'une loi est toujours en vigueur tant qu'elle n'a pas été abrogée.

Arisont s'assit et s'adossa confortablement dans son fauteuil.

- Continue ! Adjura-t-il de plus en plus intéressé.

- Je me suis renseigné. Et sais-tu combien de membres du Conseil supérieur ne sont pas de race pure ?

- Aucune idée.

- Un seul, Devaliud Pnagnasus, père theranes, mère trahms.

- Je commence à voir où tu veux en venir ! Tu veux faire invalider son élection. Effectivement, nous serions ainsi le parti le plus ancien du conseil et je deviendrais le membre le plus influent. Mais pour gouverner en toute quiétude et pouvoir mener la politique que l'on souhaite, il faut déjà être certain que le troisième et nouveau parti élu ait des idées similaires aux nôtres. Bon, ça encore si nous jouons bien notre coup, ça peut s'arranger, réfléchit tout haut Arisont. Il faut écouter la rue et bien être au courant des partis émergeants et des idées qu'ils véhiculent. Tu vas t'en occuper toi-même, commanda-t-il ensuite.

- D'accord !

- Par contre, faire invalider l'élection, c'est du jamais vu. Il faudra jouer finement. Si nous tentons cette manœuvre, il faut faire une requête auprès du juge mais pour cela il faut être certain de gagner. Renseigne-toi bien auprès d'avocats. Étudiez bien la question. Pour l'instant, il est encore trop tôt. La priorité est de trouver une idéologie cousine de la nôtre et s'arranger pour que son leader sache qu'il a une dette envers nous. Si nous l'aidons pour son élection, on lui rappelera quand nous aurons besoin de lui.

- Ceci est tout de même très encourageant, souligna Salumus en jetant sa tête en arrière pour regarder le plafond comme une toile vierge où il inscrivait les esquisses d'un avenir radieux.

- Si nous arrivons à nos fins, nous pourrons peut être contrôler l'évolution de la technologie à bon escient. Il faut bien préparer notre plan pour cela, ajouta Arisont.

- Comment vois-tu les choses ? Demanda Salumus qui accordait une confiance aveugle aux talents d'Arisont lorsqu'il s'agissait de stratégie politicienne.

- Il faut que le peuple ait la preuve de la nuisance provoquée par la technologie telle qu'elle est employée par Devaliud Pnagnasus. Pour cela, rien de tel qu'une bonne guerre où les machines volantes assassines auront le mauvais rôle.

- Tu veux déclarer la guerre aux modocos dès que nous serons au pouvoir si je comprends bien ! s'inquiéta Salumus, espérant mal comprendre.

- Non, ce serait bien trop impopulaire. Il faut que cette guerre soit provoquée par les modocos. MOO V ne rêve que de régner en maître sur tout Welghilmoro et d'assouvir les thesranes. Pourquoi ne le fait-il pas à ton avis ?

- Parce qu'il perdrait sans aucun doute.

- Exactement ! Par contre s'il avait la technologie nécessaire, il n'hésiterait pas ! Il faut juste offrir à MOO V, la possibilité de fabriquer des machines volantes et il nous attaquera sans problème.

- Le problème serait alors qu'il gagne la guerre.

- Il faudra juste s'assurer que la recette qu'on lui fournira soit disons moins compétitive que la nôtre. Leurs appareils voleront certes mais moins vite et moins haut. Pour cela je fais confiance à nos espions. Mais il faudra que tu organises tout cela également.

- Tu oublies que nous n'avons pas de flotte volante.

- C'est pour cela que nous allons déposer un amendement et en demander la création. Si nous sommes suffisamment habiles nous arriverons à le faire voter par le conseil. Et puis le « Grand Voyageur » serait plus utile en tant que grand bâtiment de guerre que comme vaisseau d'exploration, termina Arisont.

- Parfait ! Tout cela m'a donné faim ! Pas toi ?

- Non. Enfin, si...Mais c'est un autre appétit qui n'a rien à voir avec mon estomac qui vient me titiller. Viens allons voir si notre aire de jeux s'est libérée, proposa Arisont. »

Le silence qui régnait dans la pièce voisine signifiait que les ébats de leurs compagnons étaient achevés. Arisont pris la main de Salumus pour l'emmener à côté, peut-être que les autres auront-ils encore assez de force pour se joindre à eux espéra-t-il.

CHAPITRE 20

DEUX EN UN

Gléiaro arriva enfin à Codos éreinté par un long voyage. Il disposait de la liste précise des matériaux dont Goliodud avait besoin et des adresses où se les procurer, mais il souhaitait avant tout s'occuper d'autre chose, qui le préoccupait au plus haut point.

Il pensait comme la plupart des canufos que la violence ne devait s'employer qu'en cas de nécessité absolue, car toute vie était un joyau précieux qu'il convenait de préserver. En conséquence, il décida de se rendre au poste de police pour expliquer la troublante ressemblance entre les meurtres commis par celui que l'on surnommait « l'ombre » et les parties de chasse canufos qu'il avait enseignées autrefois à un certain Vellime Tengmate.

*

Dans sa grande bonté, la police de Codos avait permis à Silandius d'occuper dans une pièce au fond des archives où il eut la permission d'installer son bureau. Il examinait le rapport d'expertise de la mallette trouvée à l'auberge du « Bâtard ».

Effectivement, il y avait un double fond dans lequel cinq cœurs avaient été retrouvés et identifiés comme appartenant à cinq victimes de l'« ombre ». Mais cela ne faisait avancer que très peu son enquête. Sans grande conviction il avait également décidé de creuser la piste trouble indiquée par les Brirolliants. Celle des entrepôts qui avaient accidentellement brûlé le soir du premier meurtre. Il pensa qu'il était intéressant de demander à un notaire d'établir l'historique des actes de vente afin d'avoir une liste de tous les anciens propriétaires.

L'heure du rendez-vous approchant, il s'apprêta à se rendre à l'étude du notaire. Il enfila son manteau à l'élégance raffinée tout en tissu mauve pour traverser les archives qui accédaient au couloir principal de l'étage. La démarche hésitante d'un canufos qui errait un peu perdu dans l'allée l'intrigua.

Cette attitude n'avait rien d'étonnant en soi, dès que l'on connaissait la méfiance des canufos à l'égard des endroits aménagés, contrairement à l'assurance qu'ils dégageaient lorsqu'ils se trouvaient dans un milieu naturel. Silandius l'interpella poliment.

« - Bonjour, je suis Silandius. Peut être serez-vous étonné de voir un thesranes en ces lieux. Mais ceci est une longue histoire, dont je vais vous épargner le récit. Vous semblez chercher quelque chose ou quelqu'un. Dites-moi si je peux vous aider ! proposa-t-il.

- Oui ! J'aimerais parler au chef de la police car j'ai des renseignements importants à lui communiquer, s'empressa de répondre Gléiaro.

- Dîtes-moi, rien que ça ! Avez-vous rendez-vous ?

- Non.

- Eh bien cela ne sera pas facile alors. Il ne reçoit pas comme cela...Vous pourriez déjà m'indiquer de quoi il s'agit et si effectivement, cela me semble important, je pourrai essayer de vous obtenir un entretien, proposa Silandius avec la suffisance qui le caractérisait.

- Eh bien cela concerne les meurtres de prostituées perpétrés ces derniers temps dans la cité.

- C'est intéressant, en effet, mais il va falloir m'en dire davantage pour espérer une entrevue avec le chef de la police, insista le policier prêt à saisir n'importe quelle aubaine pour faire avancer son enquête. »

Depuis le début de ses investigations, il avait recueillit des témoignages de nombreux mythomanes. Il pensa tout d'abord avoir affaire à l'un d'eux, mais en réfléchissant, il admit que les canufos, d'une manière générale, n'avaient pas la réputation d'inventer des histoires pour attirer l'attention. En tout état de cause, il ne voulut rien négliger.

La porte d'un bureau s'ouvrit juste au moment où Silandius s'apprêtait interroger le témoin inespéré. Vellime le nouvel adjoint au chef de la police investit le corridor de sa stature longiligne. Son regard se posa immédiatement sur Gléiaro, en le voyant son visage changea, transformant son austérité coutumière en une lumière radieuse. Depuis la nomination de Vellime à ce poste, Silandius avait eu souvent l'occasion de l'observer et il le trouvait à juste titre ascétique, en tout cas peu enclin à une telle expansion.

L'attitude de Gléiaro l'étonna tout autant. Celui-ci restait bouche bée, interdit devant l'apparition de Vellime qui lui tendait les bras.

« - Gléiaro, si je m'attendais à te voir ici ! Comme cela me fait plaisir après tout ce temps. Que deviens-tu et que fais-tu ici ? Es-tu venu me rendre visite ? Comment as-tu appris que j'étais le nouvel adjoint du chef de la police ? »

Dans un enthousiasme débridé qui ne correspondait en rien à son attitude habituelle, Vellime libéra une cascade de questions. Même Gléiaro sembla surpris. Il fut submergé par une avalanche d'interrogations, ne sachant la première à laquelle répondre. Il était désarçonné et manifestement dans l'impossibilité de faire état de ses révélations.

« - Il souhaite apporté un témoignage concernant les meurtres de «l'ombre », expliqua Silandius à sa place.

Le visage du chef adjoint se referma aussitôt, l'ouverture qu'il affichait jusque-là s'éteignit quelques instants trahissant son inquiétude, avant de se radoucir pour s'adresser à Gléiaro.

- Ah bon ! Eh bien qu'as-tu à dire sur ces meurtres ? lui demanda-t-il en se ressaisissant.

Gléiaro fut déstabilisé et en vint à douter de sa propre thèse.

- Eh bien ! Euh ! En fait j'ai, j'ai vu, un modocos correspondant au signalement en arrivant dans la cité. Il se dirigeait vers le Nord. Euh, c'est plutôt rare, un modocos aussi frêle non ? balbutia-t-il.

- Sûr ! Enfin pas si rare, regarde-moi ! C'est effectivement insolite mais nous sommes quelques-uns à avoir été mal nourris pendant notre enfance. Mais tu as raison, il ne faut rien négliger. Je suis occupé pour le moment mais si tu restes quelque temps à Codos, je viendrai te rendre visite et tu m'en diras plus. Où loges-tu ? S'informa Vellime complétement ressaisi.

- Eh bien pour l'instant nulle part. Je dois juste acheter un peu de marchandises pour mon patron à Cirodancas. Je reste un ou deux sods pas plus.

Le comportement de Véllime face à Gléiaro intrigua Silandius, qui voulut s'assurer de pouvoir le contacter si cela était nécessaire.

- Gléiaro, écoutez-moi ! Je connais une auberge très accueillante et je vous la recommande. Certes dans un quartier populaire mais pas trop cher. Je connais bien le propriétaire, de toute évidence fort sympathique. L'auberge du « Bâtard » dans le quartier « corrompu », voici l'adresse exacte. Silandius la griffonna sur un bout de papier qu'il tendit à Gléiaro.

- N'est-ce-pas l'auberge où l'on a retrouvé cette fameuse sacoche ? s'inquiéta Vellime dont la sérénité s'étiolait à nouveau.

- En effet, et c'est d'ailleurs à cette occasion que j'ai pu sympathiser avec le patron. Cette piste n'a rien donné…Pour le moment, appuya Silandius suspicieux, avant de conclure. Bon désolé, j'ai un rendez-vous et je dois vous quitter. Très heureux d'avoir pu faire votre connaissance Monsieur Gléiaro et à bientôt sans doute ! »

Après avoir salué ses deux interlocuteurs, Silandius tourna les talons. En se dirigeant vers la sortie, sa silhouette se désintégra peu à peu dans l'ombre qui envahissait l'extrémité du corridor.

*

Il traversa des sentiers arborés en direction du centre de la ville jusqu'à l'étude de Maître Kadras Bivok. Le notaire, un vieux modocos poussiéreux, le reçut à l'heure prévue. D'un abord antipathique, il désigna un siège à Silandius sans lever la tête de ses paperasses. Quand il la leva enfin, il engagea la conversation.

« - J'ai fait les recherches que la police, enfin…que vous m'avez demandé de faire. Voici le résultat.

Maître Bivok tendit un document à Silandius. Il commenta uniquement les alinéas qu'il jugea intéressants.

- Les entrepôts appartenaient à un certain Zalif Alurt qui les avait achetés quelques massops auparavant à Madimir Tengmate.

Cette révélation plongea Silandius dans une réflexion silencieuse. Puis il se reprit.

- Est-ce-qu'il y a moyen de connaître la descendance des anciens propriétaires ?

- Au dos du document ! Répondit sèchement le notaire avant de demander. Puis-je savoir sur quelle enquête vous travaillez ?

-Non ! Objecta sur le même ton Silandius. »

Tout lui semblait clair désormais. Tout d'abord, le premier meurtre et l'incendie des entrepôts, qui avaient autrefois appartenu au père de Vellime, s'étaient produit la même nuit. Ensuite sa silhouette frêle, qui correspondait tout à fait au signalement du tueur. Puis l'attitude de Gléiaro quand il avait vu Vellime une heure plus tôt, et celle de Vellime manifestement déstabilisé en apprenant que Gléiaro venait faire des révélations sur les meurtres. De plus, il n'y avait plus eu de crimes depuis la nomination de Vellime au poste d'adjoint au chef de la police.

Même s'il ne possédait aucune preuve, Silandius avait l'intime conviction que Vellime et « l'ombre » étaient la même personne. Puis il se souvint quand, à son retour de Komatanés, il avait rencontré Vellime pour la première fois, alors qu'il se faisait congédier violemment par Jaluk Masifok, l'ancien chef de la police. Tout s'éclaircissait d'un coup. Il pensa que Gléiaro pourrait certainement lui en dire davantage et qu'il avait été bien avisé de lui conseiller de se loger à l'auberge du « Bâtard ». Vellime ne risquerait pas de s'y présenter de peur d'être reconnu. S'il avait bien suivi ses conseils, Gléiaro se trouvait en sécurité pour le moment.

*

Avant de se rendre à l'auberge, il décida d'aller aux bureaux des archives où il récupéra un article de presse paru au moment de la nomination de Vellime au poste d'adjoint, et sur lequel sa photographie apparaissait. Il se dirigea vers l'auberge du « Bâtard ». En arrivant, il salua le tenancier occupé à servir un client derrière son bar. Il lui demanda si un canufos nommé Gléiaro était descendu à l'auberge. Le « Bâtard » lui indiqua la chambre où ce dernier se trouvait.

Silandius rendit aussitôt visite au canufos qui rangeait soigneusement des plaques de matériaux ressemblant à un mélange d'orix avec d'autres métaux d'un jaune brillant et lumineux. Il ne voulut pas l'interrompre et attendit qu'il termine son rangement minutieux.

« - Gléiaro ! Êtes-vous prêt à m'écouter ? lui demanda-t-il solennellement.

- Je vous écoute !

- Il faut tout d'abord que vous sachiez que c'est moi qui mène l'enquête sur les crimes de « l'ombre ». J'ai été missionné par la police de Komatanès pour aider celle de Codos à résoudre ces meurtres. Ce qui m'amène vers vous, car je pense que vous avez des révélations importantes à me faire, et je crois aussi savoir à peu près lesquelles. Votre hésitation lorsque vous avez vu Vellime en dit long. Dîtes-moi ce que vous savez, » conjura Silandius.

Après s'être assis confortablement, Gléiaro lui raconta l'histoire des fameuses parties de chasse qu'il fit avec Vellime lorsqu'ils n'étaient encore que de jeunes adultes. Il lui relata également comment le père de Vellime se comportait avec son fils. Il décrivit même des scènes d'humiliations dont il fut le témoin. Quand Gléiaro eut terminé son récit, Silandius reprit la parole.

« - Merci Gléiaro ! Vous confortez mes soupçons. Vellime a l'esprit dérangé et il doit vouer une haine telle envers son père qu'il aura brûlé ce qui le représentait encore. Néanmoins, je n'ai toujours pas de preuves pour le confondre. Peut-être votre témoignage suffira. Je vais écrire ce que vous m'avez dit et vous le signerez. Pouvez-vous rester encore un moment à Codos ?

- Non ! Je suis désolé mais mon patron est impatient de récupérer son matériel. Je suis parti de Cirodancas depuis un moment et je dois y retourner, s'excusa le canufos.

- Bon, je ne peux pas vous y obliger. Je n'ai pas réellement d'autorité ici. Écoutez, signez votre témoignage, indiquez votre adresse et je m'en arrangerai. Au revoir Gléiaro et encore merci, » conclut Silandius avant de prendre congé.

Il rejoignit directement le bar en sortant de la chambre. Il tendit au « Bâtard » le journal déniché plus tôt aux archives de la ville.

« - Dites-moi, ce modocos, en photographie...Ressemble-t-il au client de la sacoche ? questionna Silandius.

Le « Bâtard » afficha une mine surprise.

- Je me suis fait la réflexion quand ce journal a paru. Mais je n'y ai pas cru, j'ai pensé à une ressemblance. Le nouvel adjoint de la police ? Alors ce serait lui ?

- Chut !!! Seriez-vous prêt à en témoigner ?

- Bien sûr, la trhams de chambre également !

- Merci ! C'est tout pour le moment. Au revoir et à bientôt, termina Silandius.

*

De retour au poste, Silandius rédigea son rapport qu'il présenta à Turat Solvop, le nouveau chef de la police.

*

Le général Cosom était responsable de deux ministères, celui de la sécurité extérieure et intérieure, et celui des sciences. Le rapport qu'il lisait l'intéressait au plus au point. Il provenait de Xatanius Korpud, un thesranes dissident, exfiltré par le Conseil des Sages qui le nomma à la tête de l'institut de recherches scientifiques. Son génie et son absence totale de déontologie constituaient les principales singularités qui intéressèrent au plus au point l'Empire. Plus particulièrement Cossom qui pensait que les découvertes de Korpud pouvaient être utilisées dans le domaine de l'espionnage. En effet le résultat des expériences qu'il menait depuis plusieurs massops faisait preuve d'une avancée plus que considérable autant dans le domaine de l'anatomie que de la physique et de la génétique.

Cosom venait à peine d'en terminer la lecture lorsque son secrétaire frappa.

« - Conseiller, Turat Solvop et le thesranes Silandius Cavaldut souhaitent vous entretenir de toute urgence. Ils disent que cela concerne une affaire de la plus haute importance, annonça-t-il.

- Très bien, faîtes entrer !

Cosom leur désigna les sièges en face de son bureau.

- Je vous écoute.

Turat résuma le rapport de Silandius en quelques minutes.

- Eh bien ! Si vous ne vous êtes pas trompés, c'est une sacrée tuile pour l'Empereur ! C'est lui qui désigne les officiers de la police par décret. Le peuple risque d'être fort mécontent de cette nouvelle. Même si l'Empereur a été désigné lors d'une épreuve de force incontestable, son règne reste fragile, à cause de l'instabilité naturelle des modocos. Notre histoire nous le rappelle par les nombreuses tentatives de renversement qu'ont subies d'anciens Empereurs. Silandius, avez-vous des preuves de ce que vous avancez ?

- Non, pas vraiment, des éléments concordants et trois témoignages, annonça Silandius.

- J'ai bien peur que ce ne soit un peu léger. Mais en même temps, votre rapport semble cohérent si j'en crois les dires du commandant Solvop.

Cosom s'interrompit quelques instant pour réfléchir avant de reprendre.

- Turat, faîtes moi parvenir rapidement les résultats de l'enquête de M. Calvaldut, il faut que j'en prenne connaissance. Silandius, il faut que vous compreniez que nous ne pouvons pas prendre tout cela à la légère et que nous préparions avec MOO V une stratégie de communication. Je vous propose, de revenir ici même demain à la même heure, je vous indiquerai notre tactique. Vous pouvez maintenant disposer. Turat, restez un instant, profitons de votre présence, il y a d'autres dossiers dont nous devons parler. Au revoir Silandius ! congédia Cossom. »

*

Vellime et Turat Solvop attendaient depuis un petit moment dans le couloir devant le bureau du Colonel Cosom. Celui-ci finit par en sortir et leur fit signe d'entrer. Les deux modocos s'assirent laissant le colonel s'exprimer.

« - Vellime Tengmate, je pense que vous avez quelques explications à nous fournir! Lança-t-il sans ménagement. »

*

Silandius attendait d'être reçu par le Général Cosom. Il avait déjà fait part de ses conclusions sur les meurtre de « l'ombre » la veille. Il estimait avoir accompli son travail et se fichait totalement de la stratégie de communication que l'Empereur emploierait. Seulement, il devait remettre également ses conclusions d'enquête à ses supérieurs à Komatanès et tout devait concorder. Pour le moment, son seul désir était d'en terminer le plus vite possible avec les modocos et retrouver son appartement douillet à Komatanès.

Il commençait à s'impatienter quand le général Cosom ouvrit la porte du bureau, arborant un large sourire pour l'inviter à le suivre.

La grande pièce accueillait, en plus d'un bureau, un petit salon installé. Turat Solvop était déjà là, installé dans le canapé sombre et sobre, dans le pur style « Codos », au siège en cuir maintenu par une armature en métal dont la pureté des lignes s'écrasait sous les tresses de lianes qui la décoraient. Silandius en grand amateur remarqua immédiatement la bouteille de Tachinak et les trois verres déjà servis sur une petite table au centre.

« - Avant que les choses sérieuses ne commencent, je vous propose de rendre hommage à votre travail et de lever un toast à la collaboration fructueuse menée entre les thesranes et les modocos. Je me suis laissé dire que vous appréciez particulièrement le tachinak. » commença Cosom.

Il tendit un verre à Silandius. Chacun goûta une petite gorgée avant que le général ne reprenne la parole.

« - Maintenant, passons aux choses sérieuses. Silandius, j'ai lu votre rapport et je dois dire qu'il est satisfaisant, les éléments concordants sont édifiants et il n'y a aucun doute sur la culpabilité de Vellime Tengmate. D'ailleurs, je dois vous informer qu'il a tout avoué ! »

Silandius s'apprêta à répondre mais son verre devint soudain trop lourd dans sa main qui s'engourdissait. Il voulut le poser sur le guéridon mais celui-ci se trouvait plus loin qui lui avait semblé et le verre tomba sur le sol. Il regarda le général Cosom qui lui parut indifférent à cette maladresse, tout autant que Turat qui restait silencieux. Cosom continua son monologue.

« - Silandius, je dois dire que votre travail a été remarquable. J'étais pourtant... »

Silandius ne pouvait plus se concentrer sur le discours, il n'entendait désormais plus que la voix de Cosom au ralenti, les intonations devenaient dissonantes et de plus en plus graves. Sa vue commença à se troubler, il ne distinguait que des silhouettes qui se déformaient dans leur fauteuils en tanguant, pour devenir des ombres noires et floues. Elles s'abattirent sur ses yeux et l'obscurité fondit sur lui.

*

Silandius se réveilla dans la même obscurité, dans une pièce pleine où l'incertitude régnait. Il n'y voyait presque rien, seulement des ombres en relief qui semblaient décorer des murs invisibles.

Il s'aperçut rapidement qu'il était en position debout et que ses membres inférieurs et supérieurs étaient entravés. Ses yeux commencèrent à s'habituer à l'absence de lumière et il distingua enfin des volumes en face de lui. Ils ressemblaient à des demi-sarcophages verticaux et ouverts sur leur longueur. Il remarqua également qu'il se trouvait à l'intérieur de l'un d'eux.

Quelque chose lui serrait le front, il en déduisit qu'il devait avoir une sorte de casque attaché sur le crâne. Puis il distingua des aiguilles plantées dans ses bras et dans ses jambes. Il ressentit alors les picotements qu'elles provoquaient dans tous ses membres. Elles étaient reliées à de fins tuyaux mais il ne parvenait pas à voir assez loin pour savoir où ils aboutissaient. Il crut se noyer dans la cape noire de la terreur qui l'envahissait.

Le temps lui parût interminable mais il aurait pourtant voulu qu'il reste suspendu tant son avenir lui sembla alors incertain. Il entendit un bruit sec et familier. Il reconnut le son provoqué par l'enclenchement des lampes à fusion. La lumière verte l'éblouit jusqu'à ce que ses yeux s'habituent à nouveau. La nuit rôdait à l'extérieur.

Il reconnut deux des trois individus qui entrèrent dans la pièce. Le premier n'était autre que le général Cosom, le second était un thesranes d'un âge plus qu'avancé, et le dernier était « l'ombre » en personne, Vellime Tengmate.

Cosom s'approcha de lui et le fixa.

« - Toutes mes félicitations, Silandius, vous avez effectivement trouvé qui était «l'ombre ». Mais vous avez été, comment dire...Malchanceux ! Car s'agissant du nouvel adjoint au chef de la police, l'affaire en devient plus que délicate. Politiquement délicate. MOO V ne peut pas se permettre que la vérité éclate. C'est vrai, Vellime a avoué, tout avoué. Il nous a même expliqué ses motivations. Il n'a pas tué pour le plaisir mais par ambition. Son but était de faire échouer l'ancien chef de la police afin de démontrer son incompétence. Le problème est que vous avez tout découvert, et que de toute façon vous allez en informer la police de Komatanès. Et cela, nous ne pouvons le permettre. Alors, qu'allons nous faire ? demanda-t-il, un sourire errant sur les lèvres. « Tout d'abord, c'est vrai, nous ne pouvons prendre le risque de garder Vellime comme adjoint au chef de la police. Il faut qu'il disparaisse, son corps sera retrouvé calciné dans une sombre rue de Codos. Les journaux titreront, « Le nouvel adjoint de la police assassiné par des bandits à Codos » ou quelque chose de ce genre. Vous vous demandez certainement comment il se fait qu'il est là complètement libre à mes côtés, à m'écouter parler de sa disparition sans broncher. Vous allez bientôt le comprendre Silandius. Par contre vous, il ne faut pas que vous disparaissiez, sinon cela éveillerait des soupçons du côté de Komatanès, et les relations diplomatiques entre thesranes et modocos risqueraient d'en pâtir. Eh bien, comment régler cette affaire compliquée mon cher Silandius ? » Son sourire s'accentua. « - Permettez moi d'abord de vous présenter Xatanius Korpud, l'un de vos congénères. C'est un scientifique qui fut autrefois célèbre à Komatanès mais banni par vos semblables. Apparemment le Conseil Supérieur n'appréciait pas ses méthodes. Je vous en prie, Xatanius, expliquez votre nouvelle invention à Silandius. » proposa-t-il au vieux thesranes.

Celui-ci s'avança vers Silandius, il paraissait dénué de tout intérêt pour tout être vivant. Sans aucun doute, il était habité uniquement par la science et ses avancées qui primaient sur tout. Il s'adressa à Silandius, paralysé de peur, qui s'accrochait à lui sans manifester l'intention de le quitter.

« - Enchanté Silandius. Je me présente, je suis Xatanius Korpud, scientifique thesranes mais travaillant depuis de nombreux massops pour les modocos, comme vous l'a expliqué le général. Ma spécialité est la génétique, mais également la physique. Voici ma dernière invention, l'œuvre de toute une vie. »

Le thesranes indiqua de son doigt crochu les demi-sarcophages puis désigna une machine munie de plusieurs manettes reliées aux tuyaux plantés dans les membres de Silandius. Des boyaux du même genre dépassaient de l'autre côté, certains n'étaient reliés à rien, d'autres à une sorte de casque muni lui-même d'une multitude d'aiguilles logées à l'intérieur. Silandius réalisa alors que le casque qu'il avait sur la tête était un jumeau de celui qui ne reposait sur aucune tête en face de lui.

Xatanius reprit le cours de ses explications.

« - Je ne vais pas rentrer dans les détails, mais il faut savoir que cette machine est remarquable, car elle permet de transférer les cellules, toutes sans exception d'une créature vers une autre, en modifiant ses propres cellules. Ainsi Vellime va prendre place dans l'autre capsule, identique à celle où vos logez. Ensuite, je vais actionner ma machine, cela risque de vous faire souffrir énormément et vous ne survivrez pas à cette opération, je le regrette, car votre corps sera ainsi privé de toute substance vitale. Puis, elles migreront vers le corps de Vellime. Ainsi ses propres cellules se modifieront. Ce ne sera pas non plus sans souffrance pour Vellime, mais il s'en remettra. Il aura alors votre apparence, mais il sera toujours lui-même. Il deviendra votre copie conforme en quelque sorte. » Il s'interrompit pour s'adresser à Vellime. « - Je vous en prie, Vellime prenez place. »

Vellime consentit sans remords apparent à s'installer dans le caisson en face de Silandius. Xatanius lui planta minutieusement chaque tuyau dans les bras, puis dans ses jambes. Il installa le casque sur sa tête et actionna un petit bouton placé sur le dessus. Il s'approcha de Silandius et réitéra le même geste sur le dessus de son casque. Il déplaça la capsule, munies de roulettes dans laquelle Vellime se trouvait et l'approcha de celle de Silandius.

Les deux humanimaux se regardèrent droit dans les yeux, l'un semblait serein tandis que l'autre était plongé dans une terreur démentielle. Xatanius actionna le levier de la machine.

Silandius sentit les picotements s'accentuer puis traverser tous ses membres, pour atteindre son crâne. Les picotements se transformèrent peu à peu en démangeaisons puis en brûlures intenses. La douleur insoutenable l'empêchait de crier. Il essaya mais aucun son ne sortit de sa bouche béante, pendant que ses tympans explosaient. Il voulu rejoindre au plus vite le néant infini, mais le temps lui parut interminable. Jusqu'à son dernier souffle il sentit son corps se disloquer.

*

Vellime se réveilla avec un affreux mal de crâne. Il était dans une chambre d'hôpital. Il se dirigea difficilement vers le miroir posé sur une petite table près de son lit. Il hésita quelques secondes avant de se regarder. Le visage de Silandius se réfléchit en face de lui. Il devrait s'y faire désormais car l'opération subie était radicale. De toute façon, Cosom et MOO V lui-même ne lui avaient pas laissé le choix. Il ne serait plus policier désormais mais espion. Un faux policier à Komatanès, mais un véritable espion pour Codos. Il ne serait plus vraiment Vellime mais Silandius, sans l'être vraiment

.

Il s'assit sur le lit. Soudain, une sensation étrange l'envahit. Un souvenir inconnu jusqu'alors surgit par surprise. Il se vit jouer avec ses parents alors qu'il était tout petit, mais ce n'était pas ses parents, son père était un thesranes et sa mère une vagauges, la mémoire de Silandius sans aucun doute. Bien que troublé, il trouva cela agréable, car il n'avait jamais ressenti une telle sensation de toute sa vie. Il s'allongea, il avait besoin de se reposer. Il savait qu'il devait être prêt pour se rendre chez le général Cosom afin de recevoir les détails de sa mission.

CHAPITRE 21

VISITES NOCTURNES

Goliodud fut brusquement réveillé par un bruit fracassant provenant du toit. Il s'assit dans son lit pour écouter. Assurément quelqu'un de lourd marchait au-dessus. Il jeta un œil à travers les volets, la lueur rousse de l'extérieur lui confirma que la nuit régnait encore sur la petite ville. Il alluma sa lampe à fusion posée sur sa table de chevet et s'arma en tremblotant. Il prit alors conscience de l'absence pesante de Gléiaro dans un tel moment.

Il saisit son échelle et en posa l'extrémité sur le bord de la lucarne qui permettait d'accéder au toit. Chacun de ses pieds lui rappelait sa frayeur en cherchant fébrilement chaque échelon, emportant ses forces par la même occasion. Ses jambes supportaient à peine son poids quand il fit un premier pas sur les tuiles. Tout d'abord, il ne remarqua rien. Puis il sentit vite une présence imposante juste derrière lui. Il se retourna doucement.

Un gluide l'observait. Le calme apparent de l'animal rassura un peu Goliodud qui baissa sa garde. L'oiseau géant déplia avec douceur ses ailes puis les referma. Il recommença une dizaine de fois. Goliodud resta planté devant, en essayant de comprendre la signification de sa gestuelle si toutefois il y en avait une. N'y parvenant pas, il décida de redescendre dans sa chambre afin d'y réfléchir avec calme.

Sa quiétude fut de courte durée. D'autres bruits, plus désordonnés, émanaient de la boutique. Il essaya de se ragaillardir en vain. Il s'arma d'un courage chimérique pour voir ce qui se passait dans la pièce voisine. L'effroi fit place à la stupéfaction quand il aperçut trois êtres étranges qui visitaient la boutique sans la moindre gêne. Ils déplaçaient certains objets sur les étagères en les observant curieusement, puis ils les remettaient en place. Goliodud comprit vite qu'il s'agissait des trois mythiques Brirolliants.

L'un d'eux avait une tête beaucoup plus ovale, Goliodud avait entendu dire que cet aspect correspondait à celui des femelles. Ils existaient donc vraiment. L'un de ceux avec une tête ronde s'avança vers lui.

« - Toi Goliodud. Toi écouter nous ! Toi pas comprendre ce que vouloir gluide. Nous t'expliquer. Gluide vouloir toi comprendre comment fonctionne ses ailes pour après toi reproduire façon technologique. Maintenant toi faire nécessaire, prendre appareil photographique à fusion et planche dessin et toi faire marcher les ailes du gluide dans tous les sens pour comprendre mécanisme. Enfin toi te débrouiller mais toi faire ça. Toi pas demander pourquoi ! Toi trouver réponse seul. »

Goliodud regarda si le gluide apparaissait toujours derrière la trappe du toit encore ouverte. Quand il se retourna vers les brirolliants pour les questionner, ils s'étaient volatilisés. Goliodud se demanda même s'il ne rêvait pas debout avant de reprendre petit à petit ses esprits. Il trouva cela démentiel, mais il décida d'accéder aux doléances des brirolliants.

Il resta toute la nuit sur le toit pour comprendre le fonctionnement des ailes du gluide. Au petit matin, il comprit que ce qu'il devait concevoir n'était autre que le prolongement du projet qu'il avait déjà amorcé.

Le lendemain, entre deux clients, il peaufina les plans qu'il avait entrepris récemment. Quand l'astre scintillant disparut derrière l'horizon, Goliodud pensa enfin à se nourrir et à aller se coucher en rêvant d'une nuit réparatrice.

Il n'en eut pas le temps, car des coups portés à la porte du magasin le réveillèrent d'un sommeil où il n'avait pas encore réussit à plonger.

Une dizaine de Slamis attendaient sur le seuil que Goliodud leur ouvre. Il reconnut le premier d'entre eux, qui se faisait appeler Minimik. Il se rappelait de leurs précédentes rencontres, notamment quand il dut se rendre dans leur tanière au chevet de Solorus. Il avait d'ailleurs été surpris par sa capacité à s'exprimer assez correctement. Les autres portaient une grande caisse en bois. Goliodud y jeta un œil. Solorus gisait inconscient à l'intérieur.

« - Tu dois fairrre quelque chose ppour leeee soigngné. Il neee doioit paaas mouourir ! » Essaya d'expliquer Minimik dans un langage qu'il maîtrisait difficilement.

« - Je sais et j'ai tout prévu. Je savais que ce moment arriverait. Descendez-le à la cave ! Je vais essayer de faire quelque chose pour lui. »

Des flots d'impuretés avaient souillé le sang de Solorus, rendant inefficaces les soins prodigués par les slamis.

Depuis qu'il était revenu de sa visite chez eux, Goliodud s'attendait à l'éventualité que le cerveau de Solorus en subisse des conséquences irrémédiables. Rongé par la culpabilité, il avait étudié de nombreux livres de médecine en peu de temps. Pendant cette période passée entre l'apprentissage de l'allopathie, la confection de ses plans et le travail à la boutique, Goliodud ne dormit que très peu.

Sa ténacité s'en trouva récompensée, car il réussit à reproduire une solution souvent utilisée dans des hôpitaux thesranes. Elle permettait de maintenir en vie des blessés gravement atteints notamment à la tête, avant qu'ils ne subissent une opération parfois salvatrice. Mais même si cette méthode pouvait éloigner le canufos du néant infini, elle n'était en aucun cas pérenne. S'il voulait réellement le sauver, il lui faudrait trouver un autre moyen.

Il demanda aux slamis de déposer Solorus dans un caisson hermétique où il versa un liquide orange préalablement confectionné. Après le départ des slamis, il veilla sur Solorus jusqu'au lever de l'astre rouge.

Au matin, il ouvrit la boutique, les yeux rougis par la nuit blanche. Gléiaro rentrait enfin de son voyage. Goliodud pouvait maintenant mettre le métier sur l'ouvrage.

CHAPITRE 22

LES AMAZONES DU GRAND NORD

Avant de traverser le désert de glace et de s'aventurer vers le territoire des samalandres, Tarhur Yacman décida de s'arrêter dans le village de Gloromis. Pour se préparer à affronter l'âpreté des grandes étendues glacées, il avait besoin de plus de couvertures, de victuailles, d'eau, de cigares et de tachinak.

Implanté dans une région rocheuse à la froideur extrême, Gloromis était le dernier village avant le désert de glace. La température dépassait rarement moins vingt degrés. Il s'érigeait dans un cul de sac où une petite dizaine d'habitations et de commerces creusés dans la roche permettaient aux aventuriers de passage de s'approvisionner.

Kolinius l'épicier préférait éclairer sa grotte à la bougie. Il en avait niché une bonne vingtaine dans chaque cavité éparpillée sur les murs irréguliers. Devant eux, des étagères montées sur pieds présentaient les sacs de provisions en tout genre, ou des caisses en bois remplies de conserves et de bouteilles.

Kolinius était à peine visible derrière son comptoir au fond du magasin. C'était un vieux thesranes bourru qui n'aimait que peu de monde. Il avait connu Tarhur lors de ses quelques visites au village entre deux périples. Par chance, le yook intégrait le cercle restreint des humanimaux que Kolinius appréciait et il se montrait bien plus chaleureux avec lui qu'envers bien d'autres.

« - Tarhur ! Tu n'as toujours pas rejoint le néant infini à ce que je vois ! Qu'est-ce que je peux faire pour toi ?

Tarhur posa une liste sur le comptoir.

- Voilà, si tu as tout ça, ça m'ira très bien !

- Trois caisses de tachinaks, hum ! Ça ne m'étonne pas. Dix boites de cigares de Komatanès. J'ai reçu un p'tit arrivage, tu m'en diras des nouvelles. Hum ! Dix boites de crevettes des glaces, cinq boites de poisson, et cinq barquettes de viandes de thars. Tu vas où cette fois ? s'intéressa le commerçant.

- Vers le Nord ! Le territoire des samalandres, répondit le yook comme si son voyage n'était pas plus extraordinaire que de passer chez le voisin.

- Tu risques de n'y trouver que des cadavres de femelles à sang froid congelées.

- Il paraît que non justement. Il y en aurait encore par là après la frontière. D'après ce que j'ai récemment appris.

- Je n'y crois guère. Tous ceux qui y sont allé voir et qui sont passés ici avant, je ne les ai jamais revus. A mon avis, ils sont morts de froid. Enfin, toi au moins tu as ton véhicule infernal. Espérons qu'il te permette de revenir. Ça me ferait beaucoup de peine de ne plus te revoir.

- T'inquiètes ! Dis-moi ! Est ce qu'il y avait des yooks parmi ceux que tu as vu partir là-bas ? s'informa Tarhur.

- Tu est le seul que j'ai jamais vu de ma vie. Mais il paraît qu'il y en a eu, effectivement qui sont passés par ici, avant que j'arrive et même avant que mes ancêtres arrivent ici, il y a bien longtemps. Ça se dit en tout cas. Je te conseille d'acheter une combinaison en fourrure de rurs, même si tu n'es pas frileux. Rilodiud en vend en face, lui conseilla le marchand.

- Non, pas nécessaire, le moteur du « nomade » chauffe l'intérieur et il ne fait jamais froid là-dedans. Par contre je vais lui prendre quelques couvertures pour la nuit. Bon, j'embarque tout et je te dis à bientôt.

- J'espère ! Prends soin de toi ! »

Tarhur acheta trois bonnes couvertures dans la boutique d'en face, se ravitailla en piles à fusion dans une autre à côté, puis il se rendit aussi chez Tarinalta, une vagauges qui tenait un commerce d'objets décoratifs, dont il n'avait aucunement besoin. Il passa la nuit avec elle comme à chaque fois qu'il venait à Gloromis.

Au petit matin, il se leva sans faire de bruit comme à chacune de ses visites. Il rejoint le nomade qu'il avait laissé aux abords du village. Il s'installa aux commandes, actionna le bouton qui mettait la pile à kilphan en fusion, puis appuya sur un deuxième bouton. Le souffle du moteur envahit le cockpit. Le yook activa alors un levier qui envoyait l'air avec force sous l'engin, exerçant une pression sur le sol. Le nomade s'éleva doucement de quelques centimètres pour finalement atteindre deux mètres d'altitude. Tarhur leva une autre manette vers l'avant et l'engin avança d'abord doucement avant de prendre progressivement de la vitesse. Le Yook empoigna alors les deux commandes directrices.

De son hublot horizontal, Tarhur regardait attentivement le décor qui s'étalait devant lui. Au début du voyage, il emprunta des couloirs âpres entre les roches grises. Au fur et à mesure qu'il progressait, elles se recouvraient d'une pellicule de glace plus épaisse. Tarhur veillait à ne pas commettre une mauvaise manœuvre pour ne pas heurter les rochers qui rétrécissaient les pistes. Après plusieurs heures la voie dédaléenne laissa la place à une immense étendue de glace qui couvrait le sol jusqu'à l'infini.

Tarhur avait préparé son trajet et calculé la direction qu'il devait prendre pour arriver à la limite de la frontière thesranes. Désormais, plus aucun repère ne lui permettait d'avoir recours à ses cartes et il devait s'orienter uniquement grâce à sa boussole.

L'extrême concentration qui l'absorbait comprima le temps et Tarhur ne vit pas disparaître l'astre rouge derrière l'horizon.

Depuis qu'il avait quitté les couloirs de roches glacées, le paysage n'avait plus changé. Quand il remarqua que la noirceur de la nuit avait remplacé la lumière aveuglante qui se reflétait sur la glace, il s'aperçut que ni son estomac ni ses yeux n'avaient trahi sa faim et sa fatigue. Il décida qu'il était grand temps de s'arrêter pour manger et dormir.

Il coupa le moteur et descendit à l'étage inférieur jusqu'au coffre. Il opta pour un couteau à fusion plutôt qu'un classique pour ouvrir une boîte de poissons. Il saisit une bouteille de tachinak et s'empara d'un cigare, puis il remonta dans le cockpit, le seul endroit où le nomade permettait d'admirer le paysage. A l'avant de l'engin, Tarhur avait installé un gros projecteur. A l'aide d'une manette, il pouvait balayer le panorama de la droite vers la gauche et vice-versa. Le spectacle d'une triste lassitude ne laissait entrevoir que la glace épaisse qui s'étendait à perte de vue.

Il termina son repas rapidement pour attaquer la bouteille de tachinak, en même temps, il allumait un cigare. Après plusieurs gorgées, le paysage lui semblait moins maussade, faisant naître en lui une éthylique euphorie. Après s'être aperçu que ses éclats de rire résonnaient dans sa solitude, il trouva judicieux d'arrêter de boire et d'aller se coucher. Selon ses calculs, il lui faudrait encore trois sods pour arriver jusqu'à la frontière. Il s'endormit facilement. Pendant la nuit, il se réveilla pour ajouter une couverture sur lui, puis une deuxième qui lui recouvraient tout le corps, des pieds jusqu'à la tête comprise.

A l'aube, il prépara une boisson chaude grâce à un ingénieux système, installé dans sa cabine. Il se risqua à sortir à l'extérieur tout en buvant son infusion de plantes. Il contempla l'immensité. Après s'être rassasié de rêveries éveillées, il se décida à repartir.

Les deux sods de trajets qui succédèrent ressemblèrent beaucoup au premier. Les étendues glacées défilèrent inlassablement sous ses yeux, jusqu'à ce qu'il aperçoive un immense mur de glace surgir à la place de l'horizon. Un grand portail en plein milieu l'empêchait d'aller plus loin. A proximité une habitation métallique émergeait de la monotonie. Tarhur approcha le nomade au plus près. Une lumière tamisée provenait de l'intérieur, d'une vitre protégée par des barreaux.

Il coupa son moteur et se dirigea à pied vers la fenêtre. Il y colla son visage pour mieux inspecter. La pièce aussi sommaire qu'une cellule abritait seulement deux lits, une table et deux chaises. Deux thesranes y jouaient au mikanukut, un jeu très prisé qui consistait à se défier dans une course de petites boules qui devaient s'acheminer dans de multiples conduits installés dans un cube transparent. Chaque adversaire devait, tout en essayant d'entraver le trajet de son concurrent, écarter les obstacles qui empêchaient la progression de sa propre bille. Tout cela s'effectuait à l'aide d'un clavier équipé de divers boutons qui activaient des mécanismes complexes. Le jeu se jouait en trois manches gagnantes. Dès qu'une boule atteignait la sortie de son tunnel, elle tombait sur la table annonçant la victoire de son propriétaire.

Tarhur décida d'arracher les deux thesranes à leur distraction en frappant au carreau. L'un d'eux lui indiqua une porte sur le côté, et lui fit signe de l'emprunter. Ils arboraient un uniforme de l'armée. Le yook examina au passage le haut de leurs manches, les oreilles de sponx dessinées signifiaient qu'ils avaient le grade de caporal.

« - Eh bien, cela faisait longtemps que l'on n'avait pas vu quelqu'un dans les parages ! Commenta le premier.

- Ah oui ! Et quand est-ce que tu as vu quelqu'un d'autre que moi depuis que nous sommes ici ? S'empressa de demander le second.

- Depuis combien de temps êtes-vous là ? Coupa Tarhur manifestement satisfait par l'accueil sympathique des deux militaires.

- Huit possods. Encore deux avant la relève. Qu'est ce que je peux faire pour vous ? Demanda le premier qui semblait plus affable que son camarade.

- Je voudrais passer la frontière.

- Ah oui. Pas de problème. Vous avez vos papiers d'identité ? Demanda le plus discoureur.

- Sûr !

Tarhur s'empressa de sortir ses papiers de la poche intérieure de sa veste poilue. Le garde les examina puis dévisagea Tarhur avant de reprendre.

- En fait, cela risque de poser un problème, dit-il en affichant un faciès désolé.

- Ah bon ! Pourquoi ?

- Vos papiers indiquent que vous êtes citoyens thesranes. Même si cela ne se voit pas au premier coup d'œil.

- Eh alors ! Qu'est ce que ça change ?

- Eh bien ! Nous avons ordre de ne laisser passer aucun thesranes. Le territoire que vous voulez visiter est bien trop dangereux. Si vous étiez citoyens modocos, il n'y aurait aucun problème, expliqua le garde. C'est pour votre bien, s'excusa-t-il immédiatement.

Tarhur ne s'attendait pas à être stoppé stupidement si près du but, mais il décida de ne pas insister.

- Dîtes-moi ! Vous ne voyez pas d'inconvénient à ce que je passe la nuit à proximité de votre poste. Je dormirai dans mon véhicule à l'extérieur, demanda-t-il d'un air résigné.

Le thesranes le plus bavard jeta un œil par la fenêtre.

- Sacré engin. On dirait un transterritoire en plus petit.

- Je vous fais visiter si vous voulez.

- Merci mais nous n'avons pas le droit de sortir du poste.

- Je n'insiste pas alors. Bonne nuit ! Admis Tarhur. »

Les deux soldats s'empressèrent de reprendre leur jeu dès que le yook les eut quittés. Quelques instants plus tard, Tarhur les dérangea une nouvelle fois, une bouteille de tachinak à la main.

« - Excusez-moi mes amis, mais je me suis dit que tout ce temps passé ici devait être bien monotone. Voici un très bon tachinak vous en prendrez bien un verre avec moi ! Alors ? Proposa-t-il en insistant avec force.

- C'est très gentil à vous Monsieur le Yook, mais c'est contraire au règlement, répondit le plus sage des soldats.

- Allons bon ! Comme vous voudrez. Auriez-vous un verre ? Je déteste boire à la bouteille. Moi je ne vais pas me priver si vous n'y voyez pas d'inconvénient.

- Donne lui un verre, conjura le thesranes le moins ouvert.

- D'accord ! Approuva l'autre. »

Il disparut quelques instants en apportant le récipient tant attendu. Tarhur le remplit avec le délicieux breuvage et le mit aussitôt à la bouche. Il prit une gorgée et se lécha les babines exagérant un peu le bien être que lui procurait la boisson. Il reprit dans un soupir ardent.

« - Excellent ! Vous ne savez pas ce que vous perdez...

- C'est bon, Alidiud ! Amène deux autres verres, si on ne dit rien qui le saura ? Capitula le bavard.

- Il n'y a pas plus vrai ! Conforta Tarhur avant de servir les deux thesranes qui affichèrent une mine démontrant sans équivoque leur intérêt certain pour le spiritueux.

- Effectivement excellent ! Commenta Alidiud. Qu'est-ce que tu en penses ? Demanda-t-il à son collègue.

- Absolument prodigieux ! Répondit-il avant de s'adresser à Tarhur. Merci, il aurait été dommage de louper ça. Je me présente caporal Solanidiud.

- Enchanté, un deuxième ? Demanda Tarhur en les servant une deuxième fois sans attendre leur réponse.

- Dîtes-moi ! Je me demandais, lorsque l'on passe la frontière...Comment fait-on pour passer le portail dans l'autre sens ? Il y a un autre poste de l'autre côté ? Leur demanda-t-il.

- Non, il y a un bouton poussoir qui active une alarme ici. Alors on ouvre. Mais je crois qu'il n'a jamais servi. Expliqua Alidiud.

- Un autre ? Demanda Tarhur par simple politesse en remplissant une fois de plus les verres.

Quand le comportement des deux gardes lui sembla suffisamment décontracté, Tarhur changea de sujet.

- Le mikanukut... J'adore y jouer, s'exclama-t-il en regardant le cube sur la table.

- Ben vous savez, heureusement qu'on a çà pour s'occuper, se plaignit Alidiud.

- Ça vous dirait une partie ? Je joue contre vous deux, chacun votre tour ! Proposa le yook.

Alidiud regarda Solanidiud cherchant un regard approbateur. Celui-ci haussa les épaules.

- Pourquoi pas ! Approuva-t-il enfin.

- Par contre, il faut corser le jeu. Si vous me battez je vous laisse une caisse de tachinak. Ce qui vous permettra d'attendre plus facilement la prochaine relève. Si vous perdez...Vous me laissez passer. Réglementa le yook malicieux.

Les gardes, de plus en plus grisés acceptèrent facilement sa proposition. Tarhur, expert en mécanique, remporta les deux parties. Les gardes tinrent leur parole et ouvrirent le grand portail. Ils permirent ainsi au nomade de s'enfoncer, dès le coucher de l'astre rouge, vers les chemins accidentés menant au territoire des samalandres. Auparavant, dans un élan généreux, Tarhur leur avait laissé une caisse de tachinack.

Le nomade traversa nombre de couloirs enchevêtrés emprisonnés par d'immenses murs de glace. Les dénivelés étaient parfois si importants que Tarhur dut forcer sur le moteur de sa machine pour pouvoir les surmonter. Après plusieurs heures d'un combat incessant contre le terrain accidenté, Tarhur atterrit dans une plaine recouverte de glace.

Au loin il pouvait apercevoir les falaises du cratère recouvertes d'une couche épaisse de banquise délimitant le territoire de Welghilmoro. Au pied de la falaise apparaissait une cavité horizontale de plus d'une centaine de mètres comme une bouche à demi-ouverte.

Tarhur voulut avancer le nomade plus près quand il ressentit une forte secousse sur la machine. Deux silhouettes longilignes surgirent de nulle part et se plantèrent devant l'engin en brandissant leurs lances métalliques. Elles étaient revêtues d'une combinaison blanche qui se confondait avec la glace. Les mailles d'un filet recouvrirent son hublot emprisonnant le nomade et l'empêchant d'avancer plus loin. D'une main, l'une des silhouettes lui fit un signe de ne pas essayer davantage. De l'autre, elle lui ordonna de descendre de son véhicule.

Tarhur n'eut pas d'autre possibilité que d'obtempérer. Il débloqua l'ouverture du cockpit obstrué par le filet et il sortit difficilement. Il resta debout sur le toit les mains levées vers le ciel pour manifester ses intentions pacifiques, et s'en servit en les agitant au dessus de sa tête pour leur faire comprendre que l'amarre l'emprisonnait et qu'il ne pouvait pas les suivre.

La silhouette blanche qui se trouvait devant les autres paraissait commander. Cela se confirma lorsque d'un signe, elle ordonna aux suivants de retirer le filet. Une fois à terre, Tarhur prit l'initiative d'engager la conversation.

« - Je...Hum ! Je ne vous veux aucun mal. Je suis seulement, à la recherche d'un objet. On m'a dit que je le trouverai par ici.

La silhouette, le visage masqué par la cagoule de sa combinaison, ne répondit pas.

- Bon ! La conversation m'a l'air un peu stérile. Vous avez bien un...ou une chef ? Qui commande ici ? Est-ce que je peux lui parler ? S'impatienta Tarhur.

Une voix s'échappa enfin du masque opaque.

- Vous voulez parler à Xanota, la reine ?

- Oui, c'est ça ! Amenez-moi jusqu'à elle s'il vous plaît! »

Les six silhouettes blanches encerclèrent Tarhur, qui leur emboîta le pas. Le groupe se dirigea vers l'ouverture en forme de bouche. L'intérieur était une grotte dont le fond ressemblait à un mur métallique. En s'avançant, Tarhur observa une porte à peine visible qui se fondait dans l'acier gris argenté. La première silhouette y apposa la main. La porte s'ouvrit de bas en haut en disparaissant dans un claquement feutré.

L'ouverture laissa apparaître une sorte de sas étroit où les silhouettes ôtèrent leur combinaison. Tarhur les observa se déshabiller et découvrit d'abord leur tête chauve dépourvue d'oreille et recouverte d'une écaillure bleue claire. Leur visage fin arborait de grands yeux jaunes en forme horizontale. Leur corps longiligne était aussi décoré de fines écailles. Leurs bras étaient courts et leurs épaules très étroites en comparaison de leurs jambes immenses. Le yook remarqua également leurs petits seins à peine cachés par leur très courte tunique moulante d'un bleu si pâle qu'il paraissait plus blanc que la neige. Elles portaient des bottes en cuir qui leur montaient au-dessus du genou.

La porte d'entrée se referma pendant qu'une autre à l'autre extrémité s'ouvrit. Le groupe traversa un couloir entrecoupé par d'autres perpendiculaires, il s'étiola au fur et à mesure que les créatures les empruntaient, laissant finalement Tarhur seul avec la cheftaine. Au bout du corridor une ouverture similaire aux précédentes s'effaça. La créature regarda Tarhur en souriant, puis elle lui fît signe de passer devant elle.

« - Vous pouvez entrer, la reine est dans cette salle. Elle va vous recevoir. » Lui dit-elle.

- Merci. »

Tarhur fut abasourdi en entrant dans le dôme à l'architecture intemporelle. Les murs voûtés qui se confondaient au plafond relevaient d'une matière inconnue, un métal particulièrement lisse et brillant, et le long desquels une dizaine de meubles de la même matière ressemblaient à d'étranges sièges en forme de coupes à vin géantes.

Sur chacun d'eux, une créature était étrangement allongée, les jambes recroquevillées sous le ventre. Au fond de la salle, une autre d'une beauté envoûtante attendait dans un grand siège baroque. Il s'agissait de toute évidence de la reine Xanota. A la différence de ses sujets, sa robe était de couleur argent et scintillait de mille joyaux. En s'avançant doucement vers elle, Tarhur examina une à une avec curiosité les samalandres inconfortablement installées.

« - Que font-elles ? Demanda-t-il à la reine en oubliant les règles de bienséance.

La reine, aucunement vexée par l'impolitesse du yook, arbora un sourire sincère.

- Elles couvent, répondit-elle avant d'enchaîner. Cela fait bien longtemps que nous n'avons eu de visite. Qu'est-ce qui vous amène bel aventurier ?

- Je suis à la recherche d'un objet. Ne me demandez pas pourquoi, je l'ignore moi-même. Disons que l'on m'a confié la mission de le trouver. Enfin, toujours est-il qu'il se trouverait par ici, expliqua maladroitement Tarhur.

- De quel objet s'agit-il ? S'intéressa la reine.

Tarhur déballa de sa poche le dessin confié par les brirolliants et le tendit à Xanota. Elle l'étudia attentivement.

- Ce genre d'objet n'est pas rare par ici, nous en possédons beaucoup même. Mais, je pense qu'il vous faut exactement le même que celui-ci. Je remarque des petits dessins dessus. Je ne sais pas si nous possédons exactement celui-ci, souligna-t-elle.

Tarhur lui montra le plan qui accompagnait le croquis.

- En fait, il se trouverait exactement à cet endroit.

- Ah oui ! C'est derrière le palais en fait. Il vous faudra emprunter les voies qui se trouvent dans les grottes glacées. Elles commencent sous la falaise, c'est très dangereux, à pied c'est impossible d'y accéder. J'ai vu votre véhicule à l'extérieur. Il vous sera certainement utile s'il peut franchir les obstacles qui s' y trouvent, expliqua la reine nonchalamment.

- Il passe partout ! Assura fièrement Tarhur.

- Mais pour cela il faut que j'autorise l'accès à la grotte. Dois-je le faire ? demanda énigmatiquement la reine.

- Eh bien si vous me demandez, je dirai oui.

- Bien sûr ! Mais il faudra nous rendre un service en échange. Êtes-vous d'accord ?

- Quel service ?

- Disons que nous en reparlerons quand vous aurez votre objet. C'est d'accord ? Insista Xanota.

Tarhur réfléchit un moment.

- Suis-je le premier yook à venir ici ? Demanda-t-il.

- C'est d'accord ou non ?

S'apercevant qu'il n'obtiendrait pas de réponse immédiate, Tarhur accepta.

- D'accord !

- Très bien ! Je vous autorise à accéder à la grotte. Il vous faudra un guide. Je vais demander à Xotuna de vous accompagner. Elle vous sera très utile. Pour l'heure je vous propose de vous reposer, nous avons une chambre à votre disposition. Vous êtes mon invité, Monsieur ?

- Tarhur.

- Tarhur, répéta la reine dans un soupir rêveur.

Le yook fut escorté jusqu'à sa chambre en empruntant des portes presque invisibles qui s'ouvraient sur des couloirs d'une ennuyeuse sobriété. Tout était en métal lisse et brillant. Une samalandre lui indiqua une entrée et lui montra comment actionner l'ouverture de la porte. L'intérieur, comme le reste du palais, relevait d'une étrange simplicité. La petite chambre ressemblait plutôt à une cabine, un lit d'une place encastrée dans une armature de métal aux lignes pures et longues. Un hublot semblait donner sur l'extérieur. Tarhur y jeta un œil. Il fut surpris par l'absence de panorama. La vue était bouchée par une couche de glace qui devait recouvrir de la roche collée contre la vitre. Épuisé, il s'allongea et s'endormit.

CHAPITRE 23

LE DEPART DE CODOS

Candas s'attendait à recevoir ce courrier du Conseil des Sages qui l'enjoignait à quitter son logement sans délai. Il s'était donc préparé à déménager pour Komatanès. Ce fut pour lui l'occasion de se débarrasser de vieilles affaires devenues inutiles et chargées de mauvais souvenirs.

Miltoya accueillit Alussond en arborant un large sourire et en le dévisageant de ses grands yeux écarquillés. Elle était vêtue d'une robe courte faite de quatre voiles transparents qui se superposaient et laissaient admirer ses longues jambes musclées. Sa chevelure noire qui dégoulinait sur ses épaules soulignait sa féminité.

« - Bonjour Alussond, nous sommes presque prêts. Mon père vous attend, je crois qu'il aura besoin de vous pour terminer de remplir les dernières caisses, lui dit-elle sans le quitter des yeux. Puis elle ajouta en reculant d'un pas ; je vous laisse, je dois aller saluer mon vieil ami. Je vous rejoindrai à la gare transterritoire si vous n'y voyez pas d'inconvénient.

- Très bien, Miltoya, à toute à l'heure ! »

Alussond rejoignit Candas qui s'affairait dans le salon en compagnie d'un autre modocos.

« - Alussond ! S'extasia Candas. J'en ai presque terminé mais je pense que je vais avoir besoin d'un coup de main. Au fait je vous présente le Sergent...Enfin l'ex-sergent Talavrot Elilpolt, il n'est plus en activité mais il a servi sous mes ordres. C'est le meilleur formateur de recrues que je connaisse. J'aimerais qu'il vienne avec nous à Komatanés, j'aurai besoin de lui.

- Aucun problème Candas ! Je vous l'ai dit ! En ce qui concerne la section des combattants, vous avez carte blanche, approuva Alussond avant de se tourner vers Talavrot. Enchanté Sergent. Vous allez donc rejoindre l'armée thesranes, j'espère que cela ne vous pose pas de problème.

- Non, croyez-moi ! Ce qui m'importe, c'est d'être fidèle à mon ancien général ! répondit-il.

- Alors très bien ! Laissa tomber Alussond.

- J'aimerai également vous parler de Miltoya...Je viens à peine de la retrouver...Commença Candas.

- Et vous aimeriez qu'elle nous accompagne pour le grand voyage, l'interrompit Alussond.

Candas resta silencieux, les yeux plantés dans le regard d'Alussond.

- J'y avais déjà pensé. Elle est journaliste non ? Alors elle peut nous accompagner, elle relatera nos aventures. Dites-moi Candas ne m'aviez-vous pas parlé d'un éventuel coup de main ? S'empressa d'enchaîner Alussond afin d'éviter tout épanchement.

- Si bien sûr, Alussond ! Allez à la bibliothèque, j'ai encore quelques livres à ranger.»

Alussond s'y rendit il commença à s'occuper des livres sortis des étagères. En les rangeant un par un dans une caisse, il observa que Candas était friand d'histoire. Quand la caisse fut pleine et fermée, Alussond s'aperçut qu'il lui restait un livre en main. Candas pénétra dans la pièce au même moment.

« - Quel idiot je fais, j'ai oublié celui-ci, lui fit Alussond.

- Je vous l'offre, gardez-le ! Il s'agit d'un recueil de magnifiques poèmes. L'auteur, Draiwnius Lachelras, un thesranes comme vous. Peut-être le connaissez-vous ?

Alussond n'était pas un amateur de poésie mais le nom de l'auteur claqua dans sa tête comme un coup de tonnerre qui surgissait d'un passé lointain.

- Non. Je ne lis pas beaucoup de poésie mais je vais tâcher de m'y intéresser. Je vous remercie Candas. Vraiment! »

*

Le « Bâtard » s'affairait derrière son bar quand il remarqua Miltoya plantée devant lui.

« -Je viens te dire au revoir en espérant te retrouver un de ses sods, mon vieux « Bâtard ».

- On se reverra. J'en suis certain. Peut-être viendrai-je te rendre visite à Komatanès ! rassura-t-il.

- Rien ne me ferait plus plaisir. Je t'en conjure, dis-moi que ce n'est pas une promesse en l'air.

- Je te le promets. Allez viens dans mes bras que je te serre bien fort. »

Miltoya l'enlaça sans hésitation. Ils restèrent ainsi plusieurs minutes avant qu'elle se dégage doucement. Elle lui fit signe d'une main tout en reculant jusqu'à l'embrasure de la porte. Quelques larmes coulaient le long de son petit nez plat. Le Bâtard la regarda s'éloigner en silence. Il s'adressa ensuite aux quelques clients présents.

« -Mes amis, si vous avez soif, dépêchez-vous de commander maintenant. Je vais fermer de bonne heure ce soir ! Je ne suis pas d'humeur à me distraire ! »

*

L'astre rouge venait à peine de s'éteindre quand Vellime, accompagné de Turat Solvop et trois policiers, arrivèrent près de l'auberge du « Bâtard ». Ils attendirent un moment derrière les arbres que le dernier client sorte et que le tenancier ferme sa boutique.

Vellime s'avança vers l'auberge pendant que les autres restaient en faction. Il contourna l'auberge jusqu'à un arbre proche du bâtiment. Il se hissa sur une branche au niveau du toit qu'il rejoignit d'un bond. Il comprenait ainsi l'avantage de disposer désormais du corps athlétique d'un thesranes.

Le toit était en légère pente en pierres recouvertes d'une résine étanche. Vellime contourna facilement l'habitation jusqu'à la fenêtre qu'il cherchait, celle de la chambre de la thrams employée de l'auberge. Elle se changeait avec lassitude devant le miroir de sa coiffeuse. Vellime accueillit la proximité d'un paravent comme une aubaine. Il se glissa juste derrière sans un bruit. Il en apprécia que plus l'avantage de ce corps agile. Il remarqua un collier suspendu sur la cloison et le fit tomber afin d'attirer l'attention de la thrams. Elle se retourna et remarqua immédiatement l'objet tombé à terre. Elle se leva pour le ramasser pendant que Vellime contournait la cloison.

Quand elle s'empara du collier, Vellime se positionna juste derrière elle et la saisit par le cou d'une main en lui ballonnant la bouche de l'autre. Il la retourna vers lui en l'allongeant sur le parquet. Les yeux de sa victime se convulsèrent. Vellime lui bloqua les bras avec ses genoux, lâcha son cou pour brandir son couteau à fusion.

C'était la première fois qu'il tuait pour le compte d'une tierce personne, en l'occurrence la police de Codos, car jusqu'alors il l'avait toujours fait par nécessité ou par plaisir, sans remords ni émotion, avec même une indifférence placide. La sensation qu'il ressentit fut aussi très différente car les souvenirs de Silandius lui apportaient une certaine notion du bien et du mal. Il discerna en lui une sorte de sentiment de culpabilité, ce qui l'excita davantage.

Il planta l'arme dans le nombril de la thrams et le remonta jusqu'au thorax en veillant à ne pas l'achever tout de suite. Il enleva sa main de la bouche quelques secondes pour la laisser crier, puis il planta le couteau dans sa gorge, abrégeant ses souffrances. Il s'enfuit par la fenêtre en prenant bien soin d'oublier la lame dans la gorge. Il sauta au sol et rejoint ses compagnons.

*

Le « Bâtard » balayait la grande salle de l'auberge quand il entendit un cri provenant de la chambre de son employée. Celui-ci ne laissait aucun doute sur la gravité de l'événement qui se produisait. Le « Bâtard » monta les escaliers quatre à quatre et défonça la porte de la chambre. Le corps de la thrams était encore agité de quelques soubresauts convulsifs. Il remarqua le poignard dans la gorge, l'enleva, espérant encore la sauver. Il resta à genoux près d'elle quelques secondes quand il entendit frapper à la porte de l'auberge.

Il ouvrit, étourdi par l'horreur récente, l'arme toujours à la main. Derrière, Silandius apparut avec trois policiers modocos.

« - Que se passe-t-il ? Nous sommes en patrouille dans le quartier. Nous avons entendu un cri qui provenait d'ici, demanda Vellime.

- Montez à l'étage vous verrez, répondit le « Bâtard ».

Vellime gagna la chambre, un des policiers sur les talons, pour revenir peu après. Son regard se fixa sur la main du « Bâtard » et plus sur l'arme qu'il tenait.

« - Qu'avez-vous fait ?

Le Bâtard s'aperçut de la méprise.

- Silandius, ce n'est pas ce que vous croyez. Laissez-moi vous expliquer ! Vous savez que je ne suis pas le tueur! Vous savez qui il est. Vous me l'avez dit !

- Le corps de Vellime a été retrouvé complètement calciné dans une ruelle au petit matin. Il semble qu'il était sur votre piste et que je m'étais bien trompé. Je suis obligé de vous arrêter.

Il s'adressa aux autres policiers.

- Arrêtez-le ! »

CHAPITRE 24

LA POLLENISATION

Sous la direction de Copallud Mistranus, les ingénieurs des ateliers de recherches venaient de faire une découverte capitale. Selon lui, cette invention devait permettre aux explorateurs de rester en contact avec la base de Komatanès et ils pourraient ainsi faire le récit de leur voyage.

Devaliud Pnagnasus se rendit aux hangars du « grand voyageur ». Il se présenta directement au bureau de Copallud. En arrivant le Grand Conseiller Supérieur remarqua l'excitation notable de son ami qui ne lui laissa même pas le temps de débiter les conventions de politesse habituelles.

« - Devaliud, suis-moi ! Nous avons enfin trouvé le moyen de communiquer avec le « Grand Voyageur ». Je t'emmène à l'atelier botanique. Les chercheurs ont fait un travail formidable. » Devaliud sachant qu'il était vain de prononcer le moindre mot, s'exécuta.

Aux ateliers, cinq thesranes s'activaient derrière leur bureau respectif. L'un d'eux disposait d'un pupitre avec plusieurs boutons. Ce dispositif était relié à un petit tentacule qui se terminait par un objet en forme de ventouse. L'opérateur le mis devant sa bouche.

La curiosité de Devaliud s'éveilla suffisamment pour qu'il décide de rompre le silence.

« - Qu'est-ce que c'est ? lui demanda-t-il.

- Nous l'avons appelé le diffuseur de parole. Viens, je vais te montrer ! » Répondit Copallud avec une énergie déconcertante pour un être aussi âgé.

Dans la même pièce, un peu plus loin sur une table, des plantes grises se dressaient dans une jardinière. Leurs extrémités ressemblaient au pavillon d'une trompette molle dont l'orifice était tourné vers le plafond.

Toujours en effervescence, Copallud continua sa description.

« - Ce sont des glanitarises. La glanitarise...tu connais forcément...est considérée comme une mauvaise herbe, parce qu'elle pousse à peu près partout, mais on en trouve souvent dans les cimetières et sur les anciens champs de bataille. Il est prouvé que lors de sa décomposition le corps des humanimaux devient un engrais formidable pour leur développement. Ces plantes ont la particularité de fabriquer un pollen qui peut féconder n'importe quelle autre plante.

- Hum ! Et quel rapport avec le diffuseur de parole ? S'inquiéta Devaliud.

- C'est très simple. En fait, non, pas tant que ça ! Eh bien, l'appareil que tu vois, là, émet des ultrasons. Il possède la faculté de traduire tous les mots de la langue « Arkunt », seul langage utilisé à welghilmoro, grâce à des codes qui sont eux-mêmes captés par le pollen pour être transportés. Comment ? me diras-tu ! Suis-moi dans la pièce voisine. »

Pour s'y rendre Devaliud dut presque courir pour pouvoir suivre son ami. Là-bas, un appareil identique au précédent était également posé sur un bureau.

« - Assieds toi derrière le diffuseur ! Lui enjoignit Copallud.

Puis il appuya sur un bouton, pendant que Dévaliud s'exécutait.

- Voilà, je l'ai mis en mode réception. Quand notre collègue va parler dedans, l'appareil va aussi émettre des ultrasons que le diffuseur va identifier comme étant le pistil d'une plante. Ainsi le pollen va venir s'y mélanger. Mais en fait pas vraiment, car l'appareil récepteur va traduire le code dont le résultat sort par l'enceinte qui est là. Ainsi nous allons entendre les mots prononcés dans le diffuseur. N'est-ce pas formidable ? s'extasia le scientifique.

- Si bien sûr. Mais comment les codes envoyés peuvent-t-il atteindre un diffuseur situé à plus de mille kilomètres ?

- La distance importe peu. Le code va être réceptionné par des milliards de pollens, quel que soit l'endroit où ils se trouvent. Il suffit que le récepteur soit sur la même fréquence que le diffuseur. Les deux appareils se reconnaissent par des codes qui les ont préalablement identifiés. Tu veux que l'on fasse un essai, je présume. Attends, tu vas voir, où plutôt entendre !

Copallud se dirigea vers la porte ; avant de la refermer, il s'adressa au thesranes qui se trouvait derrière le diffuseur.

- Dès que j'aurai fermé la porte, tu parles dans le diffuseur. D'accord ? »

Dès que ce fut fait, il rejoignit Devaliud.

Le temps s'arrêta quelques secondes. Puis une voix asexuée retentit dans l'enceinte comme le souffle d'une brise chaude.

« - Bonjour, Grand conseiller supérieur, me recevez-vous ? »

CHAPITRE 25

NOUVEAU VENU

La grande grille se referma derrière le « Bâtard » dans un long grincement qui résonna comme une complainte en hommage à sa liberté perdue. Il ne voulait pourtant pas accepter la fatalité selon laquelle on ne s'évade jamais de la cité sombre. Il sentit immédiatement l'odeur de charogne mélangée à celui de la putréfaction.

Les silhouettes de trois modocos émergèrent de l'obscurité. L'un des trois resta légèrement en retrait. Il ne distingua que leurs visages qui lui proposaient une mine déformée par l'animosité. L'un s'approcha d'avantage et posa sa gueule à quelques centimètres de la sienne. Le « Bâtard » entendit ses larges narines aspirer l'air impur et sentit le souffle que l'autre lui recrachait en plein visage.

« - C'est quoi ton nom ? Le somma-t-il de répondre.

Le Bâtard attendit quelques secondes, ses yeux commençaient péniblement à s'habituer à l'ombre ambiante. Il pouvait maintenant distinguer ses interlocuteurs dans leur ensemble.

« - Le « Bâtard », répondit-il.

- Le « Bâtard » ? Je t'ai demandé ton nom. Le « Bâtard » ce n'est pas un nom. Alors, je te le demande une dernière fois. Ton nom ? Insista le modocos. Un grognement naissait au fond de sa gorge.

- Le Bâtard. C'est comme cela que l'on me nomme et c'est comme cela que je veux que l'on me nomme. Certainement que j'ai un nom, mais il ne regarde que moi, maintint le « Bâtard », retroussant sa bouche pour laisser apparaître des crocs des plus acérés. »

L'autre fit jaillir une lame de sa main, qu'il porta d'un geste rapide à la gorge du « Bâtard ». Celui-ci lui attrapa le poignet et le serra très fort en lui tordant le bras. Le compère de l'agresseur, s'apercevant de la difficulté dans laquelle se trouvait son camarade, voulut se jeter sur le « Bâtard » qui le bloqua par un coup à la gorge. Il continua à tordre le bras du premier et quand il fut à genoux, comprimé de douleurs, il lui asséna coup de pied au visage. Le troisième modocos ne remua que pour applaudir et rire aux éclats.

« - Ah ! Ah ! Ah ! Bravo. Ça suffit les abrutis, relevez-vous maintenant, vous vous êtes assez faits humilier, dit-il avant de s'adresser au « Bâtard ».

- Bienvenue dans la cité sombre. Tu vois, moi je me nomme le « Sauvage ». Comme toi, personne ne connaît mon véritable nom ici. Ça me plaît, un modocos qui en a une paire. Reste avec moi et il ne t'arrivera rien. Même si tu sais te défendre, il vaut mieux être plusieurs. Alors qu'est-ce que tu en penses ?

Le « Bâtard », bien que naturellement réfractaire à ce genre de fréquentations, comprit son intérêt à être entouré dans un endroit aussi malfamé. Il acquiesça en silence.

- Bon viens avec moi, j'ai une petite niche un peu plus loin. Je vais te trouver un coin où tu pourras t'installer. »

Ils quittèrent la grande salle pour emprunter d'abord de sombres et larges couloirs qui se rétrécirent en s'enfonçant dans la pénombre. Le « Bâtard » s'habitua à celle-ci jusqu'à ce qu'il distingue bien les lieux. Ils marchèrent ensuite un moment accroupis, et atterrirent dans un cul-de-sac où plusieurs entrées de petites grottes trouaient la roche. Ils accédèrent à l'une d'elle. Le « Sauvage » alluma une petite lampe à fusion. La crypte était assez bien aménagée avec un couchage, une caisse et quelques objets dont des armes blanches apparemment fabriquées sur place.

« - Te voilà chez moi, tu n'auras qu'à t'installer dans la grotte voisine. Il y a un peu de désordre, mais tu n'auras qu'à la nettoyer et faire ton nid. Alors dis-moi, pourquoi t'es là ? demanda le « Sauvage ».

- Je ne sais pas si tu as entendu parler des meurtres des prostituées à Codos, qui se sont perpétrés ces derniers temps ? » Expliqua le « Bâtard ».

- Alors c'est toi ? Eh bien mon salaud !

- Non ce n'est pas moi. Mais les circonstances ont voulu que ce soit moi qui soit arrêté. Ou alors peut-être me suis-je fait piéger.

- Ah bon ! Je suis un peu déçu. Mais bon, même si tu es innocent, je t'aime bien quand même. Bon, on discutera mieux demain, va faire ton nid et dormir. Je te ferai visiter ta nouvelle cité. »

Le « Bâtard » explora les deux petites alcôves avoisinantes. Elles étaient à moitié remplies de débris mais l'une semblait un peu plus spacieuse que l'autre. Il décida de la vider pour remplir la plus petite. Après l'avoir débarrasser, il put enfin s'installer. Un peu plus tard, le « Sauvage » lui avait apporté un couchage et une petite lampe à fusion. Sa niche était prête, il ne lui restait plus qu'à s'allonger et à organiser son évasion même si pour le moment il n'avait pas la moindre idée du modus operandi.

Quand il se réveilla, il admit qu'il devrait oublier la notion du temps qui n'existait pas dans cet endroit, car il lui était désormais impossible de savoir quand l'astre rouge régnait. Il se leva, fit quelques exercices pour rester en forme, puis il se dirigea chez le « Sauvage ».

Une bouilloire chauffait sur un petit feu. Son protecteur lui sourit derrière la tasse d'infusion qu'il portait à sa bouche.

« - Viens en boire, je t'en ai préparé, lui proposa-t-il chaleureusement. »

Après s'être désaltéré, le « Sauvage » entreprit de lui faire visiter la cité sombre. Il lui montra tous les repères qui l'empêcheraient de se perdre dans la ville. Après des heures de dédales, ils se retrouvèrent dans la grande salle par laquelle les prisonniers arrivaient.

« - Nous revoilà au point de départ, lui dit le « Sauvage ». Tu dois te demander pourquoi je m'occupe aussi bien de toi hein ! Eh bien, je vais te dire. Tu es de loin le modocos le plus malin de la prison, après moi bien sûr. Et ça je l'ai vu tout de suite. Et en plus, tu sais te faire respecter. J'ai besoin d'un modoc comme toi, si tu veux bien être mon bras droit.

- D'accord ! Mais je ne vois pas bien à quoi cela peut servir ici à part se faire respecter.

- A survivre justement ! Sans respect à ton égard, ton avenir risque d'être de courte durée. Regarde autour de toi ! Tu vois les modocos sont ici en majorité, les autres races ne résiste pas longtemps. Mais si tu les observes bien, les modocs, ils sont toujours par groupe de trois, quatre ou cinq, jamais plus. Si bien que chaque groupe n'a guère l'avantage sur un autre. Pourquoi, j'sais pas ! C'est le fonctionnement des modocs. Sauf les anciens soldats, car l'armée, elle sait que le nombre fait la force. Ils font la loi, ici. Ils instaurent des règles, pour la nourriture etc...Ils interviennent lors des rixes, font la morale, et si et ça. Et je peux te dire que ça commence sérieusement à me gonfler. Alors, depuis un p'tit moment, j'essaie d'expliquer aux autres abrutis de Modocs qu'ils feraient mieux de s'allier autour d'un chef et de rester tous solidaires derrière lui.

- Et ce chef ce serait toi bien sûr !

- Bien sûr. Tu sais, quand je suis arrivé ici, j'ai eu un accueil assez comparable au tien. Mais je me suis fait respecter immédiatement. Les trois Modocos qui m'ont si gentiment accueilli ont eu un décès rapide et violent quelques minutes après mon arrivée. Il y avait des témoins, et en plus les nouvelles vont vite ici. Par la suite quelques autres ont essayé de se mesurer à moi. Ils ont également rejoint le néant infini. Du coup, beaucoup de modocs sont derrière moi maintenant. Et bientôt on pourra déloger le sergent qui a remplacé Candas Yoltop ici et il faudra tuer tous ses anciens soldats. Ils sont une vingtaine. Moi j'ai une trentaine de Modocs derrière moi, je voudrais en convaincre encore autant pour être certain de l'emporter. Pour cela tu vas pouvoir m'aider, à deux ça ira plus vite et toi t'es assez malin pour persuader les autres. Alors qu'est-ce-que tu en penses ?

- C'était Candas Yoltop, le chef ici ?

- Oui pourquoi, tu le connais ?

- Je connais surtout sa fille, mais lui... L'intonation du Bâtard semblait énigmatique.

- Quoi lui ? Qu'est-ce-qu'il a, lui ?

- Rien, laisse tomber.

- Alors tu ne m'as toujours pas répondu, » s'impatienta le « Sauvage ».

Deux modocos qui traînaient le cadavre d'un thesranes jusqu'à la grille d'entrée attirèrent l'attention du « Bâtard ».

« - Gardes ! Cadavre! S'écria l'un d'eux entre les barreaux. »

La grille s'ouvrit pour laisser entrer les deux modocos dans le sas d'admission.

« - Que font-ils ? Demanda le « Bâtard » qui semblait très intéressé par l'événement.

- Ils nous débarrassent des cadavres. Ils les amènent dans le sas et reviennent. Après ce sont les gardes qui récupèrent les corps vides de vies. Qu'est-ce qu'ils en font ? Alors là, je ne sais pas. Peut-être qu'ils les brûlent ou qu'ils les jettent quelque part. Enfin bref ! C'est d'accord ou pas ?

- D'accord ! Mais, je vais émettre une condition.

- Ben voyons ! J'aurais dû m'en douter, un malin comme toi. C'est quoi ta condition ?

- On prend le pouvoir et juste après...on s'évade !

- Elle est bien bonne celle là, gloussa le Sauvage. Mais pourquoi prendre le pouvoir si nous n'avons pas le temps d'en profiter ?

- J'ai ma petite idée là-dessus. Disons que ça fait partie du plan d'évasion.

- C'est d'accord, mais je ne vois comment tu comptes t'y prendre.

- Si tu le permets, je t'expliquerai quand tout sera bien calé dans ma caboche. »

CHAPITRE 26

PROCRÉATION

En ouvrant les yeux, Tarhur découvrit la créature qui attendait assise au bout de son lit. Il la trouva et de loin, plus jolie que toutes celles qu'il avait vues jusqu'à présent, peut-être même encore plus belle que la reine. Il sentit toute la bienveillance qui émanait de son regard attendri.

« - Sod, je suis Xotuna. La reine m'a demandé de vous accompagner dans les grottes glacées, dit-elle d'une voix à la fois douce et puérile.

L'insistance que portait Xotuna sur son anatomie rappela brutalement à Tarhur qu'il n'avait pas dérogé à sa règle de dormir nu. Il s'en trouva gêné.

- Sod. Excusez-moi, vous voulez bien vous lever que je puisse accéder à la douche ? Demanda-t-il désireux de sortir rapidement de cette situation inconfortable.

- Oh ! Bien sûr ! Jolis tatouages ! Insista la samalandre avec amusement. »

La douche balaya le reste de fatigue qui n'avait pas encore fondu dans le sommeil du yook. Propre et frais, Tarhur emmena Xotuna jusqu'au « nomade ». En pénétrant dans l'habitacle, elle s'installa au fond, juste derrière la trappe qui menait à la cabine de couchage sur un banc molletonné fraîchement installé. Le yook fut surpris par cette nouveauté et ne put dissimuler son étonnement qui glissait de son regard noir.

- Ah oui. Je voulais voyager confortablement. Alors, je me suis permise de faire quelques aménagement. Il y avait juste la place, comme si elle était là pour ça. En plus vous voyez, j'ai fait attention à ne pas entraver l'accès à votre cabine de couchage...ou de votre « chambrette », je ne sais pas comment vous l'appelez, expliqua Xotuna consciente de son effronterie.

- Cabine de couchage, ça ira très bien ! Répondit sèchement Tarhur agacé par cette intrusion matérielle. A la réflexion, il s'avoua que l'idée d'aménager le véhicule pour permettre l'installation d'un passager n'était finalement pas si mauvaise.

Le moteur vrombit.

- Qu'est-ce-qu'il est bruyant ! Le taquina Xotuna en espérant détendre l'atmosphère. »

Le « nomade » s'engouffra d'abord dans la fente horizontale qui menait à la grotte du palais, puis dans un couloir qui bordait l'édifice. Le yook regarda sur le côté pour en apercevoir la structure. Elle était identique à la façade, tout de métal gris et lisse. Des hublots semblables à celui de la chambre où il avait dormi laissaient apparaître la lumière à l'intérieur ainsi que l'agitation des samalandres en plein travail.

Xotuna lui indiqua un chemin qui descendait abruptement, là où la glace était omniprésente. Dans la pénombre le phare du « nomade » était très utile mais Tarhur n'y voyait tout de même pas à plus de dix mètres. Plus loin, l'engin dut aborder des accessions verticales, impossible à franchir à pied selon lui.

Dès que le trajet fut moins difficile, Tarhur décida d'engager la conversation.

« - Vous êtes déjà venue ici ?

- Oui.

- Comment avez-vous fait avec tous ces obstacles ?

- Nous avons des équipements spéciaux qui nous permettent d'escalader mais il nous faudrait deux sods pour faire le trajet, alors qu'avec votre véhicule quatre heures suffisent, expliqua-t-elle.

Elle se tut un moment, puis lâcha subitement.

- J'adore vos tatouages. Que représentent-ils ? demanda-t-elle visiblement intriguée par les dessins qui recouvraient le corps du yook.

- L'histoire de mon peuple, répondit-il froidement pour couper court.

- Les yooks ? Insista Xotuna aucunement contrariée par la distance que Tarhur essayait d'instaurer.

- Oui les yooks ! Répondit-il sèchement.

- Prenez à droite, indiqua la samalandre. »

Les échanges se raréfièrent pendant le trajet de plusieurs heures semé d'embûches et de difficultés extrêmes, avant d'atteindre finalement une immense grotte de glace. Xotuna suivait le plan et indiquait au yook, la direction qu'il devait prendre.

« - Nous y sommes presque, à gauche, à droite, un peu plus à droite. Arrêtez-vous, nous y voilà, s'exclama-t-elle.

Tarhur coupa le moteur et descendit dans sa cabine avec deux lampes à fusion portatives. Il en tendit une à Xotuna.

- Venez ! »

A l'extérieur, il faisait très froid, le silence amplifiait l'ambiance pesante. Xotuna marchait devant Tarhur, à l'aide du plan, elle lui indiquait vers où se diriger. Dans le faisceau de sa lampe, le yook ne put s'empêcher de deviner les formes qui saillaient sous la combinaison de la samalandre. Au bout d'une dizaine de mètres, Tarhur observa un gros objet encastré dans la glace d'une forme ovale parfaite, apparemment fait du même métal que le refuge des samalandres. L'ouverture sur le dessus était restée entrebâillée.

Il entreprit d'y monter voir pendant que Xotuna l'attendait plus bas. Il plaça la lampe dans l'ouverture puis s'installa dans un siège manifestement placé à dessein pour quelqu'un de sa taille. Devant lui s'étendaient des cadrans dont le fonctionnement s'apparentait à celui des portes du palais. Cette technologie lui étant totalement inconnue, il appuya en tâtonnant sur plusieurs des emplacements, au hasard jusqu'à ce qu'une sorte de minuscule tiroir s'ouvre sur un tout petit objet arrondi d'à peine un centimètre de diamètre. Dessus, trois signes étaient gravés. Tarhur essaya de le comparer avec le dessin des Brirolliants. Bien qu'il posséda une très bonne vue, les signes sur l'objet étaient trop petits pour qu'ils pût les distinguer précisément. Il utilisa sa loupe qui lui servait lors de réparations minutieuses dans le moteur « nomade ». L'étude s'avéra positive.

« - Je l'ai ! S'écria-t-il.

- Comment ? Demanda Xotuna, toute acquisce à la quête du yook, mais incertaine d'avoir bien compris.

- J'ai trouvé ce que je cherchais, confirma Tarhur.

- Fabuleux ! S'exclama-t-elle dans un enthousiasme sincère.

Tarhur descendit de la capsule et la rejoignit.

- Remontons et repartons! aligna-t-il. »

Le « nomade » retourna vers les sombres couloirs de glace en suivant le trajet inverse. Pendant plusieurs heures ses deux occupants naviguèrent à nouveau secoués par les aléas du trajet jusqu'au débouché d'une allée que Tarhur n'avait pas remarqué lors de son premier passage. Elle était obstruée par une porte pour le moins étrange. Le yook stoppa le véhicule pour aller observer. Xotuna lui emboîta le pas. La palissade était composée d'innombrables engrenages à dents encastrées les unes aux autres.

« - Xotuna. Sais-tu ce que c'est ? Questionna Tarhur.

- Non. Enfin oui ! Une porte ? » Répondit-elle dans un haussement d'épaules minimisant l'importance de la découverte.

- Tu ne l'avais jamais remarqué ? Tu est pourtant déjà venu par ici, non ? Insista Tarhur manifestement intrigué.

- Si, mais sans savoir ce que c'est. Disons que je n'ai pas cherché à comprendre. Je pensais qu'elle avait été mise là par mes ancêtres, pour une raison quelconque. Peut-être était-ce trop dangereux de s'y aventurer et qu'elles l'ont installées pour éviter que d'autres samalandres ne s'y aventurent, tenta-t-elle d'expliquer.

- Non. Ça ! Ce genre de mécanismes n'a certainement pas été crée par les samalandres. Toutes ces pièces sont conçues pour s'entraîner les unes aux autres. Tout cela est un système de verrouillage. Pour la débloquer il faudrait y passer des heures afin de comprendre comment ça fonctionne. C'est typique des yooks. J'en suis certain. As-tu déjà vu des yooks par ici ? Tarhur semblait à présent perturbé.

- Non, à part toi bien sûr, lui répondit Xotuna désappointée.

Tarhur médita un moment.

- D'accord ! On repart mais il faudra que je revienne. Une seule quête à la fois ! conclut-il.

- Chouette, on pourra se revoir alors ! s'enthousiasma la samalandre ingénue.

En arrivant devant le palais, Tarhur voulut interroger encore une fois Xotuna.

« - Dis-moi Xotuna. Les samalandres allongées sur le ventre dans la salle du trône. Elles couvent, c'est bien cela ?

- Oui, elles couvent.

- Mais elles couvent quoi ?

- Ben ! Des œufs évidemment !

- D'accord. Mais quel intérêt de couver un œuf si ce n'est pour enfanter ?

- Ben oui, c'est pour cela qu'elles couvent. Bien sûr !

- Écoute-moi bien Xotuna. Je ne vais pas te faire un cours de sciences naturelles mais pour faire un enfant, il faut qu'il y ait fécondation.

- Oui ! Ils sont fécondés les œufs.

- Mais comment ? Il n'y a aucun mâle ici ! s'énerva Tarhur.

- Non, mais il y en a eu par le passé. Des yooks notamment et même exclusivement. Je n'ai pas connu cette époque mais je sais qu'il y en a eu.

- Il faut vraiment te tirer les vers du nez à toi, dis donc ! Mais tu me dis qu'il n'y en a plus eu depuis longtemps alors comment ces œufs sont-ils fécondés ? Ce sont des œufs que vous gardez en réserve ou quoi ?

- Non, ils viennent d'être pondus par les mères.

- Xotuna, tu vas me rendre fou. Explique-moi comment çà fonctionne.

- Désolé Tarhur, mais je ne peux pas t'expliquer cela moi-même. Je n'en ai pas le droit. Demande à la reine, je pense qu'elle t'expliquera, abrégea Xotuna. »

Avant de quitter Tarhur, devant la salle du trône elle déposa un baiser sur sa joue en guise d'aurevoir, pris au dépourvu il resta quelques instant béat. Il se ressaisit juste avant d'entrer dans la salle pour se présenter à la reine.

Xanota visitait chaque couche, s'attardant à chaque couveuse pour leur caresser le visage avec toute l'attention d'une mère envers ses filles. Elle rejoignit son trône quand elle aperçut le yook.

« - Alors, bel aventurier, avez-vous trouvé ce vous cherchiez ? lui demanda-t-elle.

- Oui, exactement à l'endroit indiqué sur le plan. Je dois vous remercier pour votre aide.

- Absolument ! Nous avons conclu un marché. A vous de l'honorer maintenant, lui rappela-t-elle.

- Je vous écoute. Que dois-je faire ? Demanda le yook soucieux de respecter son contrat.

- Vous laisser faire. Il n'y a aucun danger et ce ne sera pas douloureux je vous l'assure. Retournez dans votre chambre et attendez, quelqu'un viendra. Je vous demande de vous laisser faire, c'est tout, autant de fois que ce sera nécessaire.

- Je n'aime pas trop tous ces mystères, mais je n'ai qu'une parole. »

*

Tarhur attendit dans sa chambre avec une certaine appréhension. La reine lui avait certes promis que le service ne présentait aucun danger, mais il la connaissait à peine et espérait ne pas le regretter.

La porte s'ouvrit, une samalandre entra. Elle était habillée différemment des autres. Sa tunique était rouge et transparente contrairement à celles qu'il avait pu voir jusqu'alors, souvent blanches et toujours opaques. Il ne put s'empêcher de la trouver jolie mais toutefois beaucoup moins que Xotuna.

« - Sod ! Je me nomme Xituna, lui dit-elle d'une voix chaude et sensuelle presque chantante. »

Le Yook resta assis sur son lit. La température de la pièce augmentait considérablement. Une chaleur moite. Une musique agréable et douce s'échappa des murs. Xituna se mit à danser en remuant surtout les hanches, ses bras mimaient des enlacements imaginaires. Puis sans perdre le rythme, elle s'avança doucement vers Tarhur dont l'excitation progressait.

« Si c'est ça le service à rendre, aucun problème au contraire. » Pensa-t-il.

Xituna lui enlaça le cou et lui caressa la nuque. Elle descendit lentement vers son torse, le débarrassant subtilement de sa veste en fourrure. Ne tenant plus, il enlaça également la samalandre. Il s'apprêta à lui faire l'amour bestialement comme il aimait le faire, certain qu'elle apprécierait. Il retroussa la tunique de la femelle et agrippa sa culotte avec ses doigts. Il tira violemment mais le tissu résista, comme collé à la peau de la danseuse.

« - Peux-tu m'aider ? Suggéra-t-il.

- Non, c'est interdit ! Il y a une sécurité, lui souffla-t-elle dans l'oreille.

- Fais sauter la sécurité ! Supplia-t-il.

- Non. Laisse-toi faire. Laisse-toi faire. Laisse-moi faire, » soupira-t-elle dans un chant envoûtant.

Tarhur se résigna. Xituna, lui embrassa le torse et descendit de plus en plus bas. Elle baissa son pantalon, de ses mains agiles elle saisit son sexe et le prit dans sa bouche. Le yook leva les yeux au ciel et ne se défendit plus. Au bout de plusieurs minutes d'intense plaisir, Tarhur sentit sa sève monter pour exploser dans l'espace. Un râle langoureux qui semblait provenir de la gorge de ses ancêtres accompagna cette libération.

Quand il baissa la tête, il remarqua que Xituna récoltait sa semence dans une petite coupe en métal. Ensuite, elle se leva et le salua d'une révérence, genou plié au sol.

« - Merci ! Attendez encore un peu. Reposez-vous. La reine va venir vous voir, lui dit-elle avant de sortir à reculons un sourire au bord des lèvres. »

Tarhur resta un moment allongé sur le lit. *« Mes inquiétudes étaient vraiment excessives. »* pensa-t-il.

Quand Xatuna entra, Tarhur se leva dans un respect inconscient. Puis une pensée lui vint à l'esprit. La reine venait-elle pour faire l'amour ? Xituna était-elle seulement venue pour le tester ou même le goûter ? Cet espoir rejoint rapidement le grand gouffre de la déception.

« - Merci Tarhur ! Nous avons examiné votre semence et il s'avère qu'elle est d'excellente qualité. C'est pourquoi, je vous demanderai de bien vouloir honorer votre contrat jusqu'au bout. D'autres samalandres vont venir vous rendre visite, expliqua-t-elle.

- Je commence à comprendre. Vous comptez vous servir de moi pour procréer. C'est ça ? Mais comment faites-vous cela et que faites-vous des enfants mâles ? Questionna-t-il comme si les réponses étaient dues.

- Honorez votre contrat et je vous promets de tout vous expliquer ensuite. » Entendit-il. Sur ce, la reine prit congé.

Tarhur fut l'objet de beaucoup d'autres visites. Xalara, Xolina, Xiruna, Xulana etc. Au moins une vingtaine de samalandres vinrent solliciter sa semence. Toutes n'étaient pas aussi habiles que Xituna. Les cinq premières fois, le yook s'y prêta volontiers, mais ensuite ces séances devinrent insipides. Les créatures puisèrent en lui jusqu'à ce qu'il supplie d'arrêter.

« - Je crois que je ne peux plus maintenant. Je vous en conjure ! Allez le dire à la reine. »

Il s'endormit à nouveau. Son sommeil fut long et réparateur.

Une samalandre le réveilla.

« - Xanota, la reine vous attend, veuillez me suivre.

- Vous permettez que je me douche ?

- Oui bien sûr, je vous attends. »

Tarhur remarqua qu'il était encore une fois nu devant l'une de ces créatures. Combien l'avaient vu dans le plus simple appareil ? Il décida de ne pas en faire le compte. Pendant qu'il profitait de bienfaisantes gouttes d'eau, Tarhur essayait de mémoriser toutes les questions qu'il voulait poser à Xanota. Il espérait obtenir d'elle toutes les réponses qui lui permettraient de retrouver ses semblables.

Xanota, toujours aussi splendide dans sa robe étincelante et qui lui gainait le corps outrageusement, accueillit Tarhur avec chaleur. Elle l'invita à s'asseoir en face d'elle sur un coussin à même le sol.

« - Je vous remercie, bel aventurier. Vous ne vous imaginez pas l'importance du service que vous nous avez rendu. Je vous en serai au nom de toutes éternellement reconnaissante. J'ai cru comprendre que vous avez beaucoup de questions à me poser, et je vous ai promis d'y répondre. Tout d'abord, suivez-moi, j'ai des choses à vous montrer, » l'invita-t-elle.

Tarhur la suivit dans les couloirs du palais, elle commença son récit tout en marchant dans les allées sobres et métalliques.

« - Je ne sais pas si vous connaissez notre histoire, bel aventurier, commença-t-elle. Les samalandres vécurent longtemps auprès des modocos, car ces deux races sont compatibles, en tout cas génétiquement. Nous avons des ancêtres en commun, enfin disons, que les animaux dont nous sommes issues sont des reptiles de l'ordre des squamates. Mais les modocos nous ont toujours considérées comme une race inférieure simplement parce que nous sommes des femelles et d'une moindre force physique. Pour eux, nous étions des sortes d'objets sexuels, ils nous considéraient comme des machines à reproduire des modocos de race pure. Et l'inévitable s'est produit, les samalandres ont fini par se révolter. Ce fût un bain de sang. Les modocos prirent le dessus et dans leur colère, ils voulurent massacrer toutes les samalandres. Beaucoup n'ont pas survécu à cette guerre, mais une centaine d'entre elles réussirent à s'enfuir et migrérent en cherchant un territoire où elles ne seraient pas retrouvées. Elles décidèrent de se diriger vers le Nord, le plus loin possible des mâles infâmes. C'est ainsi qu'une dizaine de mes ancêtres arrivèrent jusqu'ici, pas plus n'avait survécu au voyage. Au début, elles investirent la grotte qui est devant le palais. Elles furent surprises de découvrir un mur de métal dans la grotte. Eh oui ! Le palais existait bien avant notre arrivée. Mais elles n'ont pas découvert immédiatement la façon d'y accéder. Elles s'installèrent donc dans la grotte. Un sod, elles s'aperçurent qu'elles n'étaient pas les seules occupantes des lieux. Un yook et une cénarde rescapés de l'orage de météorites qui s'était déroulé plusieurs massops plus tôt, avaient investi la grotte bien avant les samalandres. Une bataille éclata, les samalandres eurent l'avantage du nombre et le couple de canidés fut capturé. Pendant plusieurs massops, ils vécurent attachés dans la grotte avec les samalandres qui s'en servaient comme esclaves. Un sod, l'une des nôtres s'amusait à tâtonner sur le mur de métal, elle actionna involontairement le système d'ouverture. C'est ainsi que nous avons découvert notre forteresse. A l'intérieur, il n'y avait personne, mais elles découvrirent un endroit confortable et une technologie qui leur était totalement inconnue. Elles ne comprirent pas tout de suite le fonctionnement de toutes ces nouveautés. Tout cela s'est fait progressivement. Pour tout vous dire, nous faisons encore d'étonnantes découvertes, et nous n'avons fini.

- Et le yook et la cénarde ? QuestionnaTarhur.

- Les samalandres les ont enfermés dans le sous-sol du palais. A cette période, il ne restait plus que huit samalandres. Deux avaient péri accidentellement depuis leur arrivée. C'est à ce moment-là qu'elles commencèrent à réfléchir sur l'avenir de la race. Elles mourraient toutes un sod ou l'autre et la race s'éteindrait inévitablement. Dans la prison le yook et la cénarde ne perdirent pas leur temps et un petit Yook naquit. Les samalandres ordonnèrent alors au yook de les féconder toutes les huit. Il dut s'y résoudre, la vie de son enfant était en jeu. Vous savez, je ne suis pas très fière de ce qu'ont fait mes ancêtres, mais elles n'avaient guère le choix, expliqua la reine tout en guidant Tarhur dans les allées.

- Je présume qu'il n'y a pas eu que de petites samalandres qui sont sorties des œufs, insinua Tarhur.

- Effectivement, trois yooks naquirent et cinq samalandres. Les yooks ont été remis à leur père, en captivité au-dessous. Ils servirent à leur tour à la reproduction quant ils atteignirent l'âge adulte. Entre-temps une cénarde était née au sous-sol, plus tard elle procréa également. Tant est si bien que d'un côté les rangs des samalandres augmentait, mais également au sous-sol, une société de yooks et de cénardes voyait le sod en captivité. Néanmoins, les samalandres voulaient éviter une rébellion et ne souhaitaient pas qu'ils soient trop nombreux. Elles trouvèrent le moyen de contrôler la natalité des canidés, tout simplement en tuant les bébés yooks à leur naissance quand elles jugeaient que le nombre devenait excessif. Plusieurs générations se succédèrent, ainsi que plusieurs reines, toutes descendantes de la chef des premières survivantes.

- Qu'est-ce que ce palais à votre avis ?

- Tout au long de ces massops, les samalandres découvraient la technologie qui existait à l'intérieur du palais, et allaient de découvertes en découvertes. Comme je vous le disais, à ce sod nous découvrons encore des choses étonnantes. Nous ne savons pas exactement ce qu'est ce palais, nous ne pouvons que supposer. Il est encastré dans la roche où toute une partie du palais est accidentée, il semblerait donc qu'il n'ait pas été construit sur place. Nous supposons qu'il s'agissait d'un immense véhicule qui aurait subi un accident. Ceux qui l'ont construit devaient y faire des expériences dont certaines en rapport avec la procréation. Nous avons découvert des laboratoires utilisant des technologies très avancées. Je ne sais pas où vous en êtes à l'extérieur mais à voir votre engin...

- Effectivement, la technologie du palais paraît bien plus perfectionnée, » coupa Tarhur.

La reine s'interrompit pour laisser passer Tarhur devant elle. Ils accédèrent à une salle où les murs supportaient une multitude de boutons sans relief apparent et de bras articulés, et bien d'autres choses dont Tarhur n'avait aucune idée.

« - Voilà, nous sommes dans l'un de ces laboratoires. Quand je suis arrivée au pouvoir nous venions justement de faire une nouvelle découverte. Nous pouvions désormais être fécondées de manière artificielle et nous n'avions plus besoin des yooks, seulement de leur semence. Nous avons aussi trouvé le moyen de reconnaître le sexe du fœtus. Depuis nous nous débarrassons des œufs qui contiennent des mâles. Nous ne voulons plus tuer ceux qui aident à la survie de notre race. Nous avons décidé que, lorsque tous les yooks et les cénardes seraient morts, de ne garder qu'un yook pour nous permettre d'avoir toujours une réserve de semence suffisante. Nous avons donc demandé aux prisonniers d'y concourir. Mais un événement contraria nos projets. Venez ! Nous allons nous restaurer je pense que vous avez faim après tous ces efforts, proposa la reine.

Elle emmena Tarhur dans ses quartiers. Les samalandres avaient installé des aménagements et des décorations pour le moins baroques comparés au reste du palais empreint d'une sobriété froide. Ils se retrouvèrent dans une grande pièce où une petite table basse était installée au centre, entourée de nombreux coussins. Xanota invita Tarhur à y prendre place.

« - Un événement disiez-vous ? Reprit Tarhur.

- Oui. Il faut savoir que nous organisons des expéditions dans les galeries comme celles que vous avez visitées avec Xotuna. En effet ces endroits recèlent d'innombrables trésors. Des morceaux du palais accidenté et diverses pièces métalliques qui servent également à construire des objets utiles, ou d'autres simplement décoratifs. Ces cavernes regorgeaient, en tout cas jusqu'à une époque récente, de toutes sortes de créatures féroces. Nous avons donc voulu réduire le périmètre des cavernes. Pour cela nous avons chassé et exterminé toutes les créatures qui vivaient dans la partie que nous souhaitions préserver. Nous avons demandé aux yooks et aux cénardes de construire une porte afin de condamner le seul endroit qui mène vers des galeries qui se prolongent indéfiniment. Quand nous avons prévu de la faire installer, nous avons emmené avec nous tous nos prisonniers afin d'accélérer les travaux, cinq yooks et quatre cénardes nous ont accompagnè avec leurs enfants.

- J'ai effectivement vu cette porte. Que s'est-il passé ?

- Ils nous ont faussé compagnie tous en même temps. Ils sont passés de l'autre côté et ont refermé la porte derrière eux. Ils ont été plus malins que nous. En plus, eux seuls comprennent les mécanismes complexes qui permettraient de l'ouvrir. Vous le pourriez également je pense mais je ne vous le demanderai pas, car vous pouvez être sûr que vos congénères ont été dévorés par les créatures qui y pullulent. Ils auront certainement préféré la mort à la captivité. Je comprends ce raisonnement, expliqua la reine résignée.

- Vous ne me le demandez pas certes, mais moi je vous demande l'autorisation de revenir voir quand j'aurai accompli ma quête. Si je les retrouve, je voudrais que vous me promettiez de les laisser libres cette fois, proposa Tarhur.

- Vous êtes exaucé. Comme je vous l'ai dit, nous vous serons éternellement reconnaissantes. J'aurais toutefois une dernière faveur à vous demander.

- Laquelle ?

- Cela fait maintenant trop longtemps que les samalandres vivent recluses. Mais je ne peux évaluer le risque que serait pour nous un retour vers la société. J'aimerais envoyer une émissaire. Elle aurait deux missions, la première serait d'évaluer le monde extérieur, la seconde de récolter de la semence des races mâles, au cas où notre retour ne pourrait être programmé, sauf celle des modocos. La théorie des races pures m'asomme. Xotuna s'est déjà portée volontaire. Accepteriez-vous de l'emmener ?

- Je vais en territoire modocos. Cela risque d'être dangereux pour elle.

- Il est vrai que nous n'avons pas trouvé d'armes utilisant la technologie du palais. Nous nous défendons toujours à l'ancienne avec des lances mais elle saura se défendre. Et vous la protégerez aussi. »

Tarhur aimait la solitude notamment au cours de ses voyages. Toutefois la reine savait se montrer convaincante et l'idée d'emmener Xotuna lui parut plaisante, sans qu'il ne sache vraiment pourquoi.

« - C'est d'accord, dit-il ».

Trois samalandres apportèrent des plateaux garnis de gros insectes grillés. Tarhur dévora ces nouveaux mets. Pendant le repas il raconta à la reine bon nombre de ses aventures. Il lui parla ensuite de sa rencontre étrange avec les trois brirolliants qui l'avaient conduit jusqu'ici. La reine montra un intérêt profond pour ses récits qui tenait sans doute de la manière imagée dont il les conduisait.

« - Montrez-moi l'objet que vous avez trouvé ! Demanda la reine.

Tarhur sortit le petit disque en métal de sa poche, le saisit entre deux doigts et le tendit à Xanota. Elle l'observa.

- Nous possédons certes énormément d'objets comme celui-ci. Mais ils ont tous, des gravures différentes. Savez-vous à quoi ils servent ? s'intéressa-t-elle.

-Aucune idée, répondit-il en haussant les épaules.

- Ils révèlent une multitude d'informations. En principe ils doivent être interconnectés avec d'autres appareils mais...Attendez!

Xanota sortit quelques instants et revint avec une petite boîte qu'elle tendit à Tarhur.

- Tenez ! Rangez-le dedans. Il faut faire très attention. Une fois, une samalandre eut l'idée de le poser à plat sur son cœur, comme ça, juste pour voir. L'objet s'est littéralement incrusté dans sa peau d'écaille. Puis elle s'est mise à parler pendant des heures, nous révélant une multitude de données scientifiques qu'elle récitait par cœur. Son cœur n'a pas tenu et elle a finit par rejoindre le néant infini.

- Merci à vous pour tout ces éléments. Je vais malheureusement devoir vous quitter. Je dois repartir pour remettre cet objet à un certain Goliodud à Cirodancas.

- Oui. A bientôt j'espère. Xotuna vous attend à l'extérieur près de votre véhicule, lui indiqua la reine.

Tarhur rejoignit sa nouvelle associée qui patientait sagement près du nomade, seulement vêtue d'une petite tunique bleue au lieu de sa combinaison intégrale blanche. Elle tenait une mallette dans sa main.

- Qu'est-ce-que c'est, ce petit sac ? Lui demanda Tarhur.

- C'est pour les semences, répondit Xotuna avec une petite moue boudeuse.

- Tu veux visiter Welghilmoro ? Voulut-il la réconforter.

- Oh oui !

- Eh bien, monte alors !»

*

Le nomade s'arrêta devant le grand portail qui délimitait le territoire thesranes. Xotuna descendit appuyer sur le levier qui actionnait l'ouverture et remonta dans le véhicule. Ils franchirent la frontière et s'arrêtèrent devant le poste de garde. La samalandre remarqua l'un des deux gardes à l'extérieur.

« - C'est qui ? demanda-t-elle.

- Ce sont des thesranes qui gardent la frontière. Je les connais. Nous avons sympathisé quand je suis passé la dernière fois.

- Ah oui ! Je pourrais peut-être aller recueillir leur semence. Qu'en penses-tu ?

- Tu y tiens vraiment ?

- Eh bien, c'est une mission que la reine m'a confiée. J'y suis donc obligée. Il faut bien que je commence quelque part.

- Attends moi là ! Je vais d'abord leur parler. »

Tarhur descendit et discuta un moment avec le thesranes. Ce dernier voulut rentrer dans le poste mais Tarhur l'attrapa par l'épaule et lui dit quelques mots comme s'il le menaçait avec son doigt en lui donnant des instructions. Le thesranes entra finalement à l'intérieur pendant que Tarhur rejoignait Xotuna dans le « nomade ».

« - Voilà ! Tu peux y aller. Je t'attends ici. » Lui dit-il.

Xotuna emporta sa mallette et entra dans la cabine des gardes. Tarhur attendit en examinant la carte de Welghilmoro. Il planifia ainsi le trajet le plus rapide qui les amènerait vers Cirodancas. Il eut quelques difficultés pour se concentrer. Xotuna réapparut au bout d'une dizaine de minutes. Tarhur eut l'impression que cela avait duré des heures.

CHAPITRE 27

KOMATANES RETOUR DANS UNE CITE INCONNUE

C'était le début de soirée, Vellime descendit du transterritoire équipé d'une petite valise. Une trentaine d'heures après son départ de Codos, il arrivait enfin à Komatanès. C'était la première fois qu'il y mettait les pieds mais il eut immédiatement l'impression de connaître cette ville. Il ne découvrait rien de nouveau, à chaque pas qu'il faisait, des souvenirs surgissaient du néant. Chaque rue, chaque bâtiment qu'il percevait devenait automatiquement familier. Cela aurait put être troublant pour un individu ordinaire, mais l'esprit déstructuré de Vellime s'en accommodait très bien.

La mémoire de Silandius ne lui revenait pas systématiquement, seulement quand un événement intervenait en lien avec lui. Lorsqu'il rencontrait quelqu'un que Silandius avait connu ou lorsqu'il visitait des endroits que celui-ci avait déjà parcouru. Étrangement aussi, lorsque Vellime vivait quelque chose d'intense, d'inhabituel ou de violent, ce qui avait été le cas lorsqu'il avait occis la thrams à l'auberge du « Bâtard ».

Il se dirigea naturellement vers l'appartement de Silandius, traversant la cité en suivant les pas tracés dans le cerveau du défunt ; il emprunta ainsi le transville. Pendant le trajet, il remarqua que les vagauges le regardaient avec appétit. Ce qui n'était pas le cas lorsqu'il vivait dans son corps anormalement frêle de modocos, car ceux-ci doivent être grands et larges pour plaire à la gente féminine. Quel bonheur, ce nouveau physique et le regard que les femelles lui conféraient désormais !

L'appartement de Silandius était spacieux et chaleureux. Tous les murs étaient recouverts d'étagères, la plupart remplies de livres mais aussi de nombreux objets. Vellime en saisit un au hasard puis un autre et encore un autre sans les garder plus que quelques secondes dans les mains. A chaque objet, des souvenirs de Silandius lui revenaient. Il décida de s'y attarder plus tard, car c'était le meilleur moyen d'en savoir plus sur celui qu'il incarnait à présent. C'était la clef de sa mission, s'infiltrer et s'approcher d'Alussond afin d'en savoir plus sur le projet du « Grand voyageur ». Le but étant de se procurer les plans permettant la confection de l'engin volant. Il décida de se reposer un peu, ensuite il se concentrerait sur sa mission. Il s'assit sur le canapé du salon un moment. Tous les meubles étaient très travaillés et stylés, Silandius devait être un esthète.

Il regarda autour de lui et repéra plusieurs albums de photographies nichés sur une étagère. Un bon moyen de connaître mieux Silandius et ses fréquentations. Dans plusieurs portraits de groupes, il réussit à reconnaître Alussond et plusieurs collègues de travail de Silandius. Il décida de se concentrer sur celles où figurait Alussond.

Les images s'animèrent dans son esprit comme s'il les revivait. Il se rappela d'abord la dernière conversation que Silandius eut avec Alussond à Codos. Cela le fit sourire car cet entretien concernait sa propre sacoche qu'il avait oubliée à l'auberge du « Bâtard ». Il visualisa sa cible, un bel officier thesranes à l'allure distinguée et au corps athlétique. Puis, il se souvint de la première fois que Silandius rencontra Alussond.

Il était alors à peine âgé de cinq massops, il se souvint de sa détresse en quittant ses parents, pressentant qu'il ne les reverrait jamais. Deux thesranes en uniforme le firent attendre un moment sur un banc dans l'entrée de l'école. Il vit arriver Alussond avec ses géniteurs. Cet Alussond n'avait rien à voir avec celui des souvenirs récents, outre le fait qu'il n'était encore qu'un enfant. Il était chétif, trimballant une allure désordonnée, seule sa tête restait courbée vers ses pieds. Il semblait complètement indifférent au désarroi de ses parents qui s'apprêtaient à le quitter pour toujours. Il ne prononçait aucun mot, mais poussait des petits cris incompréhensibles surtout quand ils voulurent le toucher et le prendre dans leurs bras. Deux autres thesranes vinrent le chercher et l'emmenèrent. Silandius ne le revit pas avant que cinq massops ne s'écoulent. Quand Alussond réapparut, Silandius ne le reconnut pas tout de suite, tant il s'était transformé à l'inverse de ce qu'il était lors de son arrivée. Silandius ne comprit jamais cette apparence antérieure d'Alussond. Il ne voulut jamais aborder ce sujet avec lui, ou du moins il n'osa jamais, mais à partir de ce moment chacun devint le meilleur ami de l'autre.

Vellime se trouva indiciblement intrigué par ce souvenir. Il se concentra ensuite sur une autre image qui représentait un groupe de six amis. Alussond y figurait également. Ils trinquaient dans un endroit chaleureux à l'ambiance tamisée. Les souvenirs de Silandius indiquèrent à Vellime que la photographie avait été prise au club des « thesranes de l'Ordre des sponxiat ». Alussond avait alors proposé à Silandius de faire partie du projet du « Grand Voyageur ». L'aubaine était trop belle, pensa Vellime.

La nuit venait de tomber silencieusement. Vellime alluma les lumières. Elles plongèrent l'appartement dans une lueur verdâtre quand une forte migraine se substitua au passé de Silandius. Depuis sa modification, cela arrivait fréquemment surtout lorsqu'il était fatigué. Il décida d'aller dormir.

*

Tôt dans la matinée Vellime se présenta au poste de police de Komatanès. Il y fut accueilli chaleureusement par ses nouveaux collègues de travail, eux-mêmes certains de le connaître depuis longtemps. Il réussit à tous les saluer sans se tromper de prénom une fois, interrogeant rapidement la mémoire de l'usurpé. Dès la fin des accolades, il apporta son rapport à son supérieur hiérarchique. Il indiquait que le « Bâtard » n'était autre que « l'ombre » en personne et que Silandius l'avait démasqué. Ensuite il regagna son bureau sans se tromper de trajet.

A peine était-il installé qu'un sous officier fit irruption dans son bureau.

« - Mon commandant. Nous avons capturé un modocos. Il ne voulait pas payer son repas dans une auberge des hauts quartiers et il a causé un trouble à l'ordre public,

- Et alors ? Tu sais bien que je ne m'occupe pas de ce genre de détails, répliqua Vellime.

- Je sais mais il n'est pas commode et il insiste pour que se soit vous qui l'interrogiez. Il dit que vous êtes une célébrité depuis l'arrestation de « l'ombre ». Je sais que l'on ne devrait pas l'écouter mais il était tellement...Comment dire...

- Bon, je vois. Vous ne vous en sortez pas avec lui. Faîtes le entrer. Je vais m'en occuper, céda Vellime. »

Deux policiers thesranes amenèrent l'intéressé mains et poings liés. Il semblait froid et antipathique, mais son regard vif reflétait une intelligence qui contredisait son corps de brute. Vellime ne fut pas dupe.

« - C'est bon, laissez-nous, ordonna-t-il aux policiers avant de s'adresser au modocos. Nom, Prénom, lui demanda-t-il.

- Tivurt Condicas, Monsieur Tengmate, répondit l'autre.

- Pardon ? Comment m'avez-vous appelé ? Lui demanda Vellime interloqué.

- Tengmate Vellime, c'est bien là votre nom ? insista le prisonnier.

- Attention à ce que vous dîtes...Menaça Vellime avant que le modocos ne lui coupe la parole.

- Du calme. Ne vous inquiétez pas. C'est MOO V lui-même qui m'envoie. Je connais toute votre histoire. Je suis un espion à la solde de Codos. Le colonel Cosom est mon supérieur hiérarchique tout comme le votre.

- Je vous écoute, proposa Vellime tout en se ressaisissant.

- Je suis votre contact ici. C'est moi qui vous donnerai toutes les orientations de votre mission et c'est à moi que vous ferez vos rapports oraux. Je me chargerai de les transmettre à Codos. Désormais nous nous rencontrerons à la « Nuit chaude » dans les quartiers pauvres. C'est un endroit accueillant vous verrez, des thrams et quelques vagauges présentent des spectacles privés. C'est là que vous me rejoindrez dans un sod à 31 heures 30 exactement. Vous demanderez un show avec Tatoutalya, expliqua Tivurt. Avez-vous rencontré Alussond Decopus ? Demanda-t-il ensuite.

- Pas encore, je viens à peine d'arriver à Komatanès, se justifia Vellime.

- Débrouillez-vous pour le rencontrer avant de venir me voir. En attendant, prenez ma déposition et donnez-moi une convocation pour le tribunal. Je m'en tirerai avec une bonne amende. »

*

Alussond aimait s'adonner à la lecture lorsque l'astre lumineux s'allongeait derrière la falaise du cratère en annonçant le début de soirée. Il s'était installé dans son fauteuil pour plonger dans le recueil de poèmes que Candas lui avait offert. L'ouvrage et les poésies étaient magnifiques. Certaines traduisaient de profonds tourments.

« Malédiction de ne pouvoir te rejoindre
Tes mystères me sont éternellement impénétrables
Mon châtiment de ne pouvoir te rejoindre est une pénitence interdite
Mon affliction de ne pouvoir t'atteindre hantent la fascination que j'ai pour toi,
Ces maux dont je ne suis en rien responsable sont interdits en ces lieux
Que l'on me pardonne j'ignore qui me l'a infligée
Je retrouverai mes bourreaux immondes et les obligerai à tout m'expliquer
Je sonderai alors tes secrets, Je le jure sur mon immuabilité
Mon voyage se terminera dans ton long manteau impénétrable. »

Mais c'était surtout le nom de l'auteur « Draiwnius Lachelras » qui l'intriguait. Il était persuadé de déjà le connaître dans un tout autre contexte. Il fut arraché à ses réflexions par un coup à sa porte.

Vellime attendait sur le seuil, une bouteille de Tachinak à la main. Alussond accueillit chaleureusement la visite imprévue de son vieil ami Silandius.

« - Silandius ! Quel surprise ! Avec bien sûr une bonne bouteille ! Entre ! L'invita Alussond.

- Je me suis dit que se serait mieux de nous voir entre nos murs plutôt qu'en terre étrangère, introduisit Vellime.

- Très bonne idée. »

Alussond lui désigna un des fauteuils du salon. Il s'absenta quelques instants pour chercher deux verres qu'il posa sur la table basse. D'un geste souple, il fit comprendre à Vellime qu'il devait les remplir.

« - Alors ! J'ai appris que tu avais brillamment résolu l'affaire de « l'ombre », lança Alussond.

- Oui. Justement, je t'avais promis de réfléchir à ta proposition avant de partir à Codos. Ma réponse, comme je te l'avais dit, dépendait du dénouement de cette affaire. Maintenant qu'elle est résolue, plus rien ne me retient. J'ai donc décidé de partir avec toi pour le « grand voyage », si tu le souhaites toujours bien évidemment.

- Bien sûr ! Évidemment que je le veux !

- Génial !

Vellime porta son verre à hauteur de son visage.

- Trinquons alors ! Proposa-t-il.

- Tess tess ! S'empressa de suivre Alussond.

-Tess tess ! Comment cela va-t-il se passer maintenant ? Je veux dire d'un point vu professionnel. Je dois démissionner de la police ? Questionna Vellime.

- Non ! Le Conseil Supérieur va te faire participer officiellement au projet du « Grand Voyageur » en tant que policier chargé de la sécurité. C'est simplement un changement d'affectation. Demain, Je dois justement faire mon rapport à Devaliud Pnagnasus sur l'avancement de ma mission et particulièrement sur mon recrutement. Dans quelques sods ton supérieur hiérarchique recevra ton ordre d'affectation.

- Bon ! Tout est beaucoup plus facile quand on travaille directement avec le Conseil Supérieur, remarqua Vellime.

- Absolument !

- Je serais curieux de voir l'engin volant.

- Dès que tu seras affecté. Je te le ferai visiter. Au fait, le fin limier que tu es aurait-il perdu son sens inné de l'observation ?

- Pardon ? S'inquiéta Vellime.

- Mon verre est vide, lui fit remarquer Alussond.

- Oh désolé. Je t'en ressers un immédiatement. »

Les sujets importants étant abordés, la conversation emprunta des chemins plus conviviaux et plus désinvoltes. Vellime se concentra pour chercher dans la mémoire de Silandius.

« - Tu te souviens à l'école, la nuit, quand on s'échappait du dortoir pour explorer les sous-sols ? Tu disais qu'il y avait des geôles sous l'école. Mais nous n'avons jamais pu le vérifier, les couloirs qui selon toi y menaient étaient derrière des portes bien fermées. Je ne saurai jamais si ce que tu me disais était vrai ou si tu l'inventais pour nous faire vivre des aventures imaginaires.

- Crois-moi Silandius, ces geôles existaient bien, » répondit Alussond en durcissant ses traits.

Leur discussion se prolongea encore un moment jusqu'à ce que Vellime sorte sa montre de sa poche.

« - Quelle bonne soirée en ta compagnie Alussond mais il se fait tard. Je vais te quitter. La prochaine fois que l'on se verra, nous serons collègues.

- Absolument ! Sod Silandius. »

Vellime laissa Alussond à sa solitude bien aimée.

Quand il fut totalement seul, Alussond se rappela ce que lui avait dit Silandius sur les geôles cachées de l'école d'administration. Il savait maintenant que le nom de Draiwnius Lachelras était lié à ce lieu. Mais il savait aussi qu'il ne devait pas fouiller cet endroit de sa mémoire car cela pourrait s'avérer bien trop dangereux.

*

Vellime traversa une bonne partie des quartiers pauvres à pied jusqu'à ce qu'il trouve la « Nuit chaude ». Le thesranes devant l'entrée paraissait presque aussi costaud et robuste qu'un modocos. Après l'avoir bien observé de la tête aux pieds, il laissa passer Vellime sans opposition.

A peine avait-il posé le premier pied, Vellime comprit que le nom de l'établissement n'était pas usurpé. Sur sa droite, le bar bondé d'une population hétéroclite mais exclusivement masculine. Au centre, sur une petite estrade, une thrams s'effeuillait sur une musique au rythme saccadé fouettant le sang de tous les mâles à chaque contre-temps. Sur sa gauche, une dizaine de cabines aux vitres transparentes laissaient entrevoir des effeuilleuses qui s'exhibaient devant un ou plusieurs clients assis sur un canapé confortable.

Vellime se dirigea vers le bar et se fraya un chemin entre les consommateurs enivrés. Il n'attira l'attention de l'un des serveurs qu'en levant son bras assez haut.

« - Qu'est-ce que je peux faire pour vous ? Demanda le barman.

-Je souhaiterais avoir un show privé avec Tatoutalya.

- Cabine huit, mais elle est déjà prise par un modocos, répondit le serveur.

- Je sais, il m'attend justement !

- Bon très bien allez-y alors, cinquante grammes d'irilles s'il vous plaît ! »

Vellime reconnu Tivurt qui manifestement appréciait le spectacle offert par la très belle vagauges qui se déhanchait devant lui. Vellime la contourna sans qu'elle lui prête attention.

« - Asseyez-vous ! L'invita Tivurt sans détourner son regard des formes de la vagauges.

Vellime s'assit près de lui et scruta le spectacle.

- Vous ne craignez pas qu'elle nous écoute ? Demanda-t-il en désignant du doigt la danseuse qui se déhanchait à moitié nue.

- Vous connaissez la trodopyte ? Lui renvoya Tivurt comme s'il n'avait prêté aucune attention à la question.

- Non !

- C'est une drogue très en vogue, surtout ici à Komatanès. Elle est constituée essentiellement de Chinvalsse mais aussi de bien d'autres produits concoctés par des chimistes sans scrupule. Notre amie Tatoutalya en a un peu trop abusé. Elle resta longtemps comme une funambule au bord du néant infini. Elle s'en est sortie mais elle est restée aveugle et sourde. Elle ne sait même pas que nous sommes là. L'un des employés du bar la place ici en début de soirée, lui tape sur l'épaule pour lui indiquer que le show commence, il revient plus tard lui taper sur l'épaule pour lui dire que c'est terminé. Tu vois le bouton à ma droite, si je le tourne sur ma gauche je baisse la musique comme cela. Tu vois, il n'y a plus de musique et elle continue à danser, expliqua froidement Tivurt.

- Je vois, répondit Vellime en symbiose totale avec le désintérêt qu'affichait son nouvel associé à l'égard du destin tragique de la danseuse.

- Bon ! Parlons travail si tu le veux bien maintenant. Tout d'abord, il faut que je te fasse un petit topo. Un petit cours de géopolitique s'impose. Tu étais policier donc je ne pense pas que tu as de grandes connaissances en la matière. Je me trompe ?

- Non.

- Sais-tu pourquoi MOO V s'intéresse autant au projet du grand voyageur ?

- A cause de la technologie qu'il contient je présume.

- Oui ! Mais c'est un peu plus compliqué. Un peu d'histoire tout d'abord. A l'issue de la dernière guerre qui opposa les modocos aux thesranes, en massop 14, un traité a été signé. A l'époque l'Empereur était MOO IV. Les thesranes en sortirent vainqueurs et le traité les avantagèrent outrageusement. Depuis qu'il est au pouvoir MOO V doit composer avec cette convention à contre cœur. Par exemple à la fin de la guerre, les thesranes se sont engagés à fournir leur secret de fabrication pour nombres d'inventions, mais jamais celles de pointe. Ils ont toujours de l'avance qu'ils se gardent bien de conserver. Ça se comprend, car si nous possédions la même technologie nous en profiterions pour les attaquer et les vaincre. C'est ce qu'espère faire MOO V. Ainsi nous pourrons les envahir et nous servir d'eux comme de vulgaires esclaves. Nous obligerons les scientifiques en captivité à nous servir et la suprématie modocos dominerait tout Welghilmoro. MOO V a l'impression de régner sous le joug des thesranes et il a raison, c'est eux qui contrôlent tout. Par exemple, les modocos ont toujours été contre le fait qu'il existe des journaux en modocosie. Dans leur traité les thesranes ont imposé que leur journal, l'«administrateur», soit distribué partout sur le territoire modocos alors qu'eux mêmes n'ont pas d'organe de presse. D'une certaine manière ils peuvent contrôler l'opinion à leur guise. Et puis, il y a maintenant cette histoire avec le grand voyageur, le traité signé depuis plus de cent massops oblige les modocos à financer les projets quand ils sont censés faire progresser les deux peuples. En échange il est prévu que les modocos y participent mais les textes sont rédigés de telle manière que les modocos n'y ont jamais un rôle majeur, et en plus rien ne stipule qu'il seront destinataires des plans des nouvelles inventions. Le projet prévoit une unité d'élite en cas de conflit avec des peuples inconnus pendant le voyage. Et cette unité sera commandée par le plus grand ennemi de MOO V, Candas Yoltop. MOO V doit envoyer des soldats ici qui se présenteront aux thesranes. Ensuite ils seront sélectionnés. Si Yoltop estime qu'il ne font pas l'affaire, il n'est pas obligé de les garder. Le contrat oblige à ce qu'il en choisisse au moins deux, pas plus. C'est la goutte qui a fait déborder le calice. Maintenant, MOO V est bien décidé à s'approprier cette nouvelle technologie. Ainsi il pourra construire sa flotte volante et vaincre les thesranes. C'est là que tu entres en jeu, expliqua Tivurt.

- Oui ! Cela, on me l'a déjà expliqué et je connais bien mon objectif.

- Certes mais je voulais que tu comprennes bien l'enjeu et l'importance de ta mission. Et aussi, te prévenir que tu n'as pas le droit à l'échec. Alors maintenant, dis-moi ! As-tu pris contact avec Decopus ?

- Oui, justement ! Et je peux t'annoncer qu'il m'a proposé de participer au grand voyage en tant que chef de la sécurité. Dans quelques sods, je serai officiellement affecté à cette mission par le Conseil Supérieur.

- Très bien ! C'est un bon début. Je vais en faire part au général Cosom. Continue et trouve un moyen de te procurer une copie de la technologie qui permet de voler.

- Dis-moi. MOO V n'est pas du tout intéressé par le grand voyage ?

- En quoi cela peut-il être intéressant ? Qu'est-ce qu'il y a après la faille à ton avis ? Qu'est-ce-que tu crois ? Soit un couloir sans fin, soit un couloir avec une fin et là, l'engin volant tombera dans le ciel. Rien de plus. En tout cas c'est ce que pense MOO V et moi aussi.

- Je comprends, acquiesça Vellime.

- Bon. Il ne faut pas attirer trop l'attention. Alors nous nous verrons ici à la même heure tous les possods. Tu reviens ici dans un possod exactement compris ?

- Oui.

- Tiens prends cette pièce, elle est unique, elle date d'avant la dernière guerre. Si tu as des informations à me communiquer en urgence avant la date prévue, tu la donnes au modocos qui tient la boutique de vente de spiritueux à cette adresse. Il lui manque un œil, tu le reconnaîtras. Tout est bon pour toi ?

- Encore une chose, profita Vellime.

- Oui.

- Tu peux faire passer un message à Xatanius Korpud pour moi ?

- Dis !

- Dis-lui que j'ai d'affreux maux de tête depuis ma transformation. Je pense qu'il y a un rapport. S'il peut me trouver un remède. J'ai tout essayé mais rien ne fonctionne.

- C'est bon, je le lui dirai. Je te tiendrai au courant à notre prochain rendez-vous. Ne t'inquiète pas. Au revoir Vellime. Tu œuvres pour la grande cause modocos, ne l'oublie pas.

- Sod. »

Vellime quitta la cabine en jetant un dernier regard à la danseuse. Il aurait bien voulu passer du temps seul avec elle. Il s'imagina un bon moment de sexe et pour finir il l'aurait éventrée. L'apothéose aurait été de lui arracher le cœur.

*

Quand Miltoya se réveilla dans le nouvel appartement de Komatanès, un bien-être ordinaire l'envahit. Un bonheur qu'elle savait éphémère mais qui avait le pouvoir d'effacer les autres tracas tout aussi ordinaires au moins quelques instants. Le logement était luxueux, bien que plus petit que leur maison de Codos. Candas n'avait pas encore pris ses nouvelles fonctions au sein de l'armée thesranes mais il avait gardé l'habitude de se lever tôt et de laisser sa fille profiter de la matinée au fond de son lit.

Elle sortit sur le balcon qui dominait la grande bibliothèque de Komatanès. Le quartier était calme surtout à cette heure ci. Candas Yoltop rentra de sa promenade. Elle remarqua tout de suite à son air renfrogné que des soucis le taraudaient.

« - Qu'est-ce qui ne va pas père ? S'inquiéta-t-elle.

Candas tenait un journal dans sa main, il lui tendit.

- Je crains qu'il n'y ait des mauvaises nouvelles pour toi ma fille ! Regarde !

Elle lut l'article que Candas pointait du doigt.

- Ce n'est pas possible. C'est impossible. Ce n'est pas lui « l'ombre ». Je le connais! S'écria-t-elle.

- Tu sais, parfois on croit connaître les gens mais leur face sombre peut être bien cachée, avança maladroitement Candas.

- C'est bien l'ami d'Alussond qui a bouclé l'enquête. Crois-tu que je pourrai lui en parler ? Dire que c'était moi qui investiguait pour le journal et que j'ai dû tout laisser tomber pour venir ici, s'accusa-t-elle.

- Je vais voir avec Alussond si tu peux rencontrer son ami, calma Candas.

- Merci père. »

CHAPITRE 28

LES SECTIONS BLANCHES

La ferme de Larinius Korinidius s'étendait sur plusieurs hectares. Elle s'érigeait à quelques kilomètres du village de Kolimès au flanc de la muraille de Kimanaram au Sud Est de la Thesranie. La lumière perçait difficilement à travers les carreaux sales des fenêtres de la pièce principale. Larinus attendait assis à la table en espérant que le temps s'arrête.

Larinius avait passé la matinée à la caserne comme régulièrement, questionné par le psychiatre militaire. Ces séances devaient lui permettre de combler le gouffre qui s'était creusé dans sa mémoire, laissant s'envoler cinq massops de sa vie qui semblaient à jamais perdus dans les abîmes de son cerveau. Cette époque disparut alors qu'il servait comme sergent au sein de l'armée thesranes. Mais aucun de ces entretiens ne lui avait jusqu'alors permis d'en retrouver l'once d'une seule minute. Tant et si bien que Larinius se demandait maintenant si l'armée voulait plutôt, par ces consultations, s'assurer qu'il ne la retrouverait jamais. Mais pour l'heure c'était bien le cadet de ses soucis, car il attendait l'arrivée des sections blanches.

Billamya sa fille restait à côté de lui. Sa femelle, Salitnya, une vagauges que Larinius trouvait trop belle pour lui, guettait à la fenêtre en tenant son petit dans les bras, Atilius âgé de cinq massops.

« - Les voilà ! S'écria-t-elle. Billamya va te cacher dans la cave! Ordonna-t-elle ensuite à sa fille avant de lâcher Atilius.

Larinius ouvrit la trappe qui accédait au sous-sol, Billamya s'y engouffra. Atilius courut dans les bras de son père.

- Père ! Suis-je obligé d'y aller ? Demanda-t-il à Larinius espérant une réponse inhabituelle.

- Oui, fils ! Je te l'ai déjà expliqué. Tu verras, ta nouvelle vie sera bien mieux qu'ici, tu vas apprendre plein de nouvelles choses et à l'âge adulte tu deviendras un thesranes respecté et même peut-être riche, » lui mentit Larinius avec dépit.

Trois coups puissants résonnèrent sur le bois robuste de la porte comme si la fatalité s'annonçait. Salitnya ouvrit. Trois militaires en uniforme blanc entrèrent sans qu'on les y invite. Le premier, un capitaine, se présenta droit comme un piquet.

« - Je suis le capitaine Varidinius, des sections blanches. Est-ce que le jeune Atilius habite bien ici ?

- Oui, le voilà ! Ses bagages sont prêts, répondit Larinius essayant de ne rien laisser paraître de son désarroi.

- Très bien ! Atilius rejoins les soldats qui sont derrière moi, ils vont t'accompagner.

Le jeune thesranes embrassa d'abord son père puis sa mère et disparut dans l'embrasure de la porte suivi des deux soldats blancs. Le capitaine resta sur le seuil.

- Une dernière chose Monsieur Korinidius.

- Oui capitaine ? Répondit Larinius.

- Vous devez vous douter que j'ai consulté les registres de l'hôtel de ville avant de venir. J'ai remarqué que vous aviez également une fille. J'ai également constaté qu'elle n'avait pas effectué sa visite médicale obligatoire d'après puberté. Comment l'expliquez-vous ? Enquêta le capitaine.

Salitnya vacilla et dut s'appuyer discrètement avec sa main contre le mur pour ne pas que cela se remarque.

- Elle a disparue, répondit Larinius.

- Vous n'avez pas déclaré sa disparition, insista le capitaine.

- Non ! Je l'ai recherchée moi-même et j'ai fini par abandonner, j'irai déclaré sa disparition, se justifia Larinius se maîtrisant au mieux par garder son calme.

- Certes mais vous auriez dû le faire depuis longtemps.

- Je suis un ancien soldat qui a dû prendre sa retraite par anticipation à cause d'un trou béant dans sa mémoire.

Maintenant je suis un paysan, mais j'ai toujours été un thesranes honnête...

- Je ne mets pas en cause votre intégrité Monsieur, mais je suis dans l'obligation de signaler la non présentation de votre fille aux sections grises. Vous m'en voyez navré, » conclut le capitaine avant de disparaître.

Larinius et Salitnya se toisèrent un long moment, essayant chacun de savoir lequel des deux était le plus effrayé.

CHAPITRE 29

RESURECTION

Le nomade traçait à tout allure à travers le désert. Tarhur aperçut les contours de Cirodancas se dessiner sur l'horizon. Il était resté peu loquace durant le voyage. Xotuna restait sagement assise derrière, réfléchissant comment engager la conversation.

« - Je suis pressée d'arriver dans une cité pour enfin voir un peu à quoi ressemblent toutes ces autres races, finit-elle par dire.

- Je commence à voir Cirodancas au loin. Nous arriverons bientôt. Mais tu ne pourras pas voir grand monde.

- Pourquoi ?

- Cirodancas est en territoire modocos et ils sont nombreux là-bas. Il vaut mieux que tu restes à l'intérieur pendant que je m'occupe de mes affaires.

- Et alors ? Insista-t-elle manifestement inconsciente des dangers qui la guettaient.

- Et alors ! Je pense que même si les modocos n'ont pas vu de samalandre pendant des tribanons, ils sauront quand même en reconnaître une quand tu arriveras. Ils connaissent leur histoire, et vos deux races ne se sont pas quittées en très bon termes, il me semble ! Essaya de lui expliquer Tarhur.

- Que pourraient-ils me faire ? me tuer ?

- Peut-être, mais certainement pas sans t'avoir violée auparavant. »

L'avertissement du yook eut pour effet de laisser Xotuna sans voix. Mais après quelques minutes, après avoir imaginé les mille tourments qu'elle risquait, sa langue se délia à nouveau.

« - Quand serons-nous arrivés en territoire modocos ? Je n'ai pas vu de frontière cette fois.

- Nous sommes en plein désert, la frontière est artificielle et invisible. Pourquoi me poses-tu la question ? Tu voulais prélever de la semence ? La reine a dit qu'elle ne voulait pas celle des modocos, lui répondit Tarhur sans dissimuler son agacement.

Xotuna haussa les épaules.

- Tu ne m'as pas beaucoup parlé depuis que nous avons quitté la frontière thesranes, lui fit-elle remarquer.

- Je pilote, il faut que je reste concentré.

- Tu parles ! C'est tout droit. Pourquoi as-tu l'histoire de ton pays dessinée sur ta peau ? Se risqua-t-elle, consciente que la patience du yook avait déjà atteint ses limites.

- Ce n'est pas l'histoire de mon pays mais de mon peuple. Et mon peuple n'a pas de pays. Et pour répondre à ta question, c'est pour ne pas l'oublier, surtout me rappeler comment il a été décimé, expliqua Tarhur toujours tendu.

Xotuna usant au mieux de sa psychologie alcaline décida de l'apaiser.

- Tu sais Tarhur. Je vais te dire un truc. Je ne te trouve pas beau du tout, mais par contre, tu dégages une aura sexuelle incroyable.

Elle comprit qu'elle avait réussi à le calmer quand elle remarqua le sourire en coin se dessiner sur les lèvres du yook quand il se retourna.

- Comment peux-tu avoir conscience de cela ? Les samalandres n'ont pas vu de mâles depuis des tribanons, lâcha-t-il.

- Certes, mais avoir servi d'objets sexuels aux modocos pendant des tribanons, les samalandres en ont acquis une expérience qui s'est à jamais inscrite dans nos gênes.

- C'est vrai ! J'ai d'ailleurs pu m'en rendre compte récemment, conclut Tarhur.

*

Goliodud dessinait derrière son comptoir quand il entendit un vacarme infernal provenant de l'extérieur. Il leva les yeux pour apercevoir un drôle d'engin s'arrêter devant sa boutique. Le yook s'en extirpa. C'était la première fois que Goliodud en voyait un autrement qu'en dessin. L'étrange humanimal se dirigea vers le magasin avant d'entrer.

« - Sod ! Lança Goliodud.

- Ouais. Également ! Répondit froidement Tarhur comme il avait l'habitude de le faire en présence d'inconnus.

- Que puis-faire pour vous ?

- Je cherche un certain Goliodud, un thesranes. Il paraît qu'il tient une boutique semblable à celle-ci dans la cité.

- C'est moi même.

- Très bien, j'ai quelque chose pour vous.

Tarhur sortit sa petite boîte de sa poche, la posa sur le comptoir, l'ouvrit pour faire apparaître l'objet mystérieux trouvé chez les samalandres.

- Qu'est-ce que c'est ? Interrogea Goliodud.

- On m'a dit que ça vous serait grandement utile.

- Ah bon ! Qui vous a dit ça ?

- Si je vous le dis, vous allez me prendre pour un fou.

- Bon d'accord, mais ça ne me dit pas ce que c'est ni à quoi ça sert.

- D'après ce que je sais, c'est un objet rare. Une technologie inconnue même des thesranes. Apparemment il contiendrait une foule d'informations. Ah oui ! Il faut être prudent avec ce truc. Il faut éviter de le poser contre soi car il s'incruste dans la peau et les informations qu'il contient vous envahissent avant de vous envoyer dans le néant infini. Il ne faut pas se fier à sa petite taille, il dégage une puissance inimaginable, expliqua Tarhur.

Goliodud examina attentivement l'objet dans la boite, se gardant bien de le sortir de son écrin. Puis il réfléchit de longues minutes. Tarhur commençait à s'impatienter.

- Dites-moi Monsieur le yook, vous êtes bien un yook n'est-ce pas ? Se risqua Goliodud.

- Oui et Tarhur Yackman est mon nom.

- Enchanté! Dites Monsieur Yackman, ceux qui vous ont dit de me ramener cet objet, ils ne seraient pas, euh disons, bien en chair et un peu patauds ?

- Oui et complètement imberbes de la tête aux pieds.

- Et ils ne causent pas très bien.

- C'est le moins que l'on puisse dire. Ils ne conjuguent pas les verbes par exemple.

- Étaient-ils trois ?

- Oui, l'un d'eux a une tête plus ovale et deux mamelles qui tombent comme de vieilles chaussettes.

- Oui, oui. Je les ai vu également. Eh bien Monsieur Yackman, je crois savoir à quoi cet objet va me servir. Je vous remercie, finit par conclure Goliodud.

- Cinq cent! Ajouta Tarhur.

- Pardon !

- Ce n'est pas parce que des êtres étranges m'ont demandé de vous le livrer que c'est forcément gratuit.

- Grammes ?

- Oui en grammes bien sûr !

- Trois cent cinquante ! Marchanda Goliodud.

- Top-là ! Accorda Tarhur. »

Il empocha l'irille et sortit de la boutique, il croisa Gléiaro qui entrait en même temps.

« - C'est quoi cet engin devant le magasin ? Demanda-t-il à Goliodud.

- Aucune idée. Un véhicule apparemment. Écoute-moi Gléiaro, je ne vais pas avoir besoin de toi ce sod. Je vais même fermer la boutique. Tu peux aller te divertir en ville si tu veux. Je ne veux pas te revoir avant demain. Tiens voilà cinquante grammes d'irilles, tu pourras te payer une chambre à l'hôtel. »

Gléiaro avait depuis quelque temps pris l'habitude d'être congédié par Goliodud sans raison apparente, mais il n'insista pas pour rester.

Goliodud ferma le magasin plus tôt qu'à l'accoutumée pour se précipiter à la cave. Son ouvrage était achevé. Avec grands soins, il sortit de son coffre toutes les pièces qu'il avait fabriquées ces derniers temps. D'abord le casque-masque, puis les deux bras et les deux jambes, enfin un buste et deux ailes, le tout était sculpté dans un acier doré. Il posa l'ensemble sur une table juste à côté. Puis il se dirigea vers Solorus toujours plongé dans le caisson rempli du liquide de survie.

Une étrange machine constituée de poulies était fixée au plafond de la cave. C'était là la dernière œuvre de Goliodud. Des chaînes qui se terminaient par des menottes s'enroulaient autour des engrenages. Goliodud attacha solidement les poignets de Solorus avant d'actionner un levier. Les engrenages entraînèrent le haut du corps de Solorus qui se retrouva assis comme un pantin. Goliodud fixa d'abord la partie avant du buste en métal sur le ventre et la partie arrière sur le dos, puis assembla le tout autour du torse du canufos. Il lui détacha une main et lui enfila un bras doré, il fit de même pour l'autre, il leur fixa ensuite les ailes. Puis il encastra les jambes d'acier autour des moignons jusqu'à l'aine. Il sortit la puce achetée à Tarhur de son écrin blanc, il remarqua alors que celui-ci changea de couleur quand il en dégagea la pièce, pour devenir un peu plus foncé. Même si cela le surprit, il ne s'en inquiéta pas outre mesure et posa l'objet sur le front de Solorus dans un ultime geste d'espoir espérant que le mystérieux accessoire réussisse à le réveiller, et il lui enfila le casque-masque sur la tête et autour du visage. Enfin, il installa des petites piles à fusion dans un petit compartiment positionné dans chaque partie de l'armure. Il détacha Solorus et le laissa reposer dans le caisson qu'il vidangea. Il regarda l'heure, l'astre rouge ne tarderait pas à se cacher. Il pouvait maintenant se disposer à rendre visite aux slamis.

*

La nuit déposa son voile noir sur la cité de Cirocandas. Jolorand à sa fenêtre admirait l'avancement des travaux après le départ des esclaves sur l'avenue principale. Le tapis de pavés s'avançait considérablement dans les artères.

*

La nuit déposa son voile noir sur la cité de Cirocandas. Tarhur parqua le nomade dans une petite ruelle attenante à la rue principale. Il grimpa sur le toit boire une infusion pendant que Xotuna se reposait à l'intérieur.

*

La nuit déposa son voile noir sur la cité de Cirocandas. Goliodud et une dizaine de slamis pénétrèrent dans sa boutique.

*

Solorus ne ressentait plus de douleur mais ses forces l'avaient quitté depuis longtemps, il était vidé de toute énergie. Il regarda le plafond de la cave, un voile blanchâtre lui masqua peu à peu la vue et se transforma en un écran bleu opaque. Des lignes blanches horizontales se dessinèrent, puis des lignes verticales formant de gros carrés qui rétrécissaient, pendant que les lignes horizontales s'épaississaient. L'écran devint blanc quelques secondes pour former des points noirs qui grossirent avant d'exploser dans une multitude de couleurs dont il n'avait jamais soupçonné l'existence. Il était l'un de ces points multicolores et il explosa à son tour, dans un plaisir incommensurable. Une matière inconnue l'enveloppa aussi douce et légère que de l'ouate. Il voltigeait dans l'orgie colorée dont le confort semblait être celui d'un doux coton. Il se sentit léger comme jamais. Il n'avait plus de corps et c'était aussi grisant qu'agréable. Il entendit des sons, des musiques dont les notes imaginaires lui procuraient une énergie intense, douce et puissante, agréable et euphorisante. Toutes ces sensations provenaient de lui-même, il en était certain. Les couleurs s'épaissirent à nouveau, l'orgie se ternit d'un nuage noir, tandis que les sons insensés se transformaient en une complainte atroce.

Un grésillement électrique retentit dans son crâne et tout s'arrêta subitement.

Il ouvrit les yeux, l'opacité ténébreuse et les chants déchirés avaient disparus. Il était à nouveau dans une cave qu'il distinguait très mal à cause du brouillard qui l'enveloppait. Il se trouvait dans un endroit mais en même temps il était ailleurs. Son corps dans un monde, son esprit dans un autre.

Il posa ses pieds mécaniques sur le sol. Il se leva. La lumière que diffusait la petite lampe à fusion nichée un peu plus haut sur une vieille poutrelle ne suffisait pas à ternir l'éclat d'or des ailes de Solorus. Chaque plume scintillait comme les gouttes d'un torrent doré qui s'écoulait jusqu'à ses chevilles. Son masque reflétait un visage impassible comme le regard froid d'une âme corrosive.

Il emprunta un escalier qui s'imposait devant lui. Il passa ensuite une trappe puis une autre porte, il aperçut des ombres autour de lui, une dizaine de petites ombres et une plus grande. Il continua et leva la tête, il aperçut un tunnel en hauteur, très haut, trop haut, un tunnel métallique. Le métal semblait transparent comme s'il ne faisait pas partie du monde réel, mais il ne savait plus distinguer le monde réel de l'artificiel. Les deux se superposaient et peut être qu'aucun des deux n'existait vraiment. Il regarda instinctivement ses bras et remarqua que deux ailes y étaient fixées. Il s'élança et s'envola vers le tunnel comme s'il l'attirait. A l'intérieur les murs étaient tout en métal gris et lisses mais il voyait le ciel de la nuit à travers. Il s'avança doucement, effectua plus d'une centaine de mètres. En s'avançant, il distingua une forme ovale au fond. Quand il fut tout près, il s'aperçut qu'il s'agissait d'un visage. Un visage d'une race qui ne ressemblait à aucune race mais en même temps à toutes les races. Il s'approcha tout près. Le visage lui parla d'une voix forte et raisonnante.

« - JE LES AI CREES. TOUS ET TOUTES JE LES AI CREES. ILS NAITRONT, ILS PROCREERONT, ILS VIVRONT, ILS MOURRONT. ILS MOURRONT DE MORT DOUCE. ILS

MOURRONT DE MORT VIOLENTE. ILS MOURRONT DE LA MALADIE. CERTAINS SERONT SEDENTAIRES. CERTAINS VOYAGERONT. ILS FERONT LE TOUR DU MONDE. ILS BATIRONT. ILS DETRUIRONT COMME JE PEUX LES DETRUIRE. »

Le visage disparut. Solorus regarda plus bas, il y avait une multitude d'ombres qui le regardaient. Puis il se tourna vers le ciel, il vit un autre tunnel se profiler au loin. Instinctivement, il s'envola pour le rejoindre.

*

Les lampions à fusion nouvellement installés au coin des rues s'allumèrent et agrémentèrent le voile noir de nuances verdâtres.

Jolorand vit passer un modocos qui courait devant la fenêtre, puis un autre, puis d'autres et encore d'autres, mais aussi des thrams, des vagauges et des thesranes. Ils se précipitaient tous vers le même endroit. Jolorand se douta que quelque chose d'anormal se passait. Il saisit un fusil à fusion et fit signe à deux de ses sbires de l'accompagner à l'extérieur.

Ils suivirent la foule qui se précipitait dans l'avenue. Tous s'arrêtèrent devant l'une des rares maisons encore en ruine. Jolorand suivit le regard des poursuivants. Ce qu'il vit ressemblait autant à un humanimal qu'à un oiseau, peut être un canufos car ses bras étaient grands, sauf qu'il possédait une paire d'ailes. Il était toutefois difficile de reconnaître ce qu'il pouvait être vraiment car il était entièrement recouvert d'une armure dorée.

L'être étrange regarda droit devant, une lumière sortit de l'orbite de ses yeux et une image se projeta dans l'espace à quelques mètres de lui. L'image représentait le visage d'un humanimal dont la race était inconnue, Elle ressemblait à toutes les autres races en étant à la fois différente. Une voix grésillante résonna dans la nuit, elle semblait provenir du visage projeté dans le faisceau de lumière.

« - JE LES AI CREES. TOUS ET TOUTES JE LES AI CREES. ILS NAITRONT, ILS PROCREERONT, ILS VIVRONT, ILS MOURRONT. ILS MOURRONT DE MORT DOUCE. ILS MOURRONT DE MORT VIOLENTE. ILS MOURRONT DE LA MALADIE. CERTAINS SERONT SEDENTAIRES. CERTAINS VOYAGERONT. ILS FERONT LE TOUR DU MONDE. ILS BATIRONT. ILS DETRUIRONT COMME JE PEUX LES DETRUIRE. »

Beaucoup s'agenouillèrent instinctivement devant le phénomène qui leur semblait surnaturel. L'un des deux gardes du corps de Joroland s'agenouilla également. Le maire de Cirodancas s'en aperçut et l'attrapa par l'épaule pour le relever brutalement.

« - Qu'est-ce que tu fais abruti ? Allez-donc patrouiller tous les deux. Vérifiez que certains n'en profitent pas pour piller les commerces. » Aboya-t-il.

*

Les lampions à fusion nouvellement installés au coin des rues s'allumèrent et agrémentèrent le voile noir de nuances verdâtres.

La trappe de la cave s'ouvrit dès que Goliodud et les dix slamis entrèrent dans la boutique. Solorus en sortit dans son armure dorée, il passa devant eux sans presque les remarquer. Il ressemblait à un roi imaginaire. Il se dirigea vers l'avenue, regarda le ciel, s'élança et s'envola très haut dans le ciel noir. Son ombre virevolta entre l'ombre et les lumières des réverbères avant de se poser sur l'une des plus hautes maisons encore en ruines.

« - Incroyable, je n'ai même pas activé les piles, le système est autonome et en plus ça fonctionne. Il vole. S'étonna Goliodud avant de s'adresser aux slamis. Suivons-le ! »

*

Les lampions à fusion nouvellement installés au coin des rues s'allumèrent et teintèrent le voile noir de nuances verdâtres.

Tarhur dégustait son infusion. Il adorait en boire avant de se coucher, ou alors du tachinak lorsqu'il souhaitait briser sa solitude. Ce moment de bonheur simple fut interrompu par la foule qui passa devant lui en courant vers le centre de la cité. Il la laissa passer devant lui, puis continua tranquillement à boire. Il entendit une voix grésillante presque métallique au loin qui attisa sa curiosité. Il finit le fond de sa tasse, la posa et descendit du toit du véhicule. Il emprunta l'avenue principale où il croisa deux gardes de la ville. Il les reconnut à cause de leur uniforme en cuir de godaran teinté en rouge. Il leur fit un signe de la tête leur montrant ainsi qu'il n'avait rien à se reprocher. Un peu plus loin, il retrouva la foule. Presque tout le monde était à genoux devant un humanimal ailé et doré qui s'envola quelques instants après.

« - Wouha !!! Je n'ai jamais rien vu de tel ! » Pensa-t-il.

Il reconnu le maire, Jolorand qui prit la parole.

« - Allez ! RENTREZ CHEZ VOUS! OUBLIEZ TOUT CELA POUR LE MOMENT ! ALLEZ VOUS COUCHER ! DEMAIN JE CHERCHERAI CE QUE C'ETAIT ! SOYEZ SANS INQUIETUDE ! » beugla-t-il.

La foule hagarde commença doucement à se disperser. Tarhur décida d'aller dormir, il en avait besoin. Il prit le chemin inverse, tourna dans la petite ruelle où il s'était garé. Il s'arrêta quant il aperçut les deux gardes qu'il avait croisés précédemment. Ils inspectaient le nomade. L'un des deux était sur le toit et ouvrait le cockpit. Il regarda à l'intérieur de l'engin et s'adressa à son collègue.

« - Eh ! Viens voir de que j'ai trouvé. » dit l'un à son coéquipier.

Tarhur s'aperçut qu'il n'avait aucune arme sur lui et qu'il ne pouvait pas intervenir. Il décida d'observer en restant caché.

CHAPITRE 30

L'ETINCELLE

La nuit, éclairée par l'astre roux, transperçait la lucarne de sa cellule. Mais ce fût la traînée dorée qui traversa le ciel qui attira le regard de Draiwnius Lachelras. Il aperçut l'oiseau métallique pendant un éclair de temps. Alors il songea qu'il était temps de quitter enfin ces lieux.

FIN DE LA PREMIERE PARTIE

© 2016, Arthur Bandy

Edition : BoD - Books on Demand
12/14 rond-point des Champs Elysées, 75008 Paris
Imprimé par Books on Demand GmbH, Norderstedt, Allemagne
ISBN : 9782810620722
Dépôt légal : décembre 2016